穆旦译文集

查良铮

MUDAN YIWENJI

2

人民文学出版社

一九四九年二月二日离开上海去泰国前照。

一九六二年七月和小女儿查平于天津水上公园。

第 七 章①

一

哦,爱情和荣誉!可望而不可即,
 为何尽在空际盘旋,而不见下来?
这北极的天空中没有一颗流星
 能比你们更缥缈,飞逝得更快!
被拴在寒冷的地面,我们郁郁地
 仰望你们给生之途程投以光彩;
只见你们光怪陆离,变幻无常,
以后就抛下我们在冰雪的路上。

二

正和它们一样,我这篇凑韵的诗
 也是变幻无定,说不出一个名堂,
好似踩着韵脚的北极光,掠过了
 一片冰雪的荒原。呵,在这个地方,
如有真知识会叫人自哀自叹,
 但若是对一切好笑呢,我希望

---

① 关于第七、八章,拜伦在一八二二年八月八日致摩尔函中写道:"这两章包括了伊斯迈围攻战的全部细节(有如第二章包括海上风暴的全部细节一样),对那些捞大油水的屠夫和雇佣军极尽讽刺……有鉴于当前哲学与专制的冲突,有必要对这类事和这些家伙断然提出挑战。我知道这是以卵击石,但战斗必须进行,它终必有益于人类,不管对冒险战斗的个人是怎样。"

那不算什么罪过;因为我想探悉
一切究竟是什么,如若不是做戏?

三

人们攻击我——请想想:我！您目前
　　这篇诗的作者！——不知怎的,说我
意图嘲弄人类的良知和德性,
　　以及诸如此类的可怕的罪过;
而且用的语言非常粗暴,天哪！
　　我真不知道他们还想干什么！
我所写的,都可见于但丁的诗歌,
　　不出所罗门①和塞万提斯②的著作;

四

诸如斯威夫特③、马基亚维④、费内隆⑤、
　　罗什弗科⑥、蒂洛生⑦、路德⑧、柏拉图、
卢梭⑨、韦斯雷⑩等等名哲和先贤,

---

① 所罗门,纪元前十世纪以色列国王,以智慧著称。《圣经》中的《传道书》和《雅歌》据说是他所作。
② 塞万提斯(1547—1616),西班牙作家,著有讽刺骑士游侠的小说《堂·吉诃德》。
③ 蒋内散·斯威夫特(1667—1745),英国讽刺作家,著有《格利弗游记》等。
④ 尼科罗·马基亚维(1469—1527),意大利作家,著有《论君主》,倡导政治手腕和阴谋。他的名字已成为冷酷、狡猾和阴险的同义词。
⑤ 弗朗西瓦·费内隆(1651—1715),法国作家,所著《泰雷马克》是一本讽喻小说,在十八世纪颇为流行。
⑥ 弗朗西瓦·拉·罗什弗科(1613—1680),法国作家,著有《道德格言集》。
⑦ 约翰·蒂洛生(1630—1694),英国主教,著有讲道文。
⑧ 马丁·路德(1483—1546),基督教新教的创始者,著有宗教的颂神诗。
⑨ 卢梭(1712—1778),法国作家,著有《社会契约》,其政治思想对一七八九年法国资产阶级革命有很大的影响。文学作品有《忏悔录》,《新爱洛绮丝》等。
⑩ 约翰·韦斯雷(1103—1191),英国教士,著有颂神诗及日记等。

谁不是在宣告:人生贱如粪土。
事实如此,这怪不得他们,当然也
　　怪不了我;我倒不想自充凯图①
或戴奥金尼②:人都是活一阵,死掉,
至于哪个好,您也不比我更知道。

五

苏格拉底③说过:我们惟一的知识
　　是"知道我们无知";这真是一种
可喜的学问! 它把古今的圣贤,
　　连未来的也在内,都贬为冬烘。
牛顿④总该是学术界的泰斗吧,
　　虽然迭有发明,呜呼! 竟也宣称:
他认为自己不过是一个孩子
在真理的海洋之滨拣着石子。

六

《传道书》⑤上说得好:"一切皆虚空",

---

① 马可·凯图,见第六章七节注。他号称监察官,生活简朴,克制欲望,避绝逸乐。他的名字成为道德严峻的禁欲主义者的代称。
② 戴奥金尼(纪元前412—前327),希腊犬儒学派哲学家,传说他抛弃一切物质享受,住在一桶中。
③ 苏格拉底(纪元前469—前399),希腊哲学家,柏拉图的老师,因传授哲学被控以渎神,被判饮毒鸩而死。柏拉图的《对话录》即以他为主讲者。
④ 艾赛克·牛顿(1642—1727),英国物理学家,创力学规律和"万有引力"论。据说他在死前的片刻说:"我不知道世界是怎样看我;不过,对我自己来说,我只像是一个在海滨玩耍的孩子,有时找到一个较光滑的石子或较美丽的贝壳以自娱,而真理的大海洋完全未经探索地呈现在我面前。"
⑤ 《传道书》,见本章三节注。其中宣传统治阶级的唯心思想:虚空的虚空,凡事都是虚空;万物都有定时,劳禄无益等。

而今教士所传的也不过是这些,
甚至更身体力行,以示其贯彻
　　基督之道。总之,迟早人会悟解;
既然圣徒、先贤、教士和诗人
　　都已指明这是个虚空的世界,
难道惟有我,为了怕惹起纷争,
　　独不敢揭示人生是四大皆空?

七

诸君或诸犬呵!——我说犬其实是
　　抬举了你们——狗比你们好得多;
不管你们是否能读到这篇诗,
　　我要勾出你们的嘴脸的轮廓。
正如月亮不因豺狼对她嗥叫
　　而止步,缪斯也不会在她的诗国
为你们而减色——所以,尽请狂吠!
　　她仍要对你们的幽窟洒下光辉。

八

呵,"残酷的爱情和诡谲的战争"①,
　　诗人怎么说的,我已不太记得,
但不管如何,它和事实倒相符;
　　两者我都歌唱,但我先要攻破
一座坚守得轰轰烈烈的名城,
　　俄军正从水陆两面朝它开火。

---

① "残酷的爱情和诡谲的战争",这里拜伦故意将英国诗人斯本塞(1552—1599)《仙后》中的一句诗"我要歌唱的是残酷的战争和诡谲的爱情"中的形容词倒换了位置。

414

攻城是由苏瓦洛夫①元帅指挥，
他嗜好血，有如郡长爱吸骨髓。

九

那座名城是土耳其的伊斯迈，
　　它位于多瑙河左支流的左岸，
城中的建筑颇富于东方风味，
　　但它还是以头等要塞而名传，
至少过去如此，以后也许被夷平——
　　因为征服者常常是这么闹着玩；
它距离海洋有八十俄里之遥，
有三千㖿的围墙把它环抱。

一〇

就在这城堡的围墙内，在左方，
　　沿山坡建有一片中古的市邑，
它是最高点，可以俯瞰到全城，
　　而根据一个希腊人的聪明设计
环绕它插有许多直立的木桩；
　　所以如此设置，是为了有助于
敌人的炮火，同时对于守城者
却碍手碍脚，不易向敌人开火。

---

① 苏瓦洛夫，见第五章十五节注。他于一七九〇年十一月三十日开始进攻伊斯迈，其兵力约两万七千人。以下攻城细节多取自《新俄罗斯史》。

一一

这位再世的沃班①的天才如何,
　　由这一设计也可以大致想到;
但护城河却挖得像海一样深,
　　那城垛高得叫你不愿去上吊;
还有些地方设计得也很粗心:
　　没有掩蔽的隧道,没有前卫堡
(请原谅我把工程的名词搬用),
哪怕向人指点一下"此路不通"。

一二

有一座由窄道沟通的菱形堡,
　　墙壁像一般的头盖骨那么薄,
两座炮台:一座是隐蔽的,另一座
　　筑在平台上,很像圣·乔治城堡;
它们虎视眈眈,守望着多瑙河岸。
　　在城右边,还有二十二尊大炮
一字排开,看来好不杀气腾腾,
居高临下,对准着来犯的骑兵。

一三

但这座城沿河岸却没有防御,
　　因为土耳其人怎样也不相信
俄国的船只会从水上来侵犯;
　　而一旦他们看到敌人的海军

---

① 沃班(1633—1707),法国军事工程师,善于筑堡垒。

确实来了，那时已经措手不及。
　　但多瑙河徒涉起来未免太深，
他们一面望着莫斯科的舰队，
一面只好高呼"真主！"求主保卫。

一四

俄国人正摩拳擦掌，准备进攻。
　　哦，战争与光荣的女神！你叫我
怎样拼写那每个哥萨克的姓名？
　　因为论起战功，谁不是名声赫赫？
唉，他们哪一点不使人追念不已！
　　连阿喀琉斯的嗜杀都大为逊色，
怎比得这新兴的文明的民族！——
他们一切都好，只是名字太难读。

一五

但我还是要提提名,哪怕仅为了
　　增加悦耳的声音①:有死撞金诺夫,
斯丑康诺夫,麦克诺,塞基·洛沃,
　　阿斯纽,兹其沙科夫,罗古诺夫,
朝肯诺夫,和什么十二音的名字,
　　如果我去翻公报,我还可以举出
更多一些;但"名声",那个荡女人,
不但会吹喇叭,也能辨识声音,

一六

她的故事无法把那一长串杂音
　　(尽管在莫斯科是了不起的名姓)
排成韵律;但也有几个值得一书,
　　有如对处女值得敲敲婚礼的钟;
而且那声音也柔和,宜于拉长调,
　　可供大臣拖长时间的演说之用:
字尾总是"伊思什思金","奥斯思金",
"奥斯基"等等,我们只需再加进

一七

罗沙穆斯基,舍马托夫,克里玛托夫,
　　科克洛夫蒂,科克罗斯基,雷马托夫,
穆斯金·普斯金:这全是睥睨敌人、
　　一剑就刺穿皮肉的雄赳赳的武夫,

---

① 这一节和下两节所列举的俄国姓氏,有些是拜伦故意加以丑化使之显得可笑的。

他们可不管你是不是穆罕谟德
　　或大法官,只要你为他们的铜鼓
剥下皮来便罢,特别是当鼓皮涨价,
而又没有更便当的材料可用的话。

一八

其中也有大名鼎鼎的异邦人,
　　虽说国籍不同,倒全是自愿投效,
他们出生入死并非为了拯救祖国
　　或王冠,而是想有一天当个将校,
而且也巴望不时地洗劫城镇,
　　这种事对于年轻人当然有味道。
其中有些精力充沛的小伙子,
十六个姓汤姆生,十九个姓史密斯。

一九

姓汤姆生的,一名杰克,一名彼尔,
　　其余的都仿照那名诗人①,叫吉米,
我不知道他们有无徽章或顶盔,
　　但有了诗人作教父,也足够神气。
有三个史密斯叫彼得,那其中
　　有一个智勇双全,最精于剑击,

---

① "名诗人,叫吉米",指英国诗人杰姆斯·汤姆生(1700—1748),著有《四季歌》。杰姆斯可简称吉米。

他后来在哈里法克斯乡下很出名①,
　　虽然现在是跟着鞑靼人②当兵。

二〇

其余的都叫杰克呵,威尔呵,彼尔呵,
　　如果我再添一句:那年长的一位
杰克·史密斯出生在坎伯兰山中,
　　他的父亲是个好铁匠,那我就对
这占有战报三行的一个名字作了
　　尽我所知的报道:他真死得无愧:
为了攻占摩尔达维亚的一座荒村,
他倒下了,在一张公报上永垂英名。

二一

我当然是歌颂战神的,但也有时
　　不免怀疑在公报上留一个名姓,
是否能补偿肉体里的一颗子弹?
　　我希望这小小的疑问不致构成
什么大罪;因为,虽然我微不足道,
　　但似乎有个莎士比亚在古戏中③

---

① "他后来在哈里法克斯乡下很出名",戏指乔治·科尔曼于一八一八年出版的滑稽剧《爱情嘲笑锁匠》中的一支歌,其中说到有一个史密斯上尉:
　　　住在哈里法克斯乡下时,
　　　勇敢的上尉引诱了一个少女,
　　　以后少女用袜带上了吊,
　　　这事情就发生在礼拜一。
② 鞑靼人,在十九世纪,西欧常指俄国人为鞑靼人(有半开化之意)。
③ "莎士比亚在古戏中",指莎士比亚的悲剧《哈姆雷特》,其中有一段话是:"我羞愧地看到两万人面临死亡,他们受到幻想和声誉的勾引,便走入坟墓,好似走上床一样。"

就把这类思想按在角色的嘴里,
而谁要征引一下都显得很俏皮。

二二

还有法国人,都是又年轻,又风流——
　　不过,呵呀,像我这样爱国情殷,
怎能把高卢人①的名字拿来宣扬?
　　我宁可漫天撒谎,也不愿把真情
吐露一个字。因为在这儿说实话
　　就是叛国,而叛贼之流岂不可憎?
用英文提到法国人,只应该表示
和平使约翰·牛②对他们更加不齿。

二三

俄国人在伊斯迈附近的岛上
　　筑起两座炮台,抱着两个目标:
其一是轰击全城,把公共建筑
　　和老百姓的住房通通轰掉,
不管有多少灵魂受到灾祸;
　　确实,是这城池的形状指引了
这种做法的,它像半圆的戏院,
每座房子恰好面对一颗炮弹。

二四

第二个目标是趁城里的军民

---

① 高卢人,即法国人。法国古称高卢。
② 约翰·牛,英国的绰号。

惊惶失措时,坐待渔人之利,
土耳其海军就在不远的港口
　　静静停泊着,正好加以突袭;
可能还有一个动机,就是要把
　　敌人吓得投降,于是万事大吉;
战士们有时都有这种傻想头,
　　除非爱死拼活拼的,像只猎狗。

二五

这种想头实在不太好,因为它
　　总是把对手低估了:低估别人
本来处处可见,但在此却成了
　　齐齐兹科夫和史密斯致死之因;
唉,那十九个史密斯又少了一个,
　　刚才我们还用这"小伙子"押过韵;
幸而叫史密斯的老爷太太很多,
　　也许史密斯祖先是亚当也难说。

二六

俄国人的炮台修筑得太仓促,
　　因此不很完善;正如同样的原因
会使诗歌的韵律不整,叫朗曼
　　和约翰・莫瑞①两位老板满面愁云,
假如新书不能够飞快地脱手,
　　使老板的算盘打得不够开心,
结果也会误了大事(在传奇中,
　　这有时叫"杀戮",有时叫做"光荣")。

---

　　① 朗曼、莫瑞,这两人是著名的书商。后者出版了本诗的前五章。

二七

这是否该怪罪他们的工程师
　无能或粗心?这我倒不想多问;
或者由于承包商揩油太多了,
　在杀人的货色上宁可骗得狠,
借此积下一点阴功?无论如何
　这新起的炮台一点也不稳准;
不是射不中,就是自己躲不开,
结果使伤亡名册厚了一大块。

二八

由于计算距离有可悲的偏差,
　俄国海军行动起来不免糊涂,
三只纵火船还没有到达位置,
　便已失去了它们可爱的用途;
火绳点得太早了,眼看着失事,
　谁也抢救不了这粗鲁的错误;
三只船在河心爆炸,而土耳其人
尽管天已大亮,还是睡得安稳。

二九

他们在七点钟起身,观察到了
　俄国的舰队正在朝他们行进;
到九点钟,它还是长驱直入地
　越逼越近,直到离城不及百哼,
战船就在那儿开始发出排炮,
　当然也受到连本带利的回敬,——

对方射过来枪弹,炮弹,葡萄弹,
可以说是各式各样,大小俱全。

三〇

舰队承受着土耳其人的炮火
　　足有六小时之久;陆上的炮台
也帮助作战,而且都射得准确,
　　但他们终于发见:炮火的灾害
并不能逼使守城的敌人投降,
　　于是发出信号立即撤退下来。
一只战舰着了火,另一只浅搁
在堡垒附近,作了土军的俘虏。

三一

穆斯林方面也损失了人和船,
　　可是,一旦看到敌人撤退下去,
他们的敢死队便乘了船尾随,
　　给俄国人一场重火力的追击;
他们还想上岸去夹攻,但结果
　　并不如他们设想的那样如意:
达马斯伯爵①杀得他们好痛快,
一张公报登的全是这一次屠宰。

三二

史家在此表示:"假如我能记述
　　俄国人在这一天成就的一切,

---

① 达马斯伯爵(1765—1823),投效俄军的法国人,以后又帮助法国王室复辟。

我想,恐怕即使我写上几卷书
　　也难以书尽他们的丰功伟业。"①
因此他略过不谈,却掉转笔花
　　写了几个从异邦投效的人杰:
如黎涅王子②,朗格隆③和达马斯,
　　都是不愧于青史的伟大名字。

三三

但由此,也可以看到声名是什么。
　　因为对这三位骁勇的骑士,试问:
普通的读者有谁曾经臆想到
　　他们哪一个的存在?(也许至今
还活得好好的哩!)足见在声誉中
　　也是得碰运气,有幸与不幸之分。
确实,黎涅王子的一篇回忆录
算是为他稍稍揭开了遗忘之幕。

三四

但这儿确实有人在奋勇作战,
　　剽悍得不下于任何时代的英雄,
不过一旦埋进了战史的清单里,
　　就很少有人去发掘他们的名姓。
因此,连威名也不免受到压缩,
　　而且很早就被人忘得干干净净。

---

① 本节前四行的引语取自卡斯特尔诺著的《新俄罗斯史》。
② 黎涅王子(1735—1814),出生于比利时,后任奥地利使臣赴俄国,被喀萨琳赏识,封为俄国元帅。他著有战争回忆录。
③ 朗格隆伯爵(1763—1831),法国革命后投效俄军,由于有战功,以后任敖德萨省长。

我敢说,从我们现代的战报里,
你难得把其中的九个名字记起。

三五

总之,前面提到的那一次攻击
　　虽然富于荣誉,仍嫌美中不足:
极力主张迎头痛击的海军上将
　　利巴斯(俄国传奇中赫赫的人物)①
竟遭到老少军官一致的反对,
　　那辩论可够长的!我顶好打住:
假如我记下每个军人的演说,
恐怕缺口太大,读者难以越过。

三六

有一个人——假如他能算人的话,
　　请别误会,我是说他体力非凡
好似赫久里斯②;因为,若非如此,
　　恐怕早在年轻时他就已归天;
但他带着终身的消化不良症
　　终于倒毙在树下,在他的家园,
他的死没引起任何人的怜惜,
一如蝗虫死在它祸害的田里。

---

① 利巴斯(1737—1797),俄国海军上将。
② 赫久里斯,据希腊神话,他是希腊对特洛伊战争中的英雄,具有超人的力气。

三七

他是波爵金亲王①,在杀人和卖淫
　　堪称伟大的时代,他真是了不起;
如果勋章和官衔就是一堆荣誉,
　　那他的荣誉只有他的产业能比。
这家伙身高六英尺,只凭这高身材
　　就能在俄国女皇的心目中引起
同样多的幻想:因为女皇衡量人,
就像你对教堂只衡量它的尖顶。

三八

在战事稍缓时,利巴斯派了人
　　到亲王那里去游说,使他终于
能照自己的意愿安排一切;
　　很难说他是怎样去申请的,
但他的要求很快就得到满足。
　　在这期间,大炮仍不停地射击:
沿多瑙河,八十尊炮一齐发射,
有来有往,打得合拍而活泼。

三九

但在十三号,正当一部分队伍
　　登了船,准备撤去对城的包围,
一个差官突然煽起大家的心,
　　使士兵又渴望着报纸的恭维;

---

① 葛里高里·波爵金(1739—1791),俄国公爵,喀萨琳大帝的宠臣。

连战局的鉴赏家也为之兴奋,
　　因为他带来公文,以简洁的词汇
向人宣布:那百战不殆的英雄
苏瓦洛夫元帅,就要来作统领。

四〇

亲王给这位元帅的一封亲笔函
　　充满了斯巴达人的刚毅和坚定;
但如果这是为了保卫自由、祖国
　　或正义,倒也能教善良的人倾心;
可惜的是,那不过是权力的欲望
　　在支配一切,因此也就不足为训。
倒是文体的刚劲值得人仿效:
"拿下伊斯迈城,别管代价多高。"

四一

上帝说:"要有光!"于是有了光;
　　人说:"要流血!"于是血海汹涌。
呵,这横行于黑夜的混世魔王
　　(因为白昼就显不出他的本领),
他一句话在一刻内所犯的罪,
　　三十个明媚的夏季也难扫清!
可叹夏日本该滋长乐园之果,
但战争却连根带叶都给砍落。

四二

我们的伙计土耳其人还正在

高呼"阿拉!"①表示俄军已经撤退,
但他们可大大上了当:谁不愿
　幻想自己的敌人已经被打溃?
(或者说"击溃",如果您推敲文辞,
　但诗兴一发作,我可无暇核对。)
我说,土耳其人这回很不对头,
既不喜欢养猪,又要尝尝腌肉。

四三

因为,在十六号,只见两匹快马
　一溜烟奔来,人们起初还以为
是两个哥萨克骑兵呢;再近些,
　只见各自一个小包捆在后背;
两人只穿了三件衬衣,骑的是
　乌克兰的驽马,一点不像权贵。
可是等临近时,他们终于知道
这就是苏瓦洛夫和他的向导。

四四

"伦敦一片欢腾!"当它悬灯结彩
　庆祝胜利时,一个傻瓜这样说:
对于酒鬼约翰·牛,这实在是
　他所有的美梦中最美的一个;
为了街上挂满了彩色的花灯,
　那个圣人(亦即约翰)好似飞蛾,
把他的钱袋,灵魂,理性和傻劲
都不惜献出,只为欣赏这一景。

---

① "阿拉",伊斯兰教称上帝为"阿拉"。

429

四五

可怪他还在诅咒:"天罚他瞎眼!"
　　事实早如此了。这著名的咒骂
已经使魔鬼得不到什么便宜,
　　因为约翰最近两眼已经全瞎。
他把债务叫财富,赋税叫乐园,
　　而"饥荒",那愈来愈枯瘦的骨架,
正面对着他,他却不知找原因,
反而干脆把它归咎于谷神。

四六

但言归正传吧——军中一片欢腾!
　　对俄国人,鞑靼人,英法籍军人
和哥萨克们,苏瓦洛夫就像是
　　一盏气灯,预示着光辉的进军!
也许像沼泽地带的一星鬼火,
　　把观望的人都引进一片泥泞;
本来人们只要看到光亮闪烁,
就蜂拥跟去,谁管它是对,是错。

四七

但不管怎样吧,情况确实好转,
　　士兵热情很高,不断发出欢声。
在舰上,在营地,都周正地敬礼,
　　一切预兆着战局就要得胜。
他们也不顾在敌炮的射程之内,

有的造云梯,或把旧工事修整,
有的捆木把,有的修筑新堡垒,
把各种造福的机器尽量制备。

四八

就这样,一个人的精神的感召
　　使众志成城,奔赴同一个方向,
好像一片海水被一阵风吹起,
　　或一只公牛护着一群牛游荡,
又像一只小狗牵着盲人行走,
　　或一只系铃羊以叮当的声响
把饥饿的羊集合起来去就餐,
伟人对人群的统治正是这般。

四九

整个营地喜洋洋,你也许以为
　　他们在准备参加婚礼的宴饮,
(这个比喻我觉得倒很切实,
　　因为在这双喜后都跟来纠纷。)
现在,连提行李的小兵都渴望
　　上阵去冒险,好捞一笔战利品。
为什么如此?因为有个小老头
脱剩了一件衬衣,领先去战斗。

五〇

但事实确是这样:战争的准备
　　正在火速地进行。第一路包括
三个支队,都已经进入了阵地,

只等一声令下,就向敌人开火。
第二路的编制也有三个支队,
　　正枕戈以待,充满光荣的饥渴
要把血海饮个够;第三路人马
有两个支队,准备从水上攻打。

五一

新的炮台建立起来,全体军官
　　开了会议,而且居然意见一致,
这倒是少见的情形,若不是
　　到了紧急的关头绝不会如此;
每一种困难都迎刃而解,光荣
　　开始隐约地透出庄严的影子,
苏瓦洛夫决心要把它抓到,
于是就教他的新兵使用刺刀。①

五二

这是实有其事:这位总司令
　　竟亲自教练一班笨拙的士兵,
他毫不吝惜他的时间和精力
　　来承担一个小小班长的苦辛,
这差使真像你教一个新手
　　去变吞火戏法那样需要耐心;
他表演怎样登云梯(当然没有
高达云端)以及怎样越过壕沟。

---

① 这是事实:苏瓦洛夫亲自教练。——拜伦注

432

五三

他还树一列用木棍扎的人像,
　　都戴上头巾,拿着钢刀和匕首,
他教士兵以这木像暂时充作
　　土耳其人,先对它们小试身手;
等他看到刺杀的动作熟练了,
　　就估计可以进行攻城的战斗;
聪明人对此总爱说些风凉话,
然而他不答一语——却把城攻下。

五四

在攻击的前夕,情况大致如此,
　　严肃的宁静笼罩着整个营地,
你想不到人们会如此地沉静;
　　可是当人决心去冒枪林弹雨
而且也相信是命该如此的话,
　　那他们就非常地平心静气:
有的想着他的亲人和家乡,
有的想着自己,不知以后怎样。

五五

苏瓦洛夫的主要工作是督查,
　　他筹划、训练、下令、沉思和逗笑,
因为他,我们可以有把握地说,
　　确是一个极令人惊叹的活宝:
即是英雄,又是小丑,半魔半人,
　　又祈祷,又教诲,兼带劫掠杀烧;

他时而威严,时而诙谐,若遇有
攻坚战时,就变得像个木偶。

五六

在总攻前夕,正当这位征服者
　充当一班的班长训练着士兵,
有些在山头上巡游的哥萨克
　在黄昏时发见了一群外路人,
其中有一个能说哥萨克的话,
　但谁要能听懂他可够有本领:
就从这种话,或从那语调、神色,
士兵发见了他是他们的一伙。

五七

士兵根据他的请求,立刻把他
　和他的一伙人带到了司令部;
他们穿着回教服,但令人猜想
　这不过是一伙化装的鞑靼族,
在那土耳其的服装下,正藏着
　基督教的心;可叹有时基督徒
爱以华饰来掩遮自己的内慧,
因此免不了惹起意外的误会。

五八

穿衬衣的苏瓦洛夫正在训练
　一连卡尔梅克人;对那些顽徒
他连哄带骂,有时还高声喊叫,
　为了传授那高贵的杀人艺术;

人本来是贱土:这伟大的哲人
　　现在就向这些泥坯子去灌输
他的哲理:例如,对于一个军人,
战死沙场就等于一笔退休金。

五九

苏瓦洛夫看到哥萨克捉来人,
　　便转过身,以他那冷峭的前额
和炯炯的目光对着他们问道:
　　"哪儿来的?""我们被土耳其俘虏,
才逃出君士坦丁堡。""干什么的?"
　　答:"您看我们像什么就是什么。"
这答话倒很简洁,因为他知道
是对着谁说话,所以用字很少。

六〇

"叫什么呀?""我叫约翰孙,他叫唐璜,
　　那另外两个是女人,还有一个
不男不女的。"统帅对这一帮人
　　略略看了一眼,说道:"我倒听过
你的名字,第二个名字是生疏的;
　　真荒唐! 把其他三个带来做什么?
但随它去吧;——我想我听说过你
在尼古拉耶夫团?""正是在那里。"

六一

"你参加了威丁之役吗?""参加了。""你率人
　　进攻的?""对。""以后呢?""我也难说。"

"你是攻破敌阵的第一个?""至少,
　　我没有落在别人后面吧。""那么,
以后呢?""一颗子弹把我打倒了,
　　没有办法,我作了敌人的俘虏。"
"你就能报仇了,我们这次围城,
比你负伤的那次要多两倍兵。"

六二

"你要在哪一队?""随您决定吧。"
　　"我知道你爱给敢死队打气;
在你受过敌人的那些折磨后,
　　我想你定会领先朝他们攻击。
这个小伙子呢?他能做什么?
　　衣服都撕破了,还没有长髭须!"
"唔,将军,假如他在战场上冲
不比情场差,顶好叫他打前锋。"

六三

"行呵,只要他敢,"唐璜听到这儿
　　便深深一躬,表示感谢这夸赞。
苏瓦洛夫接着说:"你的老联队
　　真是天赐给良机,就要在明天
也说不定是今晚,带头去进攻;
　　我已对圣徒许了愿,不久,你看,
如今的伊斯迈就要变为耕地,
再也没有一座寺院能够耸立。"

六四

"所以,小伙子,争取光荣吧!"接着
　　他用尽了最典雅的俄文辞藻
训一通话,直到每颗高贵的心
　　都为了金钱和征服而熊熊燃烧。
这好像坐在软垫子上的教士
　　(他唾弃世俗,除地租外一概不要)
坚决叫人去杀异教徒,因为他们
　　竟然阻击喀萨琳的基督大军。

六五

约翰孙从这长篇的谈话中
　　知道自己很得宠,便贸然提醒
苏瓦洛夫一句,(也不管他这时
　　正提高了嗓门,准备继续开心,)
"我非常感激大人,使我能在
　　第一批的敢死队里杀身成仁;
但如果您能明示我们的职位,
我和我的朋友就好去做准备。"

六六

"对,我竟忙得忘了这个!当然,
　　你还是到你的老联队去报名,
它该整装待发了。喂,卡兹科夫!
　　(这时他喊来一名波兰传令兵)
把他带到团部,尼古拉耶夫团。
　　这小伙子呢,他倒是少年英俊,

可以跟着我。把这些女人送到
行李堆去,或者就先当做病号。"

六七

但这时出现了不寻常的一幕:
　这些女人素来都是娇养惯了,
这么被发落还是生平第一遭;
　当然,在后宫里长期的教导
会使她们遵循那真正的教理:
　"乖乖地服从",但她们首先却要
抬起泪汪汪的眼睛,扬起双臂,
好像母鸡张开翅膀去护小鸡,

六八

想要护住这两个迁升的勇士,
　也不管正是多么伟大的统领
在奖掖他们:他一语能赤地千里,
　或者给地狱充满被杀的英雄。
唉,愚顽的世人!训诫也是白费!
　因为,荣誉之树虽然万古长青,
但哪怕只摘取它幻想的一叶,
也必使人间流尽了泪和血。

六九

苏瓦洛夫对眼泪毫没有兴趣,
　血呢,也引不起他的多少同情;
他看到两个女人耳边披着发,
　和脸上痛苦的样子,却也不禁

动些感情;他虽以屠杀为职业,
又习惯于对千百万人的命运
麻木无感,有时一个人的悲伤
倒能使英雄动心——他正是这样。

七〇

于是他用那卡尔梅克的腔调
　和蔼地说:"约翰孙!真是活见鬼,
你竟把女人带到这儿做什么?
　我要派人护送她们到货车队,
尽力照顾吧。只有那儿最妥靠。
　但你早该知道携带这种累赘
弄不出好名堂来;除非是结婚
一年以上,我恨新兵携带女人。"

七一

"请大人原谅,"我们的英国朋友
　这样答道:"这都是别人的老婆,
不是我们的。凭我在部队里
　阅历了这么久,我不会破格
把自己的妻子带到军营里来;
　我知道,对于前线的男儿来说,
没有什么比把自己的家小
扔在后面更叫奋勇的心烦恼。

七二

"但这不过是两个土耳其贵妇,
　是她们和仆从帮助我们逃出,

以后又随着我们长途历险,
　一起穿着这种可疑的装束。
对我说,这种生活倒不算新鲜,
　但她们,可怜虫,却吃够了苦。
所以,假如您叫我放心杀敌,
我请求您给她们妥善的待遇。"

七三

而这两个可怜虫,眼泪汪汪地
　望着自己的保护人,仿佛怀疑
能不能信赖他们。她们的惊愕
　并不下于悲伤(而且也合情理),
因为她们看到的是一个老头儿
　好像半疯,不修边幅,身上有泥,
脱得剩件坎肩,连那也不干净,
倒比所见的苏丹更受人尊敬。

七四

因为从大家的目光可以看出:
　每件事都得他点点头才成;
她们见惯的是,作为某种神主,
　苏丹都是珠光宝气,华饰重重,
好像禽王孔雀要支起羽毛走,
　(它那大尾巴就是王权的象征);
既然权力都必豪华,奇怪的是:
何以它竟能免除这一切装饰。

七五

约翰·约翰孙看到她们的惊愕,
　虽然不很熟悉东方人的感情,
却以他的办法小小安慰一番;
　唐璜比他温柔多情,又火气盛,
赌誓说:天亮她们准能看到他,
　谁要受欺侮,他就把俄军都荡平。
说也奇怪,她们听了这句话
倒舒服些,本来女人都爱夸大。

七六

接着是眼泪呵,叹息呵,轻微的
　接吻呵,于是她们暂别了友人,
再见要凭炮弹的准不准来决定,
　也就是凭哲人所谓的机遇、命运
或天数("吉凶莫测"也是件乐事,
　不过要拿人命当做抵押品)。
这时她们亲爱的朋友开始准备
把一座无害于他们的城去摧毁。

七七

苏瓦洛夫粗心得不计较细节,
　所以一向从总的方面看事情,
对于他,人命不过是一堆渣滓,
　全国寡妇的哭泣都是耳边风,
军队的伤亡他从未放在心上,
　(只要他们的努力能获致成功),

而像约伯①的溃疡那样被厌恶;——
两个女人的眼泪对他算了什么?

七八

真是无所谓。伟大的光荣事业
　　继续在排炮的准备工作中进行,
可惜荷马的时代没有迫击炮,
　　否则这恐怖可比特洛亚战争。
不过,现在的问题不是去杀死
　　普里阿摩斯②的儿子,而是得谈爬城,
炸弹,大炮,堡垒,刺刀,子弹,战鼓——
　　唉,这些粗话怎教我的缪斯说出?

七九

永恒的荷马呵! 你的诗竟能打动
　　一切耳朵,不管多长;和一切世纪,
也不管多短,就凭你以诗人的手
　　挥动那已不再为人使用的武器,
(是不再使用了,除非宫廷发见
　　火药的摧毁力还不能使它满意;
但尽管帝王联合起来对付自由,
年轻的"自由"可不是特洛亚之流;)

---

① 约伯,见第一章一六二节注。
② 普里阿摩斯,据希腊神话,他是特洛伊国王,有五十个儿子。在和希腊作战中,长子赫克特最英勇。

八〇

永恒的荷马呵,我现在得描写
　一场围攻,比你那篇希腊战报
伤亡要多得多,而且有更凶的
　杀人器械,更飞速得叫人难逃;
不过我得承认,像我这支笨笔
　若和你竞争岂不是自寻苦恼?
那就像是小溪要和海洋相比——
但我们现代人流血却胜过你:

八一

如果不在诗中,至少在事实上,
　而事实则是真理,文章的精气!
因为缪斯无论如何妙笔生花,
　每一幕总得有点事实作根据。
但现在就要展开攻城之战了,
　伟大的业绩呵!——叫我如何下笔?
不朽的将军们!日神已在等待
你们的战报,好从中沾些光彩!

八二

哦,你拿破仑的伟大的捷报!
　哦,你不太光辉的伤亡的名单!
利昂尼达①的英灵呵!当古希腊
　像如今一样受困时,你奋勇而战!

---

① 利昂尼达,见第三章《诗人之歌》第七节注。

哦,恺撒的记载①!一切光荣的游魂,
　　请你们(为了免得我心慌意乱),
拿几许日落西山的英名之光——
多么美,多么短暂!——给缪斯帮忙。

八三

我说不朽的战功在"日落西山",
　　意思是指:每个世代,每一年,
甚至每一天都被迫滋生一个
　　乳臭的英雄,说来叫人黯然:
等有朝一日把他的生平事迹
　　对人类幸福的贡献核算一番,
他不过是个做大买卖的屠夫,
害得青年人一阵眼花和糊涂。

八四

勋章,官衔,绶带,和红袍等等
　　对于不朽的人类,倒真是不朽,
好似紫衣之于巴比伦的淫妇②;
　　一身军装是男儿应有的行头,
有如美人配以纨扇;哪个近卫军
　　不认为他已经列居光荣之首?
但何谓光荣?我对这实在很糊涂,

---

① 恺撒的记载,尤利·恺撒著有关于高卢七年战争和内战的回忆(纪元前58—前51)。
② 巴比伦的淫妇,见《圣经·启示录》第十七章。使徒约翰在幻觉中看到一个着紫色和朱红色衣服的女人,她喝满了圣徒的血,额上写着"奥祕哉,大巴比伦,作世上的淫妇和一切可憎之物的母"。据解释,这个巴比伦淫妇象征罗马或罗马天主教会。

您最好去请教见风转舵的猪!

八五

据说猪能感到风,并且善观风色,
　　因为他能猪一般跟光荣跑向前;
或者,如果这句话有点得罪人,
　　那就说他像只顺风的两桅船,
或者三桅——然而这一章已到了
　　歇口气的时候,别让缪斯太疲倦。
下一章将要把大家通通震动,
好似乡村教堂上的八音响的钟。

八六

听呵!透过冷峭而沉寂的夜,
　　一队队士兵正悄悄地集合!
看!一团团令人疑惧的黑影
　　沿着被围的城墙和布防的河
进行偷袭,而夜空中稀疏的星
　　正穿过阴湿的雾幽幽地闪烁;
雾气漫卷多姿,然而地狱的烟
不久就要以黑幕把它遮暗!

八七

这里我们要暂停一下,这停顿
　　好似那突然给人的心以一击、
使生与死相接的可怕的一瞬,
　　呵,多少人正作着最后的呼吸!
只静这一会——一切就卷入旋风!

勋章，官衔，绶带，和红袍等等。

进军！攻击！两种信仰都要振臂
高呼"乌拉！""阿拉！"①而再过一刻，
死亡的呻吟就被炮声所淹没。

---

① "乌拉"、"阿拉"，"乌拉"是俄国人的欢呼，意即"万岁！""阿拉"是伊斯兰教徒的上帝。

第 八 章

一

呜呼,火海和霹雷!肉泥和血腥!
　文雅的读者呵,这些常见的咒语
非常刺耳,实在有碍你们的清听,
　但光荣之梦就如此解开它的谜;
而这一类事情也正是我的缪斯
　所要歌唱的;那就允许她从这里
吸取灵感吧!无论叫它什么名称:
马尔斯,别隆娜①——总之就是战争。

二

一切都准备好了——火和剑俱备,
　挥剑和纵火的人都摩拳擦掌
列阵以待;队伍像出巢的狮子,
　抖擞精神,拧起肌肉,准备杀伤;
又像一条爬出沼泽的九头蛇,
　在它蜿蜒的一路散布着死亡。
它的头就是英雄,你砍掉也无用,
　因为立刻又有英雄在那儿滋生。

---

① 马尔斯、别隆娜,在罗马神话中,马尔斯是战神,别隆娜是他的妻子,也称为战神。

三

历史只是从总的方面去记述;
　　假若把事情了解得详详细细,
也许,在我们衡量得失的时候,
　　就发见战争夸不上什么功绩;
它为了少许残渣,掷去多少真金!
　　所得的不过是重划一些疆域。
实则擦干一滴泪比到处流淌
汪洋的血海更值得美名传扬。

四

为什么呢? 因为前者值得自豪,
　　而后者,尽管博得了声势和欢呼,
再加上凯旋门,纪念桥,一笔年金
　　(国库可能枯竭得没多少钱可付),
一个更高的爵位,或更高的官职,
　　能够使腐败的官场惊愕而羡慕,
但终不过是杀人犯的回光返照,
除非为自由而战,那才真正荣耀。①

五

　　他们正是如此——历史将会证实,

---

① 这一节影射英国对拿破仑的战争,这场战争导致欧洲反动势力的胜利。拜伦对凯旋的惠灵吞在这里和在第九章一至九节中都作了有力的抨击。

然而利昂尼达和华盛顿①却不同：
　　他们的战场是圣地，它所标志的
　　　不是世界毁灭，而是民族的复兴；
　　呵，那战鼓的回声听来多么悦耳！
　　　泛泛的征服者可以使慕虚荣、
　　善逢迎的人倾倒；但他们的名字
　　却是自由的号角，叫未来变样子！

六

夜色昏黑，浓雾遮盖了一切，
　　田野上只能看到大炮的火光，
它在地平线上弯曲地飞过，
　　像一条火云倒映在多瑙河上——
地狱的映影！排炮的联珠发射
　　和那一长串吼声的轰隆激荡
比雷鸣还震耳，因为天发的雷
尚有慈心——而人却要一切化为灰！

七

受命进攻的一队俄军冲出来，
　　还没有越出炮兵阵地几哼远，
穆斯林的子弟已经一跃而起，
　　迎着基督徒的嘶喊，也杀声震天；
接着是一片火海席卷了大地、
　　天空与河流，一切在炮声中抖颤；

---

① 乔治·华盛顿(1732—1799)，美国独立战争(1775—1783)中的统率，后任美国第一任总统。

450

整个城垣像埃特那山①喷着火,
因为焦躁的火神正在洞中打嗝。

八

这时候,一片冲天的呐喊"阿拉!"
　　朝敌人投出,它的轰响比得上
那最致命的武器——大炮的怒吼,
　　使城墙、河水和大地都在回荡;
"阿拉!"连以密叠的华盖笼罩在
　　战场上空的烟云都被震响,
也喊着那永恒的名字。呵,听吧!
它刺透一切喧嚣:"阿拉呼!阿拉!"②

九

队伍都在分头挺进;但由水上
　　进攻的一队,虽然由阿西莫夫
那盖世无双的屠宰手所率领,
　　(他从不因为炮弹和炸弹而却步,)
人命却比西风扫落叶还落得密,
　　据说"屠杀是上帝的女儿"③,假如
华兹华斯可信,她便是基督之妹,

---

① 埃特那山,意大利西西里岛上的火山,罗马神话中以此地为火神居住和熔铸之所。
② "阿拉呼!"是回教徒的战斗呐喊,他们用力喊最后一个音,使其具有特殊热狂的效果。——拜伦注
③ 但你用以实现纯洁意图的
　最可怕的工具就是人,
　他们武装起来彼此杀戮——
　是的,屠杀就是你的女儿。
　　　　　　——华兹华斯:《感恩节颂诗》(1816年1月18日)

她此刻的业绩对圣地也无愧。

一○

利涅王子因膝盖受伤而倒下，
　沙勃布拉伯爵①在头和帽之间
吞了一弹，这倒证明了他的头
　确是最高贵的一种；因为子弹
对它毫无损伤，连帽子也无恙：
　当然喽，铅丸怎么敢随便打断
一个合法继承人的头？既然尘土
归于尘土——为何铅不与铅同路？

一一

还有位马珂夫将军，官衔准将，
　他力主把利涅王子从那一群
痛苦而抽搐得快死的人移开，
　（由那些成千上万的伤兵去呻吟
并渴得呼叫吧，反正没人理睬，）
　正由于对权势和高位如此同情，
这位马珂夫将军，为了能体会
更多的同情，就伤了自己的腿。

一二

三百门炮投出它们的呕吐物，
　三万支火枪齐发出小小药丸

---

① 沙勃布拉伯爵，原稿中指黎世留公爵，以后被删去。黎世留公爵（1767—1822），法国贵族，曾在俄军中服役，法国国王路易十八复辟后，他任法国外交部部长。

密得像雹子,可称为沥血剂。
　　死亡呵,你每月给我们递来账单:
你的瘟疫,饥荒,和医师,像钟表,
　　把过去、现在和未来的一切灾难
向我们嘀嗒地报道;但这恐怖
远不及一幅战地景象的描述;

一三

在那儿,苦难才真是花样翻新,
　　而且是层出不穷,使人们随处
都可以看到人间地狱的景象,
　　多敏感的心灵也会变为麻木。
呵,那呻吟,那在泥土里的翻滚,
　　那深眼眶里翻上去的白眼珠——
这就是对你们千万士兵的酬报,
其他的,也许就荣佩丝带一条!

一四

不过我还是爱光荣——光荣多么好!
　　想想那够多么称心呵:在老年
有你的好皇上出钱把你养老,
　　一笔微薄的年金曾使多少名贤
心魂荡漾!更不用说英雄生来
　　就是要诗人歌颂的;所以,你看:
既在诗中作战不朽,又领半薪,
谁对于毁灭人类不想加一把劲?

一五

弃船登陆的俄国部队向前推进,
　　占据了右方的炮台;而另一部
在下游的一处登岸,在上岸后,
　　也和他们的弟兄一样动作迅速。
因为是投弹手,他们一个接一个,
　　高兴得像婴儿爬上母亲的胸脯,
爬过了战壕上的掩体和木桩,
十分整齐,像是被检阅的一样。

一六

这真值得称羡:因为火力很猛,
　　即使维苏威火山把熔岩高喷,
再加上各种子弹,炮弹,开花弹,
　　也不会比这一片火网更逼人。
军官倒下了三分之一:这结果
　　可不是参加这次进攻的绅士们
对胜利所预期的恩赐;当然,
要是猎人倒了,就该怪那些猎犬。

一七

我要在此撇下全景,只提一提
　　我们的主人公如何角逐着光荣;
我必须把桂花单独向他奉献,
　　因为,这儿共有不下五万名英雄,
谁都值得两句诗表扬,或一首
　　哀歌来追念,但那恐怕就形成

一大部荣誉词典,而更糟的是:
您会读到更没完没了的故事。

一八

所以,我们得把大多事迹留给
　　公报去记载了,我想它对于亡者
必公平以待,因为都是死得壮烈
　　而静静安息在壕沟、田野,或任何
使他们感觉肉身是一种桎梏、
　　不得不魂飞的地方。真该祝贺,
谁要是幸而被公报拼对名字,
　　我就知道它曾把一个葛罗斯

一九

印成了葛罗夫①。唐璜和约翰孙
　　同属一队,他们一路狠狠杀去,
也不知道走过一些什么地方,
　　更没有想到应该往哪儿冲击。
他们只不断地踏着死尸前进,
　　射击,劈刺,砍杀,流汗和喘气,
没头没脑得足够使两个自己
　　光辉地载入一整张公报里。

---

① 这是事实:可查阅滑铁卢公报。我记得当时曾对一友人说:"这就是名声!一个人战死,他的名字是葛罗斯,却被印成了葛罗夫。"我和死者是大学同学,他是一个很可爱而聪明的人,人们都爱接近他,他以欢乐有风趣和能即席作歌而受到人们的欢迎。——拜伦注

二○

就这样,在伤亡累累的血泊中
　　他们翻腾前进,有时争取到了
一两码土地,使他们更接近于
　　大家都奋力奔赴的一个阵脚,
有时又被密集的火力所击退;
　　那弹雨真像是地狱往下倾倒,
而不像天降的;他们跌跌绊绊,
踩过一个倒卧血泊里的伙伴。

二一

虽说这是唐璜初次身临战阵,
　　那深夜的集合,那沉默的行军,
又冷峭又黑暗,一点也比不上
　　走过凯旋门下那么精神抖擞:
恰恰相反,也许倒使他瑟缩得
　　打呵欠吧,也许看那满天乌云
使他也不由得渴望天快破晓,
但却并没有因此而逃之夭夭。

二二

当然他不能逃。但逃了又怎样?
　　过去和现在都有不少的英雄
在初逞雄时并不比这体面多少:
　　腓得烈大帝[1]曾在莫维兹失踪,

---

[1] 腓得烈大帝,普鲁士国王,他在一七四一年莫维兹战役中曾"失踪"十六小时。
　　(见卡莱尔著《腓得烈大帝》,1862)

这是他初次,也是末一次逃跑;
　　因为大多人像强盗、新娘、恶鹰,
在一次血宴以后,就习于此道,
以后就为政治或薪金死拼了。

二三

用古朴的爱尔兰话说,他是个
　　"男儿汉"——也许这一词来源更古,
因为据能断代的考古学家①说:
　　(而时代决定古董属于哪个国土,)
爱尔兰语源自汉尼巴的祖国,
　　并且穿着黛多字母的泰雅装束;
这个说法当然只是根据理性
所作的判断,非出于民族的感情②。

二四

但唐璜确是十足的"男儿汉",
　　一个风流倜傥的血性的青年,
既能沉湎于儿女情长的欢娱,
　　或纵情感官(如果那一词不妥善),
也能够,假如需要的话,去杀人,

---

① 参见瓦兰西将军和劳伦斯·帕孙斯爵士。——拜伦注(查理·瓦兰西〔1721—1812〕,曾在所著《论凯尔特文》中认为,爱尔兰语和迦太基语近似。劳伦斯·帕孙斯〔1758—1841〕,在所著《爱尔兰古代史辨》中认为,爱尔兰语和迦太基语同源,不是前者源自后者,就是后者源自前者。——译者)
② 这一段影射爱尔兰,学究们的可笑企图,他们企图证明爱尔兰语和古迦太基语是同一源流。迦太基在今之北非,自纪元前三世纪至二世纪的一百多年间,曾与罗马进行三次战争,终被罗马战败而夷平。汉尼巴是迦太基的名将,在纪元前三世纪末曾予罗马以极大威胁。黛多是迦太基传说的奠基者,她来自泰雅(即小亚细亚的腓尼基),而腓尼基人创造了字母文字。

只要不乏良伴,(就是凡有激战、
攻城,或诸如此类的消遣时,
都少不了的人,)他也能乐于此;

二五

但是丝毫不怀恶意。无论作战
　或恋爱,他总是怀着他所谓的
"最好的愿心"——那张人类的王牌,
　因为凡政治家,英雄,律师,妓女,
无论是谁被人追逼得困窘时,
　总是拿出这张牌来对付攻击:
他们说,他们原有"善良的意图",
只可惜它"却为地狱铺了道路"①。

二六

我开始担心,假如地狱的街道
　是这样铺起的,是不是它最近
已年久失修了,当然不是由于
　那些被善良意图拯救的人们,
而该怪沦入地狱的芸芸众生
　太缺乏那老字号的"一片好心",
它一度把地狱的路铺得多光,
真和培尔梅尔②大街没有两样!

---

① 葡萄牙的谚语说:"地狱是由善良的意图铺路的。"——拜伦注
② 培尔梅尔街,伦敦的一条漂亮街道。

但唐璜确是十足的"男儿汉"。

二七

唐璜由于一种奇特的偶然,
　（就是它,使战士彼此命运悬殊,
好似在新婚周年后,由于偶然,
　贞洁的妻子脱离忠实的丈夫,）
我说,由于命运的奇怪的转折,
　他忽然茫然失措,立定脚步,
因为他发觉,在一阵猛烈射击后,
只剩下自己,周围一个人都没有。

二八

我不知道这是怎么一回事情,
　可能大多数已阵亡或受了伤,
而其余的呢,都向后转,开了小差——
　连恺撒大帝都不免碰上这情况；
请想他的铁军是多么英勇盖世,
　可是有一回,就是他在战场上
迅速夺过了一面盾牌向前冲,
好把他的罗马士兵重新聚拢。

二九

唐璜没有盾牌可夺,何况他
　一个漂亮的少年,并不是恺撒,
而且不知道为什么前来作战；
　只不过突然在这时停了一下,
也许停得还不够久,便像驴子
　（请别吃惊吧,读者,伟大的荷马

就曾对阿贾克斯①用过这一比喻,
也许唐璜觉得它还胜于新喻)——

三〇

于是,像只驴子,他继续走下去,
　　更奇怪的是,也不回头望一望,
只面对闪来的一片火光走去;
　　它像跃出山头的晨曦的光芒,
足教不爱观战的人头晕目眩,
　　却引着他踉跄前进,因为他想
使他这孤身只影和大队合流,
虽然大队的大部已变为尸首。

三一

因为找不到他的部队指挥官,
　　而他的部队呢,也都无影无踪——
天知道是怎样消失的!(我无法
　　把历史上每件似乎倒霉的事情
都说明白;但至少,我们该承认,
　　若是一个青年因为追求光荣,
只知向前看,而把他的部队撇开,
这心肠确实也没有什么可怪。)

三二

连指挥带被指挥的都不见了,

---

① 阿贾克斯,荷马史诗《伊里亚特》中的一个英雄,其中有一处提到"像一匹顽固的驴子走近谷田,伟大的阿贾克斯……"

落得孑然一身,他真是自由得
像年轻的继承人,可以随意去——
　　干什么呢?他也不知道。像一个
在沼泽地带追踪鬼火的旅人,
　　又像浅搁的水手要投奔茅舍,
唐璜只跟着他的鼻子和荣誉,
要朝炮火最密集的地方冲去。

三三

他不知道、也不管到了什么地方,
　　因为他匆忙,昏眩,血管里仿佛
流过电闪——他的心既是活跃的,
　　又怎能不充满这战争的脉搏?
一旦望见那炽烈的火光,听到
　　轰隆的大炮在唱着粗犷的歌,
他就冲上去;而你的人道的发明,
培根修士①呵,震摇着大地和天空!

三四

在他一路冲去的时候,他恰巧
　　碰上了不久以前的第二纵队,
在拉西将军统率下,它却仿佛
　　已由一大厚本英烈传提炼为
一篇精巧的英雄主义的论文,
　　数目大为减少;将军沉着有威,
伴着士兵,而士兵都英气勃勃,
手端着枪瞄准,伏靠着斜坡。

---

　　① 据说火药是由这位修道士发明的。——拜伦注

三五

在这紧要关头,约翰孙也来了,
　他原是"撤退"了的,用这个辞藻
以表明当你不想穿过鬼门关
　而进入地狱时,只好逃之夭夭;
但约翰孙是个伶俐人,他懂得
　什么时候闪开,什么时候来到;
他从来不逃跑,除非逃跑只是
意味着另外一种勇敢的机智。

三六

正是如此,当他的队伍死的死,
　伤的伤,只除了唐璜,一个新手,
因为是初生之犊不知有危险,
　更不知能溜走,只凭着傻劲头,
"愚昧"和"天真"都自有更生之力,
　使他耍开了蛮勇和一身筋肉——
正是如此,约翰孙稍稍避一避风,
好重振那在死之谷中感冒的人。

三七

他找到一个火力稍差的角落。
　那弹雨密密如麻,从炮台、堡垒、
城垛、墙垣、房屋和窗口向外射,
　因为全城已被基督徒紧紧包围,
没有一处人们不在拼死厮杀——
　就在这火网下,他看见了一队

俄国的轻步兵,由于追击敌人,
却被敌人反击得四散逃奔。

三八

他朝他们呼唤,而奇怪的是
　一呼他们就来了,并不像霍兹伯①
所说的"地下的幽魂",凭你怎样叫,
　精灵也不愿意离开他们的窝。
这些人所以来,因为逃避子弹
　是可耻的,或者由于惊慌失措,
这使人在战争或宗教信仰中,
像牲畜,只要登高一呼就跟从。

三九

但约翰孙,凭天发誓,是好样的!
　虽说他的名字没有埃阿斯
或阿喀琉斯那么响亮,但不久
　世上就难得有这样的铁汉子。
他能不声不响地杀掉一个人,
　稳得像雨季(一连几个月不止);
他绝不抽动一根筋,或者变色,
无论怎样忙,他也不手足失措。

四〇

所以,若是他居然逃跑,那总是
　经过熟思的,必然相信在他后面

---

① 霍兹伯,见第五章一三六节注①。

还有不少人也愿意如此摆脱掉
　　一些无聊的恐惧(它像寒风般
有损英雄的肠胃)。虽然英雄们
　　常常是名震不久就瞑目而眠,
但他们可不盲目,只要碰上死神,
他们也会稍稍避开,养一养神。

四一

但约翰孙所以逃跑,只是为了
　　便于携带其他的战士们重返
我们所谓的"虚无缥缈之乡",
　　或哈姆莱特①称为"可怕的一关"。
然而这对约翰孙却毫无所谓,
　　他的心灵(仿佛是给死人过电)
感染活人就像接上电线一样,
能把他们都带进最密的火网。

四二

老天爷!他们又回到了这一切!
　　起初谁不认为这一切可怕得
必须逃开,不管别人怎么夸光荣,
　　也不管联队的队旗、宣誓、战歌?
(也不管粮饷以外的每天一先令,
　　专为给战士充满英雄的气魄。)
唉,回来还是遇到同样的欢迎,

---

① 哈姆莱特,莎士比亚同名戏剧中的主人公。其中三幕一场中有近似引文的一段话:"但是害怕那死后的境况,从那闭塞的领域的边界从没有人能够去而复返,这就使得意志迟疑起来了……"

使人想到地狱,或已见地狱来临。

四三

他们倒下去,像冰雹乱打庄稼,
　又像是镰刀除草或收割五谷;
这倒证明一句谚语:生命脆弱得
　一如人所固执不舍的任何幸福。
土耳其的炮火像打禾谷的枷,
　或像拳击师,打得人血肉模糊;
连最骁勇善战的,还没来得及
抬起枪瞄准,便受到当头一击。

四四

土耳其人从第二个棱堡侧面
　和横沟之后,射击得异常凶猛,
像风扫泡沫,扫荡着整个敌军,
　但爱玩笑的命运女神灵机一动,
(本来城邦和世界都任她夷平)
　不知怎样,在这硫磺的欢宴中,
竟教约翰孙和几个没逃的人
打入城堡的墙坡,进了敌阵。

四五

起初是一二人,跟着五个,六个,
　十多个人很快地登上了城垛,
因为这正是孤注一掷的时候,
　到处火焰往上飞,或者往下落,
让你很难决定在哪儿最得计,

只好凭自己眼力,看情况抉择:
有人要第一个登上城去露脸,
有人认为在城下等等才勇敢。

四六

但登城的人发现他们的挺进
　却颇为有利:由于错误或偶然,
那位希腊或土耳其的工程师
　在城垣上装置了一列笨木栅,
绝不见于荷兰或法国的城堡
　(若比直布罗陀,当然更差得远),
突击队发见这些整齐的木桩:
恰好树立在城上通道的中央。

四七

因此,在木栅的两边各有九步
　或十步宽的路,可以成队前进,
这对我们的士兵倒是很方便,
　至少是对那一切还活着的人,
因为他们可以形成一线作战;
　还有一点也有利于他们斗争:
如果需要,木桩可以随意踢掉,
因为它们比青草高不了多少。

四八

在第一批中——我不愿说第一个,
　因为在这种场合,这种优先权,
常常引起不共戴天的争吵,

不但在友人中,也在盟邦之间;
哪个英国人敢于把约翰牛的
　　半个耐心碰一碰,比如说断言:
惠灵吞在滑铁卢是吃了败仗①——
虽然普鲁士盟友也是这么讲。

四九

若不是布鲁撒、布娄,和纳西奥②,
　　以及天知道还有哪些"娄"和"奥",
及时地赶来增援,拿一点颜色
　　给那些骁勇善战的敌人瞧瞧
(他们真猛得像饿嗉子的老虎),
　　恐怕惠灵吞公爵就无法炫耀
他的勋章了吧?还有他那年金
也是我们有史以来最重的一份。

五〇

但那没有关系,——自有"天佑我王!"
　　和国王们!因为天若不加以护佑,
我恐怕人民已不会护佑得久了——
　　我仿佛听见鸟的歌说,待不很久
人民就会强大;连羸弱的老马
　　假如被鞍具压得它痛入骨肉,
也不会再往前拉的;而贱民们

---

① 最终击败拿破仑的滑铁卢之役,英国方面声称是由它的将领惠灵吞打胜的,普鲁士方面则声称是由它的军队打胜的。
② 布鲁撒(1742—1819),布娄男爵(1755—1816)和奥古斯特·纳西奥(1760—1831)都是普鲁士的将领。

终于会厌倦去学约伯的耐心①。

五一

起初他们发牢骚,接着是赌咒,
　接着像大卫②,对巨人扔小石头;
最后呢,他们就会拿起武器来,
　假使人的心已绝望得不那么柔。
接着是一场激战——结果还会如此?
　我可很怀疑;我倒想"呸"它一口,
若不是我清楚看到:惟有革命
才能把地狱的污垢从大地除净。

五二

但书归正传。——我说在第一批中,
　而非第一个,我们的小友唐璜
走上伊斯迈的城头,飒爽阔步
　仿佛老于此道,虽然这种景象
他是初见(但愿大多人是如此)。
　他的心头沸腾着光荣的渴望,
别看他宽洪大度,富于同情,
一如他的外貌清秀得像女性,

五三

也竟至于此!——想他在女人怀中

---

① 约伯,见第一章一六二节注。
② 大卫,见《圣经·撒母耳记上》十七章。大卫是以色列的第二任国王。他少时为牧童,只凭对上帝的信仰,和非利士的大力士歌利亚对敌,歌利亚见他弱小而轻视他,却被他用一块石子击中前额,因而被杀。

469

从孩提时起,就像孩子一样甜;
不管在其他方面都怎样老成,
　只有在那儿他才是如登乐园。
卢梭①要多疑的女子注意恋人
　在离开她的臂抱后是否改变,
但这棘手的考验却难不住他,
因为只要手臂美,他就不离开它;

五四

除非是被命运、被海浪、被风暴
　或被近亲所迫,这些总归一样。
但他竟至于此!在这儿,凡维系
　人情的纽带都要让位给火与钢!
呵,想想他整个是心灵的化身,
　竟随时势推移,被命运或境况
掷到这里,连高贵都收不住脚,
却像被踢的骏马一路向前奔跑。

五五

一遇到抗争,他的血更沸腾了,
　有如猎马被拦在五条柱的门口,
或在双重的栏杆前,(呵,在那时
　英国青年的生存取决于胖瘦,
越轻越安全。)他可以在远距离
　憎恨残酷,好似人人都嫌殴斗,
直到自己火起来;但若伤了人,
他听到凄号时也会为之伤神。

---

①　卢梭,见第七章四节注。

五六

拉西将军正被逼得焦头烂额,
　　一旦看见来了这及时的增援,
竟仿佛是刚从月亮掉下来的
　　排得整整齐齐的百十个青年,
便对最靠近他的唐璜致谢意,
　　并表示:希望很快地把城攻陷;
他倒没把他看做"下贱的流民",
只当他是个利弗尼亚①的年轻人。

五七

他是用德国话对唐璜致谢的,
　　这对于唐璜就等于听梵文;
为了回答,他也就弯弯身致意,
　　因为他看到面前的这位将军
手执血染的剑,满身佩带着
　　又是黑蓝绶带,又是奖章、金星,
而且语气像在感谢,由此推断
这人必是一个高级的军官。

五八

在没有共同语言的两人之间
　　寒暄是短的,何况正在攻城战,
有多少尖叫回荡在一句话中,
　　而在每个字传到耳鼓以前,

---

①　利弗尼亚,今之爱沙尼亚和拉脱维亚。

又有多少罪恶发生！炮火的嚎丧
　好似教堂的钟响,和呻吟,呼喊,
嚎叫,叹息,祈祷,都和谐共鸣,
这也妨碍他们把谈话进行。

五九

因此,我费了两节诗所写的一切,
　不过是一分钟内发生的事情,
可是就在这小小的一分钟内呵,
　有多少罪恶都力求挤在其中!
连大炮都被这沸腾的喧嚷淹没,
　你若想辨识出它的轰隆之声,
就像要听红雀的歌一样不易,
因为人性的哀呼已彻响天地!

六〇

城是攻陷了。老天哪!库柏①说过:
　"上帝创造乡野,人类创造城镇,"
我开始觉得这句话说得不错:
　因为罗马,迦太基,泰雅,巴比伦,
尼尼微②,凡人知道和不知道的
　一切城垣,都已经被毁而沉沦,
这使我不禁想到现在和过去,
也许我们终将在森林里卜居。

---

① 威廉·库柏(1731—1800),英国诗人。"上帝创造乡野,人类创造城镇"一句引自他的诗作《任务》第一卷。
② 罗马、迦太基(在今之突尼斯)、泰雅(古腓尼基城市,在今之叙利亚)、巴比伦(在今之伊拉克)和尼尼微(古亚述王国的国都,在今之伊拉克)都是古代的名城,久已湮没无存,只剩了或多或少的一些遗迹。

六一

在名人之中,除了刽子手萨拉①——
　　他的一生和下场总算够幸运;
在一切我们所瞩目的伟人中,
　　最足庆幸的该算布恩②将军——
就是那个肯塔基的林野村夫,
　　只凭杀野熊野鹿就受到崇敬;
直到晚年,他孤寂而生气勃勃,
在荒径僻野与世无争地过活。

六二

"罪恶"没有沾到他——因为她不能
　　脱离人群;"健康"和他形影不离,
因为她原以人稀的荒野为家,
　　但假如人们偏爱与死亡为侣
而不找她,那也不要怪他们吧,
　　因为他们虽然厌倦,却已惯于
囚居城市中。我这里要说的是:
布恩将军游猎为生直到九十;

六三

而更可怪的是,他留下的声誉
　　深得人心,别人无法把他贬低;

---

① 萨拉(纪元前 136—前 71),罗马暴君,他杀害了许多政敌,自称为"幸运者"。
② 但尼尔·布恩(1735—1820),美国肯塔基州的开拓者,曾长期与印第安人作战,喜爱大自然和游猎生活。著有自传。拜伦过于美化了他。

他不仅有名,而且有一个美名,
　　否则光荣就成了酒馆的歌曲。
他单纯,安详,恰好与"耻辱"相反,
　　连"嫉妒"也无法给他涂上污泥:
一个有为的隐士,到老不失为
自然之子,或卜居荒野的"慈悲"。

六四

确实,连自己的国人他都躲避,
　　只要他们迁居靠近他的树林,
他就会迁往百英里外的移民点,
　　以求边远人稀的闲适和宁静。
文明的麻烦就在于:彼此掣肘,
　　你既不喜欢人,也难得人欢心;
但他并不是从不与人往还,
待人接物还是尽可能地和善。

六五

他并不是孤独的,在他的周围
　　成长了一伙田园的游猎之子,
他们有一个永远纯朴未琢的
　　年轻的世界,其中还不见一丝
刀剑的斑痕或忧伤的皱纹,
　　无论大自然或人面都是如此;
是生于自由的树林使得他们
像山泉或树木般自由而清新。

六六

他们都是高大强壮,健步如飞,
　不似蜷伏在城市的苍白的人,
他们从不为忧患或金钱所困,
　只任思想在绿色的林野驰奔;
没有精神的萎靡使他们苍老,
　也没有"时尚"以它的荒谬绝伦
逼他们模仿;他们单纯而不粗野,
他们的枪法虽好,却不用于末节。

六七

他们白天劳动,夜晚睡得安恬,
　"愉快"是他们的劳作的助手,
他们的人数不太多,也不太少,
　这使他们的心灵从不生锈;
那刺激人的贪欲,累人的豪华
　不会以赃物到山林里来引诱
这自由自在、别无所求的居民,
他们以孤寂为乐,却并不阴沉。

六八

关于自然是如此。为了换口味,
　再提提你伟大的乐趣吧,文明!
一个稠密的社会的美妙后果,
　战争和瘟疫,暴君的暴敛横征,
王族的祸害,权贵恶霸的贪婪,
　为了薪饷而杀人上万的士兵,

475

还有六十岁的喀萨琳的香闺,
加上伊斯迈的屠城更给它增辉。

六九

城是攻进了:先是一个纵队
　　一路浴血冲进;接着是另一路。
血热的刺刀和亮闪闪的刀锋
　　撞击着偃月刀;可以听见远处
母子的哭嚎和对天的诅咒;
　　硫磺的烟越来越浓,开始堵住
晨空和人的呼吸。土耳其军队
步步为营,还不肯撤出城围。

七〇

库图佐夫①,那以后曾把拿破仑
　　在冒险的血路上击溃的将军
(多少还靠冰雪小小帮助一番),
　　这一回却是他自己吃了败阵;
他是个有趣的人物,不管面对
　　友或敌,都能说两句笑话开心,
也不管那是否胜负存亡之交;
但这次,他的玩笑似乎不太妙:

七一

因为他自己跳进了一个沟渠,

---

① 米海伊尔·库图佐夫(1745—1813),俄国将领,他统率俄军抵抗拿破仑的入侵,终于使拿破仑在莫斯科城下败溃。

那些迅速追随过来的投弹手
却以自己的鲜血大大丰富了
　原来的血渠；以后他爬上城头,
但他的策略至此算达到极限,
　因为敌人把他们通通送回沟
(他们的死伤可真不少,这其中
利鲍比尔将军死得叫人悲痛)。

七二

幸而有一支迷路的水上部队
　顺流而下,随便到了一个地方,
简直不辨东西南北,上了岸后,
　就像在梦里似的到处游荡,
终于他们在曚曚的晨光下
　看到面前仿佛有一座城墙——
若不然,伟大有趣的库图佐夫
也许早和大部兵马埋在一处。

七三

就是这些队伍拥上了城垛,
　正当库图佐夫最敢死的军队
像变色龙似的,有些惴惴失色；
　他们在攻占高地后,就把名为
"吉利亚"的城门对那些受窘的
　英雄打开：英雄们正稍带羞愧
在城外没膝的泥水浆里跋涉,
它刚刚解冻,就变为人血的沼泽。

477

七四

科扎克,或者,随您高兴,哥萨克
 (我并不以拼音的正确而自负,
只要我在事实,数字,策略,政见,
 以及地理的标志上不犯大错误),
本来是擅于在马背上服役的,
 对于堡垒的地形学并不谙熟,
他们只凭首长喜欢向哪指挥,
便向哪儿打——却被杀得落花流水。

七五

虽然土耳其的炮火不断怒吼,
 他们有一支队却冲进了城堡;
自然他们认为,这就可以在全城
 掳掠一番,再也没什么碍手碍脚。
岂不知勇敢的人常常闹错误——
 原来土耳其人只是佯装逃跑,
好把他们引到两座棱堡之间,
然后再把傲慢的基督徒聚歼。

七六

于是,哥萨克们被捉住了尾巴——
 这对于士兵和主教同样致命。
在天亮时,他们被零星地切断,
 并发现此生的大限已经临近;
但他们死得不畏缩,也不抖颤,
 宁愿以自己的尸体把路铺平:

这就使叶苏斯克中校得以率领
波罗斯基的一营勇士顺利前进。

七七

这勇敢的人杀尽了他见到的
　一切土耳其人，只是还来不及
食其肉而寝其皮，自己便被杀；
　因为回教徒还不肯束手待毙
看着全城遭焚。虽然城墙被占，
　但倒霉的还不知是我或是你：
这真是有来有往，寸土必争，
　这一方不肯退，那一方也打不动。

七八

还有一个纵队也是损失惨重；

这儿,我们倒跟史家说在一道:
对于该争取最大光荣的队伍
　据说你发给的子弹越少越好,
假如情况是要他们短兵相接,
　晃着明亮的刺刀向敌人奔跑;
因为有时候他们竟一意图存,
　只是愚蠢地从远处射击敌人。

七九

麦克诺将军的部队(其中少了
　将军本人,由于副手的不得力,
他不久前在沙场上杀身成仁),
　终于和敢于攻城的士卒一起
再次攀登那喷吐死亡的城堞,
　虽说土耳其人抵抗得够壮丽,
城还是攻进了;为了保卫它,
　敌军司令付出了颇高的代价。

八〇

唐璜和约翰孙,以及先进城的
　一支敢死队,答应他从宽发落,
但堂堂番邦司令怎受得这句话?
　至少,这个蛮子将军听不进耳朵。
他死了,值得他的国人一挥泪,
　真不愧为强悍武夫,忠勇报国。
一个英国海军军官想要把他
　变为俘虏,反被他送回了老家;

八一

因为对这个建议的惟一答复
　是砰的一枪,把那个军官击毙,
别人看到这情形,再也不稍待,
　开始叫钢和铅(是专为这时机
忠诚以待的金属)胡窜和乱飞,
　结果没有一个人头能够免于
这场横祸:三千穆斯林当场毙命,
十六把刺刀刺穿了那个司令。

八二

城是攻占了——都是节节进占的,
　死神喝够了鲜血。没有一条街
不是为了保护那些它不再能
　保护的人而流出最后一滴血。
在这儿,战争已将它的破坏艺术
　让位给更破坏的天性:屠杀之烈
比得上尼罗河岸炎热的土壤——
每种罪恶都滋生了丑恶的形象。

八三

一个俄国军官高视阔步走过
　成堆的死尸时,感到他的后脚
突然被咬住,凶狠得像是夏娃①
　留给后代去承受的蛇的噬咬。

---

① 夏娃,见第一章一二七节注。

他一路乱踢、咒骂、撕扯也无用,
　咬得出了血,他像狼似的嗥叫;
那牙齿只满意地啃住他不放,
宛如古代那条蛇捉弄人一样。

八四

这是个濒死的回教徒,由于感到
　敌人的脚踩过他,便迅速捉着,
以牙齿咬住那最敏感的脚腱,
　(就是古代的缪斯或近代学者
以你而命名的部位,阿其里斯!①)
　牙齿虽已咬穿,但它无论如何,
还是不放松;据说(当然是谣传),
直到头割下来,它和腿还相连!

八五

不管事实如何,可以肯定的是:
　那个俄国军官终生是残废了,
敌人牙齿比烤肉叉还叉得深,
　使他不得不列居于伤病号。
联队里的军医也束手无策,
　因此他所受的责备可不小!
也许罪咎还甚于那死敌的头:
它虽然被割下,还不肯松口。

---

① 阿其里斯,见第四章四节注。"阿其里斯的脚踵"指惟一的弱点,因阿其里斯全身刀枪不入,除了脚踵。

八六

但事实总是事实——一个真正的
  诗人的职责就在于尽力摆脱掉
虚构的成分；因为，若是使诗歌
  比散文所受的真实性的约束少，
那算不了什么艺术，而是为着
  提供市场上对"诗的词藻"的需要，
同时满足那无耻的对谎言的渴求，
撒旦就凭它使成群的灵魂上钩①。

八七

城是取得了，但不是双手奉上的。
  不！没有一个回教徒交出刀剑；
血尽可以流淌，像多瑙河似的
  沿城倾泻，但没有行为或语言
在死亡或敌人面前表示畏缩。
  一路挺进的莫斯科人也枉然
欢呼胜利——哪怕剩下一个敌人，
也得叫对方陪着他一起呻吟。

八八

刺刀不断劈刺，马刀不断砍杀，
  人们的性命抛掷得一如粪土，
好像树林蜷伏于岁暮的寒气
  不断呻吟，落下红叶遍地飞舞；

---

① 撒旦，《圣经》中的魔鬼之名。

同样,这稠密的城市也在呻吟,
　失去了美好的一切,变为光秃;
到处是触目惊心的碎瓦残垣,
像吹倒的橡树,碎成千万个冬天。

八九

这是个可怕的题目,但我的诗才
　任何时候都不在于耸人听闻,
因为人的命途总是既有吉祥
　也有乖背和灾难,好与坏杂陈,
欢乐中不乏哀愁;若是过多地
　只唠叨一种情调就不免沉闷;
不管是无心或有意得罪友或敌,
我写你们的世界力求不差毫厘。

九〇

在团团罪恶中,只要有一件德行,
　用句成语说(在这崇尚粉饰、虚靡
而伪善的时代,说话得矜持些),
　就会"一新耳目",并且能给我话题,
使我这些被丰功伟业的战火
　灼烤得有些干枯乏味的诗句
稍稍得以润泽;虽然一切史诗
都是凭这种题材而富丽绝世。

九一

在一个横尸上千的棱堡上
　有一堆尸体尚未冷却的女人,

她们原是逃到这里来避难的,
　却与城堡共亡,足叫善良的心
见而寒栗——这时,美得像五月,
　一个十岁的女孩子却弯下身
想把自己小小的急跳的心胸
藏躲在这一摊血泊的尸体中。

九二

两个邪恶的哥萨克气势汹汹,
　正手拿着武器朝这孩子追来;
相形之下,连西伯利亚的野兽
　都有纯洁的感情,都充满仁爱,
连熊也算得文明,狼算得温顺;
　但这一切都该责备谁?是该怪
他们的天性?还是怪那些君主
千方百计叫他们的臣民去杀戮?

九三

他们拿刀对她幼小的头摇晃,
　吓得她把头直往死亡堆里钻,
连她美丽的头发也悚然竖立;
　这凄惨的景象正被唐璜瞥见。
我不想转述他说的什么,因为
　那也许使文雅的耳朵不很喜欢;
但他所做的却是猛扑他们后背,
这样和哥萨克讲理倒最干脆。

485

九四

一个被砍了屁股,一个肩膀劈裂,
　他们又怒又痛,被赶得一路怪叫,
也许去找外科医生,看哪个巧工
　能把那受之无愧的伤口焊接好;
这时唐璜转而搬动那一堆尸体,
　个个血肉模糊,使他顿时感到
不寒而栗;就从这一大堆死人里,
他把这快要永眠的小俘虏拉起。

九五

她和死尸一般冰冷,在她脸上
　有一条细长的血痕,使人想到
她也几乎走上她全家的归宿,
　因为正是杀她母亲的那一刀
伤了她的前额,所留这条血痕
　成了她和亲人的最后联系了;
但此外她倒没有伤,她睁大眼
十分惊诧地对唐璜看了一看。

九六

就在这一瞬息,当他们睁大眼睛
　彼此凝视的时候,唐璜的面容
真是悲喜交集,充满希望和恐惧,
　又有救人的欣慰,又怕还有不幸
等待他所救的人;而她满脸是
　稚子的恐怖,好似身在噩梦中,

那张小脸纯洁、苍白,而又光亮,
有如烛光照耀到石膏的瓶上。

九七

约翰·约翰孙来了(我不想叫"杰克",
　　因为在伟大的场合,类如攻城
或目前这种时际,用那种称呼
　　就显得俗气、败兴,而不够郑重);
约翰孙来了,随后还有几百人,
　　叫道:"唐璜!唐璜!小伙子,不要停!
我可以拿一块钱打赌:莫斯科
　　准要把圣乔治勋章①发给咱一伙。

九八

"土耳其司令的脑袋已经敲碎了,
　　但是那石头堡垒还没有拿下来。
老督军还坐在几百个死尸中间,
　　在炮声里安然吸着他的烟袋;
听说呀,我们死的人堆得高高的
　　都齐到下巴啦,就为着那座炮台!
现在它还是连珠发射着炮弹,
　　好似葡萄园的葡萄一落就一片。

九九

"跟我来吧!"可是唐璜答道:"你看,
　　这孩子是我救的——我不能叫她

---

① 俄国军人的勋章。——拜伦注

听天由命呵；只要你能指给我
　一个安全的角落，使她不太害怕，
我就跟你去！"约翰孙四周望了望，
　耸耸肩，一面卷衣袖并整理一下
黑绸领巾，一面答道："你说的有理。
　可怜的东西！怎么办？我也没主意。"

一〇〇

唐璜说："不管有多么天大的事，
　我也不能离开，除非她的生命
能比我们这种处境安全得多。"
　约翰孙说："谁的命我也不能保证。
但至少，你可以死得光荣一些。"
　唐璜说："至少我要耐心等一等。
我不能任这个孩子再冒风险，
　她已是孤儿，所以必须归我管。"

一〇一

约翰孙说："唐璜，我们没时间耽误。
　这孩子挺好看，挺美；我还不曾见
这样的眼睛，——但听着，现在你必须
　在荣誉和感情、骄傲和怜悯之间
加以选择；你听，炮声响得更凶了！
　不管怎么说，不劫城可大为失算！
我不愿意自己去而不带着你，
　不过，天哪！捞第一水就要来不及！"

一〇二

但唐璜不为所动；直到约翰孙
　（他倒真爱唐璜，虽然看来无心）
从自己的队伍里巧妙地挑出
　几个被他认为最不爱抢的人，
并且赌誓说：万一这孩子出了岔，
　那不客气，明天就枪毙了他们。
但假如她被保护得安然无恙，
他们至少有五十卢布的奖赏，

一〇三

而且还有掳得的财物作津贴，
　一切都和他们的伙伴公平分配；
这样吩咐以后，唐璜才一同前进。
　在炮火下每进一步，他们这一队
数目就更少，但人们仍然拥向前，
　这也不足怪，因为都被利欲所催；
这情形本来到处如此，天天发生：
别相信英雄就甘于领取半薪。

一〇四

呵，胜利就是如此！人就是如此！
　至少在这名目下的十之八九
就是如此；也许，对我们称为"人"的
　上帝大多另有名称，另立范畴，
否则天道很难解。但言归正传：
　有一位可汗或"苏丹"（对这位军头，

我遵从的那位历史家就这样
错称了一下)似乎怎样也不投降。

一〇五

五个儿子保护着他,(多妻制度
　就有这种好处:生的虎子特别多,
而且不会被处以虚伪的重婚罪。)
　只要他看见有一枝还英气勃勃,
就怎样也不相信城防大势已去。
　你以为这必是阿其里斯或赫克托耳[①]?
不,这只是个朴素而平和的老头
愿意和他的五个儿子领先战斗。

一〇六

要点在于俘获他。但凡是英雄
　每看到有勇敢的人众寡不敌,
就有不忍之心想去伸手援救;
　英雄本都是半神半兽的混合体,
他时而怒如狂涛,时而悲天悯人,
　就像一棵粗犷的树傲然耸立,
但也有时会对夏风频频低首,
似有悲悯拂过它野蛮的心头。

一〇七

然而他绝不肯做俘虏。对一切
　招降的提议他只有一个答复,

---

① 赫克托耳,在特洛伊战争中,特洛伊方的勇士。见第七章七八节注。

490

那就是朝基督徒乱砍杀一通,
　　像瑞典王查理①在本德那样顽固。
他的五个儿子对敌人也不示弱,
　　这使得俄国人的同情不像起初
那么柔了,因为它也和耐心一样,
不断的小小的挑拨会把它磨光。

一〇八

也不管约翰孙和唐璜用多少
　　他们能运用的一切东方词令,
求他看在真主面上,哪怕稍稍
　　把战斗放缓一些,只要给他们
一个能拯救顽敌的借口就行——
　　他只一路砍去,像神学大师们
碰上了怀疑论者,他又骂又打
这两个朋友,像婴儿打着奶妈。

一〇九

他毫不客气,使唐璜和约翰孙
　　都受了轻伤,这下他们可不再等:
第一个叹口气,第二个咒了一句,
　　就朝愤怒的苏丹大人乱砍一通。
而别人看到这么一个不讲理的
　　顽而不化的蛮子,也都怒气填胸:
刀枪朝他们父子密打得像雨点,

---

① 瑞典王查理,即瑞典国王查理十二(1682—1713),他联合乌克兰的马赛蒲,在波尔塔瓦一役被俄国彼得大帝击败(1709年)。逃至本德(土耳其属地)时,仍图再战,直至被土耳其俘获,始离开本德。

而他们抵挡着,好像一片沙滩

——〇

饮了又饮,还只嫌干。他们终于
　　倒下了。第二个男儿一弹丧命,
第三个被刀劈,第四个最受痛爱,
　　却在刺刀上结束了他的一生;
第五个由基督教的母亲所养,
　　一向受虐待,因此也长得畸形,
他却战到最后一口气才作罢,
　　为了救那生他而脸红的爸爸。

———

长子是一个真正不驯的鞑靼,
　　比得上穆罕谟德最中意的徒弟,
在这最藐视基督的殉道徒心中
　　净只是一些绿衣的黑眼睛仙女,
据说她们为不愿居留尘世的人
　　在天国铺好了床,而且这些佳丽
和一切美人一样,凭她们的美
就能对所见到的人为所欲为。

——二

至于她们想把这年轻的可汗
　　如何摆布,那我就不便多过问;
无疑,一个漂亮小伙子会得到
　　比粗粝的老英雄更多的欢迎,
当然这就是为什么在战场上

要找久经风霜的阵亡的老兵
那可难上加难,但漂亮的公子
却血肉模糊的,满地躺的都是。

一一三

仙女们还有一种天然的嗜好,
　就是爱把你们新婚男子拉去,
那是正当良辰美景令人欢笑,
　还没等第二个蜜月变得忧郁,
或者还没等"悔恨"噬咬着深心,
　使他为了不再能独身而叹息——
也许是因为嫉妒这昙花一现,
你们的仙女就争着把它掐断。

一一四

因此,这年轻的可汗只心想仙女,
　完全忘了他的四个新娘的爱娇,
就朝天国的第一夜勇敢地冲去。
　不管我们优越的信仰如何嘲笑,
反正回教徒就为那些仙女而战,
　好像天国只此一家,并无分号。
其实,若凡是我们听到的天国
和地狱都真:那至少该有六七个。

一一五

他的眼前全是那灿烂的幻影,
　甚至当钢矛刺进了他的胸部,
他还高呼"阿拉!"并且看见乐园

为他拉开了它的神秘的帷幕,
而光辉的"永恒"毫无遮拦地
　　射向他的灵魂,像不断的日出:
先知,仙女,天使和圣徒都一齐
在烈焰中闪过眼前,于是他死去,

一一六

他的脸上洋溢着天庭的喜悦。
　　好老头儿可汗早已不再能目睹
仙女什么的,除了看见自己身边
　　那长得像杉木一样繁茂的家族——
当他看到他的最后一个虎子
　　像一棵砍倒的树,尘土归于尘土,
他停一下,看了看儿子的死尸,
呵,这是他最初和最后的儿子!

一一七

士兵们既看到他已偃旗息鼓,
　　便也停止战斗,仿佛再次情愿
与他和解,只要他不再像上次
　　那样喝喊"后退!"但老头儿不管
他们的示意,他从未颤抖的心
　　这时却像一根芦苇那样抖颤,
望着儿子们都已死去,他深感
在生命临终时他自己的孤单。

一一八

但那只是一瞬息。他一个纵身

朝俄军的刀锋扑去他的胸膛，
对生命漠视得好似一只飞蛾
　鼓起双翅去扑那焚身的火光；
呵，为了刺深些，他紧紧地靠在
　那杀死他的儿子的刺刀尖上，
接着对儿子们暗淡地看了看，
　就让灵魂从巨大的伤口飞上天。

一一九

真奇怪:这些粗鲁无情的铁汉
　生平以杀人为业,从不知怜惜
妇孺或老弱,这回看到老头儿
　同他的儿子在他们脚前死去，
也不禁为被屠者的英雄气概
　感动得心软一下;虽然没有泪滴
从他们血红的眼里流出,他们却
　钦佩人蔑视生命有如此坚决。

一二〇

但是那石头堡还在继续开火，
　督军还是安详地做着他的官，
他使俄国人败退了二十多次，
　大军每次进攻都落得人仰马翻。
终于他下问了一句:这座城池
　还有一些部分是不是已经失陷？
听到回答"是",他立刻派个州长
去答复利巴斯,同意向他投降。

495

一二一

这时他盘腿坐在一块地毯上,
　　在一片烧焦的荒墟的包围中,
漠然无事地吸着烟;连特洛亚
　　也没有落到如此凄惨的情景!
但这却无害于他的坚忍哲学,
　　他威武地望着一切,无动于衷;
一面轻捻胡须,一面喷着烟云,
好像他既有三条马尾①,也就有三条性命。

一二二

城既已攻占——那么,他和这堡垒
　　是不是投降就已经不关重要,
他怎样顽强勇敢也无济于事。
　　新月的银弓下落,伊斯迈完了!
只见战地上飘着血红的十字,
　　但那不是救世的血;燃烧的街道
投影在河水里,像是一片月光
被染得赤红,在血海里倒映。

一二三

心灵所厌的一切过分的举动,
　　身体力行的一切坏事的后果,
魔鬼发疯时所犯的各种罪行,

---

① "好像他既有三条马尾",土耳其巴夏(或总督)以马尾的数目表示官阶。三条马尾表示三级巴夏。

尽见闻和想象所描绘的灾祸,
还有罄竹难书的、使人入地狱,
　或变人间为地狱的那些邪恶,
(想不到仅凭人们的胡作非为
就会成为这样!)都已在这儿鼎沸。

一二四

假如这里偶尔也有稍许怜悯
　贸然一闪,使一颗较高贵的心
能摆脱血腥的羁绊而去拯救
　一个美丽的孩子,或一二老人——
但那算了什么?怎能补偿全城
　被毁的成千爱情、亲属和责任?
伦敦的老爷,巴黎的公子呵,请看:
战争究竟是多么慈悲的消遣!

一二五①

请想想读一张公报的乐趣吧,
　那得用多少痛苦和罪恶交换;
如果你们无动于衷,请别忘记
　这宿命也许就是你们的明天!
而目前,赋税、卡色瑞、国债等等,
　已经很好地暗示到了这一点。
请扪心自问,看看爱尔兰现况:

---

① 这一节和下一节控诉英法之间长期的战争已使英国民不聊生,尤其爱尔兰是如此。一八二一年八月英王乔治四世出游爱尔兰,贵族们对他的欢迎和歌颂适与爱尔兰的饥荒遍野形成鲜明的对照。

韦斯雷①的光荣已使遍地饥荒。

一二六

不过对一个爱国情殷的民族
　　（不但爱国,又如此爱它的国王）,
那总不失为兴致崇高的题目——
　　所以,缪斯呵,别摔开它而飞翔!
别管"虐政"那群蝗虫怎样吃掉
　　你的绿野,也别管爱尔兰怎样
饥荒遍野——反正饿不到皇上,
伟大的乔治还是体重二百多磅!

一二七

但现在该把我的本题结束一下:
　　伊斯迈是完了——呵,那不幸的城!
多瑙河远远映着它燃烧的楼阁,
　　血水顺流而下,一路把它染红。
可怕的杀声和更凄厉的号叫
　　还在此起彼伏;但大炮的轰隆
已渐渐减弱。守城的四万大军
只剩下几百,其余的都已沉静!

一二八

不过有一件事情应予以表扬:
　　俄国军队虽然这次把城攻陷,
有一种今日颇为时兴的美德

---

① 韦斯雷,见第一章二节注。

值得我们记载,传为千古美谈:
话题难以出口,所以得婉转说——
　也许由于深冬已久,过于严寒,
也许是疲惫和缺粮使得他们
变贞洁了——总之他们很少奸淫。

一二九

杀得倒很凶,抢劫更不计其数,
　也许还同样多地在某一方面
偶尔越轨,——可是绝不像法国人
　那放荡的民族在洗城时那般
蹂躏过分。我猜不出什么原因,
　只好认为是天冷和怜悯使然;
全城的女人,除了四百个例外,
比原来贞洁的程度并不更坏。

一三〇

一些古怪错误也在暗中发生,
　这表明灯光不够,或口味太差;
的确,烟雾浓得难以辨认敌友,
　而况在做这类事时总是无暇
细加酌量;也许只要一星之光
　就能使德高的贞女免受糟蹋:
不幸六个老处女,各有七十高龄,
都被不同的近卫军蹂躏一通。

一三一

但大体上,俄军的节制很可观,

致使有人意马心猿,深为失望,
　　她们一向感到"幸福的独身"
　　不很方便(她们本非自愿背上
这个十字架的:不是她们之过,
　　而是命运使然),并认为老姑娘
最好举行罗马式的赛班婚礼①,
既可以省时间,又省得送彩礼。

一三二

在这兵荒马乱中,也可以听到
　　有些标致的中年寡妇在纳闷:
(她们都是禁闭得过久的鸟儿,)
　　"为什么还看不见有奸淫的人?"
但当人们正忙于血洗和抢劫,
　　对其他罪孽就来不及多费神;
至于她们是否会逃,那就成了
黑夜的秘密——我只有暗自祝祷。

一三三

苏瓦洛夫成了征服者,比得过
　　他的同业帖木儿②或成吉思汗。
当炮声还在继续,在他的眼前
　　像干草般燃烧着街道和寺院,
他以血手写出了第一张捷报,

---

① 赛班婚礼,赛班是意大利中部居民,纪元前三世纪被罗马征服,传说罗马人经常劫掠赛班妇女为妻。
② 帖木儿(1336—1405)和成吉思汗(1155—1227)都是蒙古征服者,在西方以杀烧著称。

这下面就把他的杰作照抄一遍:
"荣耀归于上帝和女皇!"①(苍天在上!
这两个名字竟在一口气里回荡!)

一三四

"伊斯迈是我们的了!"多么不凡!
我想这以笔记述利剑的几个字
可以比得伯尔沙撒所见的凶言②。
天保佑我吧!我并非什么牧师:
伯尔沙撒所见的是神的笔迹,
严峻,庄严,那对于国运的预示
绝非儿戏;——但这机智的俄国人
像尼罗③,居然对燃烧的城歌吟。

一三五

他写了这北国的诗,不用谱曲,
正好以嚎叫和呻吟给它伴奏,
我想人们虽不唱,却忘不了它——
因为,如果可能,我要教导石头
去反抗世上的暴君。别让人说:
我们仍谄媚王座吧!多年之后,
子子孙孙呵!想想我们是怎样
暴露了世界自由以前的情况!

---

① 在俄文中,原文是:
　　荣耀归于上帝,归于陛下,
　　城堡已攻陷,而我是在那儿。
这是一种联句,因为他是诗人。——拜伦注
② 伯尔沙撒,见第三章六五节注。
③ 尼罗,见第三章一○九节注。

一三六

我们是看不到那一天的,但你们
　　生活在自由而欢欣的太平盛世,
将难以相信像我们所见的一切,
　　因此我要为你们写出这些怪事;
不过,让这记忆消逝也好!但如果
　　后人还要提起它,它引起的蔑视
必甚于古代的野蛮人,因为他们
虽然彩涂自己,却不以鲜血文身。

一三七

将来你们听到史家谈及王座
　　和王座上的人时,但愿那就像
我们如今望着恐龙骨头似的,
　　不知有此物生存的古代是怎样;
或者像埃及石壁的象形文字——
　　那有趣的谜足够叫后人去猜想
不知其中有什么可喜的秘密?
(这就是建造金字塔的真正目的。)

一三八

读者!我已经遵照诺言,至少是
　　照我第一章所说的予以兑现;
你们看到爱情,风暴,旅行,战争,
　　丝毫不爽地写出来,而且这诗篇
是史诗,假如老实人的话不致
　　冒犯尊听:因为我在吹牛方面

确远逊于前辈。我只随意歌吟,
但诗神有时也借我以弦外之音,

一三九

使我得以啰嗦,挑错和胡扯。
　　至于这莫名其妙的诗歌巨作
还要安排什么给它的主人公,
　　那得等以后我想一想再说;
但现在,打过伊斯迈的攻坚战,
　　我已够累了,想在中途就煞车。
且让唐璜奉派去京,带着捷报,
全彼得堡都正把它盼得心焦。

一四〇

唐璜所以能有这特殊的荣誉,
　　因为他在前线的行为既勇敢
而又人道:这后者,人们在以残暴
　　满足虚荣之后,有一时很喜欢;
从疯狂的屠杀中救出的孩子
　　给他博得了人们的某些称赞。
但我想,他对于她的安然脱险
比对他的新勋章更感到心欢。

一四一

这穆斯林的孤儿就归他管了,
　　因为她已无家可归,举目无亲。
她的亲人像赫克托耳家族一样
　　都已在战场上或围城下丧命;

503

她的出生地只剩了一片荒墟,
　而平日寺院鸣钟祈祷的声音
也不再听到了。唐璜忍不住挥泪,
并立誓保护她,这他倒没有违背。

第 九 章①

一

哦,惠灵吞!(或不如说"毁灵吞"②!

　　声誉使这个名字怎样拼都成;

法国对你的大名竟无可奈何,

　　就用这种双关语把它嘲弄,

好使她无论胜败都能够开心,)

　　你得到了不少的年金和歌颂,

像您这种光荣谁若敢反对,

全人类都会起而高呼:NAY!③

二

　　我觉得在马里奈谋杀案件中,

---

① 本章写于一八二二年八至九月,与第十、十一章同发表于一八二三年八月。
② "毁灵吞",法国报刊在滑铁卢一役后,经常把惠灵吞别称为 Vilainton(有"恶棍"之意),因为这个字音和惠灵吞近似,中译为求与原名声音近似,故译为"毁灵吞"。
③ Nay! 印刷厂学徒。——拜论注(Nay 与 Ney 同音,前者是英文字,意为"不同意",后者是法文字,系拿破仑的一员勇将之名。拜伦假借印刷厂学徒的名义,做了一个语意双关的游戏,意即在人们心目中,呼出这一法国战将之名,会使惠灵吞闻而丧胆。——译者)

你对金纳德没信义①——简直卑鄙,
还有些类似行为不会给你的
　　威斯敏斯特的灵牌带来荣誉。
至于那是什么,自有饶舌的女人
　　在午茶时传播,这儿不值一提。
但虽然你的残年已快达到零,
大人呵,您却还是个少年英雄。

三

不列颠负于(也付与)你真够多,
　　但欧罗巴所负于你的更不少:
你为她的"正统"修理了拐杖,
　　正当那支柱看来已风雨飘摇。
你把一切恢复得有多么牢固,
　　西班牙、法国和荷兰都能感到;
滑铁卢一役使普世对你铭感,
　　(但愿你的歌手②唱得出色一点。)

四

你"杰出的刽子手呵"——但别吃惊,
　　这是莎翁的话③,用得恰如其分,
战争本来就是砍头和割气管,

---

① 马里奈、金纳德,一八一八年一月,金纳德爵士告知当局,一告密者(他不愿披露其名)告诉他,现有人阴谋暗杀惠灵吞。二月间,在惠灵吞返回旅居时,果有人对他开枪,但谋刺未遂。惠灵吞迫令当局向金纳德索要告密者姓名,金纳德在法国当局的保证下提供了告密者马里奈之名,以后马里奈被捕,金纳德认为当局言而无信,此事当时曾引起争论。
② 你的歌手,司各特、华兹华斯等都写过歌颂滑铁卢战场的诗。
③ "杰出的刽子手呵",引自莎士比亚悲剧《麦克白》三幕四场。

除非它的事业有正义来批准。
假如你确曾演过仁德的角色,
　　世人而非世人的主子将会评定;
我倒很想知道谁能从滑铁卢
得到好处,除了你和你的恩主?

五

我不会恭维,你已饱尝了阿谀,
　　据说你很爱听——这倒并不稀奇。
一个毕生从事开炮和冲锋的人,
　　也许终于对轰隆之声有些厌腻;
既然你爱甜言蜜语多于讽刺,
　　人们也就奉上一些颠倒的赞誉:
"各族的救星"①呀——其实远未得救,
"欧洲的解放者"②呀——使她更不自由。

六

我的话完了。现在请去用餐吧,
　　巴西的王子正向你献上珍馐;
请别忘记给你那门口的卫兵③
　　从你丰盛的餐桌拿一块骨头;

---

① "各族的救星"等赞辞都引自当时英国议院中的演说。
② 见滑铁卢战役后议会的演说。——拜伦注
③ 门口的卫兵,关于当时英国士兵的困苦情况,由下一段某士兵的自白中可以见到:"这时,我和其他四人得到一个解乏的差事,我们被派去弄碎饼干,给惠灵吞爵爷的狗备餐。我当时很饿,认为这是个好差事,因为我们一边弄碎饼干,一边喂饱了自己——这吃食我已有些天没遇到了。当我这样做时,浪子的形象从未离开过我的脑海;我一面喂狗,一面为我的贫困和毁灭的希望而叹息。"(见《第七十一团一士兵的日记》,1822 年出版)

他作过战,最近可吃得不很饱——
　　据说,好像人民也正饿得发愁。
当然啦,你的俸禄是受之无愧,
　　但请还给国人你的一点余惠。

七

我不想评论你,像你这么伟大,
　　我的公爵大人!当然无可訾议;
罗马的辛辛纳塔斯①虽然崇高,
　　和我们现代史可搭不上关系。
不过,尽管你吃马铃薯没有够,
　　似乎也无需霸占那么多领地;

---

① 辛辛纳塔斯,纪元前五世纪的罗马人。他在执犁耕地时被召去率军杀敌,以拯救罗马;在十六天完成任务以后,他仍回到田地从事耕种。他被认为是正直和勤俭的象征。拜伦以他的榜样谴责惠灵吞的收受大笔年金和田产。

呵,以五十万给你置一座田产
未免太贵了!——我可是无意冒犯。

八

凡伟人都不要荣华富贵为报酬:
　　厄帕敏南达①拯救了底比斯以后
就去世了,甚至没有一笔葬仗费;
　　华盛顿②得到感谢,此外一无所有,
除了给祖国以自由的万丈光辉——
　　这荣誉才稀见! 连庇特③也在夸口:
作为一个亮节高风的国务大臣,
他毁了大不列颠,居然不要酬金。

九

除拿破仑以外,没有人像你这样
　　为时势所宠,而又如此糟蹋良机,
你本可使欧洲从暴君的压迫下
　　解放出来,从而获得普世的感激;
而今呢,你的声名如何? 在群氓的
　　一片喧腾后,要不要缪斯告诉你?

---

① 厄帕敏南达(纪元前418—前362),希腊将军,对祖国有功。但他"死时极贫,底比斯人不能不以公款埋葬他;因为他死时家中一无所有,只有一个铁叉。"(普鲁塔克)
② 华盛顿,见第八章五节注。拜伦这里过分美化了他。他原是地主,有很大的田产。所以在战争期间,他曾谢绝总司令职务的薪金,战后国会给以馈赠,也被他拒绝。
③ 威廉·庇特(1759—1806),英国首相,他联合欧洲各国反对革命期间的法国,镇压国内的民主自由运动,维护英国反动势力的利益;这一切都是拜伦所痛恨的,故对他反讥。"不要酬金"指如下一事:庇特曾拒绝伦敦商人赠与的十万镑为他付债,也不受皇室的三万镑赠款。

去吧,听它就在你祖国的饥嚎中!
看看全世界,你该诅咒你的战功!

一〇

既然这几章都谈到汗马功劳,
　我耿直的缪斯无妨对你说出
你在公报上读不到的老实话;
　是时候了,该对你们雇佣的一族
(个个靠祖国的血和债而自肥)
　把它宣示出来,而且不行贿赂:
你干了大事情,可是胸襟狭小,
因此把擎天伟业——把人类毁了。

一一

死亡在欢笑——关于逝去的世界
　请想想我们知道的是多么可怜!
它虽已沉落了,像沉落的太阳,
　也许在别处引起更灿烂的春天。
死亡正笑对我们所痛惜的一切,
　请看谁不在时时惶恐!死亡的箭
威胁着生命,尽管并没有射出,
但谁看见它的狞笑而不恐怖!

一二

看呵!死亡正怎样嘲笑着我们!
　它把我们的现在都变为过去,
因为没有肉身,它的笑声不是,
　从耳朵传到耳朵;这怪物早已

不再聆听,只微笑着给人剥掉
　　比一切华服还更珍贵的外衣——
人皮,不管是白、是黑、是棕黄,
只留下一堆白骨冷笑在世上。

　　　　一三

死亡就如此取乐,乐得好阴森;
　　既然它如此,生命又为何不能
满足于他更优越的取乐方法,
　　以一个微笑把一切夷为虚空?
本来万物不过是泡沫,不断地
　　涌现和破灭在时间的狂澜中,
虽然这狂澜又不及永劫之流——
它一波就吞没了时间、太阳、宇宙。

　　　　一四

"活着,还是死去? 这是一个问题。①"
　　莎翁的这句话如今颇为流行;
我不是亚历山大或黑菲斯申②,
　　也从无意于获取抽象的名声,
宁愿有好胃口,而不做生癌的
　　拿破仑——即使能让我百战百胜
为了把一个英名或臭名赢得,
假若没有胃口,美名又算什么?

---

① "活着,还是死去……"引自莎士比亚《哈姆雷特》三幕一场。
② 亚历山大,指马其顿王亚历山大大帝。他为了没有更多的地方可征服而叹息。
　　黑菲斯申,亚历山大的将军和好友。

511

一五

"呵,割禾的人有多好的肠胃!①"
　　我译出这句话,是专为给那些
无福消化的人造福,因为他们
　　被注定要以自己小小的胃穴
承受整个来自地狱的波涛——
　　农夫的汗可抵得财主的产业:
前者劳苦而耕,后者逼人租金,
　　可是睡得最酣的人才最称心。

一六

若是要我回答"活着,还是死去?"
　　我倒想先把什么是生存弄清。
我们的确想得很多,而且认为,
　　我们既有所见,必然事事高明;
至于我呢,"生"或"死"都别想拉我去,
　　除非我看双方已暂停止交兵:
因为有时候,我觉得生即是死,
活着并不只是喘口气就了事。

一七

"余何所知哉?"这蒙田②的座右铭
　　也成了最早的学院派的警语:

---

① "呵,割禾的人……"引自荷拉斯。
② 米歇尔·蒙田(1533—1592),法国作家,著有《小品文集》。他对当时的宗教及哲学信条抱怀疑态度,因此,"余何所知哉"这句话成为他基本的哲学观点。

人所获知的一切都值得疑问,
　　这是他们最珍视的一个命题;
自然,哪儿有确定不移的事物
　　在这瞬息万变的大千世界里?
我们此生何所为?这真是个谜,
连怀疑我恐怕都可加以怀疑。

一八

在冥想的海洋中像庇罗①似的
　　随意漂流,也许真是其乐无穷,
但万一帆船被吹翻了怎么办?
　　你们的智者对航海并不高明。
在思想的深渊中游久也疲倦,
　　假如你的能力只是普普通通;
倒不如在浅滩,避开大的浪潮,
一弯身就能拣些美丽的贝壳。

一九

"然而,苍天在上,"②如凯西奥所说:
　　"别再说了,我们该做的是祈祷。"
我们还得救世,因为自从夏娃
　　和亚当堕落以来,人就被贬到
鸟兽虫鱼的归宿里去了。据说,
　　麻雀的坠落是天数。至于这种鸟

---

① 庇罗(纪元前365—前275),希腊哲学家,怀疑派哲学的创始者。他认为真理是不可知的。
② "然而,苍天在上……"引自莎士比亚《奥赛罗》二幕三场。与原文略有出入,原文为:"好了,上帝在上,有的灵魂必须拯救,有的灵魂不必拯救。"

犯了什么罪,那可就难以揣摸,
也许它曾在夏娃的树上歇落?

二〇

哦,不死的神!什么是你的家谱?
　哦,必死的人!什么是你的博爱?
哦,宇宙呵!什么是你的源起?
　有人攻击我愤世嫉俗,多奇怪!
他们指的什么?我像这书桌的
　红木头一样莫名其妙;但此外,
人变狼的妖术我觉得倒好懂,
因为只要有机会,他比狼还凶。

二一

但以我而论吧,最谦卑最温和,
　像摩西①或麦兰克森②,待人接物
我从来都不敢远离中庸之道,
　而且(虽然有时候,我也忍不住
放纵肉体或心灵,任其意而行),
　我一向是待人以德,心怀忠恕,
何以人们倒把我叫做愤世者?
看来我不恨他们,他们倒恨我。

---

① 摩西,《圣经》中的先知,他率以色列人出埃及,并订立十诫。他以严峻的立法者著称,拜伦称他"谦卑""温和"乃是戏谑之词。
② 麦兰克森(1497—1560),德国宗教改革的领袖之一,以温和谦虚著称。

二二

现在该继续我们的好诗了。
　　这首诗我认为确是一篇杰作,
不仅正文好,连序言也精彩,
　　别管目前人们怎样不识货,
但总有一天,其中所含的真理
　　终必显示出她最庄严的美色;
而在这以前,我只好暂时和她
共赏她的美和她飘零的生涯。

二三

我的主人公(我相信也是你们的,
　　我仁慈的读者!)正在兼程奔赴
那大彼得的文雅蛮子的都城,
　　(因为他们的文才仍逊于勇武,)
我知道这个帝国很惹人奉承,
　　可叹堂堂伏尔泰①都不能免俗!
至于我,我认为一个专制的国君
说不上野蛮,却远劣于野蛮人。

二四

我要和一切与思想作战的人
　　作战,至少在文字上,(如果可能,

---

① 伏尔泰,见第五章三一节注。他与俄国女皇喀萨琳有书信来往,其中他尊称她为"世界上的首要人物"、"各民族的火与生命"、"圣徒"、"与上帝的母亲同等"、"北国之神"等等。

也在行动上。)而在思想的敌人中，
　　暴君和谄媚的奴才一直是最凶。
我不知道谁会胜利，但即使我
　　有先见之明，也不会使我这种
公然的、坚决的、毫不含糊的憎恨，
对各国的任何暴政稍减一分。

二五

倒不是我想讨好于人民，因为
　　即使没有我，也有的是人叫嚣：
煽动家呵，异教徒呵，都想推翻
　　每一座尖塔，代以合适的材料；
谁知道他们是不是散播异端，
　　像基督教义似的为地狱开道？
我但愿人们既不受制于皇帝，
也不受制于暴民——或我，或你。

二六

这结果呢，由于不附和任何人，
　　我倒得罪了一切人——但随它去！
如果说，我失于不会见风转舵，
　　至少我的意见不是欺人自欺。
凡无心名利的人就不会取巧，
　　假如你不愿为奴，更不愿奴役，
那就能像我似的自由发表意见，
不必作奴隶制度的豺狼而狂喊。①

---

① 在希腊，我从未见过或听过这种野兽。但在艾菲沙斯的荒墟上我却听到上百个。——拜伦注（艾菲沙斯是小亚细亚城市，在今之土耳其。——译者）

二七

"豺狼",这倒是个好比喻;在半夜
　　我曾听它们在荒村里嗥叫过,
很像权势雇佣的那一群爪牙
　　为了猎获物而到处汹汹搜索,
只要嗅到什么就由主子下手。
不过豺狼供奉狮子还有可说,
因为它嗅觉虽灵,体力却不如,
最糟是人类这昆虫却要养蜘蛛。

二八

只要挥一挥臂,那蛛网就完了。
　　若没有那蛛网,它的爪牙和毒
又有什么用?记住我这句话吧,
　　善良的人民!以及世界各民族!
让毒蜘蛛天天结网吧,网越密,
　　越使人为一个事业群力以赴:
而今,除了希腊蜜蜂,西班牙斑蝥①,
还没有谁狠狠一刺而挣脱镣铐。

二九

在最近的屠杀中露脸的唐璜
　　正带着捷报赶路。——呵,这类公文
谈着流血就像我们谈水一样;

---

① 希腊蜜蜂,西班牙斑蝥,指一八二一年希腊摆脱土耳其统治的革命和一八〇八至一八一三年间西班牙反抗法国的战争。

而那些在城墟里累累的尸身
无非为了美丽的喀萨琳大帝
　　在闲暇的时候有件事好开心：
她看着邦国之争好像看斗鸡，
她喜见自己的一只老是挺立。

三〇

唐璜坐着雪车飞驰，(那是一种
　　倒霉透顶的没有弹簧的马车，
碰上路不平，你难保住一根骨头！)
　　他想到了国王，勋章，声名显赫，
骑士之风，以及他所做的一切——
　　他希望他的驿马能够飞腾得
像我的彼加沙似的，或者至少
马车有垫子，免得他这么颠摇。

三一

每当一震动——而震动是频繁的，
　　他总要看一看他的小女孩，
好像他不愿在这坎坷之途上
　　看见她和自己的处境一样坏；
这道路全凭可爱的"自然"铺设，
　　不是石头就是沟，而且真可怪：
她把路变为河，却又不能行船，
终于由上帝掌管湖海和农田。

三二

至少他不付税，而且最有资格

给所谓"务农士绅"做一个领袖——
呵,这一族如今是十分式微了,
　　因为地租近来完全拿不到手;
这使得"士绅"的处境异常困窘,
　　而"务农"也没有能使谷神得救:
她和拿破仑一起完了——多奇怪!
大皇帝竟和燕麦一起跌下来①!

三三

唐璜目对着他从刀下救出的
　　可爱的孩子——多么好的战利品!
哦,你们竖立血腥的纪功碑的,
　　想想奈德王②,那便秘的波斯国君,
他把印度斯坦变成了一片废墟,
　　让莫卧儿皇帝喝不上一杯咖啡来减轻
内心的痛苦,但是他也遭到了谋杀,
只因为他的胃已不再能消化。③

三四

哦,请你们,或我们,或者他和她,
　　想一想救出一个生命,特别是
一个年轻、美丽的生命,在回忆中,
　　岂不比从那一堆腐烂的人尸

---

① "大皇帝竟和燕麦一起跌下来",拿破仑战争结束后,粮价下跌,英国的农业处境很坏。
② 奈德王(1688—1747),波斯国王,曾于一七三九年入侵印度,以后精神失常,竟唆使阿富汗酋长攻击波斯军队并捉拿波斯贵族,事机泄露,反遭亲信杀害。
③ 他被阴谋杀害,那是在极度的便秘把他的脾气折磨到疯狂的程度以后。——拜伦注

滋生出来的哪怕最绿的桂花,
哪怕再加上多少颂歌和赞诗
要甜蜜得多!声名本无异于喧腾,
除非那合奏是发自人的心声。

三五

哦,辉煌的、洋洋巨著的大作家,
和上百万再加一番的寒酸文人!
请以你们的文集,小册子,报刊,
启发我们吧!不管是否拿了贿金
来证明公债并没有亏损百姓,
或是小丑般踩着廷臣的脚跟,
凭着印出来半个国土的饥饿,
便能畅销一空,来把自己养活——

三六

哦,大作家呀!——至于其他什么的——
我说到哪里去了?完全记不清,
一如更大的圣贤有时也发昏;
总之我要说的话,是想平一平
军营、宫廷或茅舍里的怨气,
当然,那结果多半等于耳边风,
因此,我的话想不起来倒也好,
可惜那倒真是金不换的忠告。

三七

但随它去吧。我们的这个世界
总有一天会和其他古代遗迹

一起被掘出。当世界将要作"古",
　　它总得先被压折,敲碎,扭弯曲,
火烧,油炸,水淹,又颠倒和翻转,
　　然后像一切已逝的世界被埋起——
它始于混沌,然后复归于混沌,
　　呵,就是这混沌将要覆盖我们①。

三八

法国人古维埃这样说:——这以后
　　新世界会在旧的荒墟上产生;
到那时又会有些神秘的古歌
　　唱出久已湮没不可考的事情,
就像我们如今讲到泰坦神族,
　　身高百英尺的巨人,或什么巨龙
长以英里计,以及你们的书本上
生翅的鳄鱼,和古生代的巨象。

三九

假定那时乔治四世被掘了出来②!
　　请想想新世界的人将如何纳闷:
像他那种动物不知在哪儿生长!
　　(因为他们自己多半是小巧玲珑:
世界生育次数多了,也会流产的,
　　而况同样的材料一代代传着用

---

① 这一节和下两节,拜伦叙述了法国学者乔治·古维埃(1769—1832)的宇宙演进说,按照这一学说,世界经历着周期性的灾难,因此旧有的生命机体被毁灭,新世界产生了新的生命机体,而后一时代的机体比前一时代的要小。
② 乔治四世,见献辞二节注。他的肥硕是当时人们讽刺的材料。

521

也必有损耗,使子孙小于祖宗——
人不过是巨星腐烂而生的蛆虫。)

四〇

对那些刚刚从某个乐园逐出的
　新生的人类——他们得从事耕作,
开荒呀,播种呀,收获呀,纺织呀,
　又是流汗,又是奔忙,又是推磨,
直到一切技艺都发明了出来,
　特别是战争和赋税具备——我说,
在那些人看来,这伟大的遗骨
该多像是新博物馆里的怪物?

四一

可是我竟说得玄而又玄起来,
　"时代是脱节了"——我也不够合辙,
我忘了这篇诗只是为了逗笑,
　现在却把话题拉扯得很枯索。
我从不通盘规划;我说这写法
　太诗意了:人该知道为何写作,
和抱有什么目的。但我为文时,
总是不知道下句该写什么字。

四二

因此我就拉拉杂杂,有时叙述,
　有时议论——现在该把故事一提。
我说到唐璜正在中途打尖,
　现在我要尽快地移转这支笔:

关于旅行我们近来说了不少，
　　因此,他这一程我就不想多叙。
假定他已到了彼得堡,假定
那可爱的都城正是一片雪景,

四三

假定他穿着漂亮军装走进宫——
　　乌貂皮领,红上衣,和一根长翎
在倾斜的帽子上摇颤过人群,
　　像是大海狂涛中白色的帆影;
马裤光亮得可以和茶晶比美,
　　那多半是由开士米毛呢制成;
还有长统袜像没凝固的鲜乳,
在匀称的腿上正好把丝光衬出;

四四

假定他手执帽子,身边佩着剑,
　　再饰以青春、名声,裁缝的巧工
(呵,军中的裁缝,伟大的魔术师!
　　只凭你魔杖一挥,"美"立即出生,
连"自然"比起人工都自愧不如,
　　因为她不知把人腿绷得难动),
看! 他多么像英雄高踞在石碑,
或者像爱神装扮成炮兵中尉!

四五

爱神蒙眼的丝巾滑落为领带,
　　翅膀变为他的肩章,而那箭筒

523

缩成了剑鞘,其中插着那柄剑,
　　锋利不减于爱神的箭;他的弓
成为歪戴的帽子:从整个看来,
　　他多像爱神①!赛姬必须很精明
才能不至于误认他是久庇特,
　　有些太太可常常要闹这种错!

四六

廷臣都拭目以望,夫人们低语,
　　女皇在微笑,她的宠幸却皱眉——
我忘了当时轮到哪一个得意,
　　他们数目太多,我也无法核对;
反正自从女皇独身加冕以后,
　　廷臣们就轮值这艰难的岗位:
不过他们大都是身高六英尺,
仪表堂堂,只是有一点神经质。

四七

唐璜可不是那样:他个子苗条,
　　脸红而无髭须;不过尽管如此,
在他的仪态和举止中,尤其在
　　他的目光里,有些什么在表示:
这外表看来像天使一般的人,
　　神形下却藏有一个须眉男子。
而且女皇有时候也爱少年,

---

① 爱神,指罗马神话中的久庇特。在绘画中,他被表现为背上生翅、手执弓箭的男童。赛姬是他的恋人和妻子。

何况刚刚埋葬了一个小白脸。①

四八

无怪当时叶莫洛夫,或玛蒙诺夫②,
　　或斯切巴托夫,或任何别的"夫",
都在担心女皇陛下的那一颗心
　　已不再能容纳(它本来不够坚固)
新的情焰:这担心自然会给人脸
　　(不管是英武或白俊)遮一层暗雾,
因为他,用他那职位的术语来说,
正"高居要津",一个重要的职责。

四九

文雅的女士们!假如你们要知道
　　这个外交的辞令是什么含义,
请叫爱尔兰的伦敦德里的侯爵③
　　用他的辞藻解释一番;他最善于
说一长串奇奇怪怪排列的字
　　(好在人人听从,尽管不解其意),
也许你们会从那里发现一个
"不知所云"——那片辞海的惟一收获。

---

① 他获得了伟大的喀萨琳的伟大爱情。见她的《传记》中兰斯科名下一章。——拜伦注(据吐克著《喀萨琳二世传》称:兰斯科是喀萨琳最爱的人,一七八四年得热病,死于女皇的臂中。他死后,女皇三月未离宫门。——译者)
② 叶莫洛夫、玛蒙诺夫,这两人是继兰斯科之后,喀萨琳先后宠幸的青年人。
③ 这是早在他自杀以前写的。——拜伦注(此处又是指拜伦最憎恨的反动大臣卡色瑞。——译者)

再饰以青春、名声,裁缝的巧工。

五〇

我想我自己能够把事情说清,
  用不着求助于那难懂的野兽——
那人面狮身兽的话确是哑谜①,
  若非他的行为天天都能够
给以注解!对了,我不用求助于
  沉闷的卡色瑞的喷水的血口!
说到这儿,我倒想起一个趣闻,
可喜它不太长,也不太沉闷。

五一

有一位英国太太拿一件怪事
  问一位意大利夫人:有一种怪物
像游魂一般老跟着艳丽的少妇,
  而又很被她们珍爱,给他的称呼
是"侍卫骑士"(或使自己的塑像
  复活的皮格梅良②!)不知他的职务
是什么?这位夫人被追问得紧,
只好说:"夫人,请你猜一猜那内情。"

五二

夫人,我也要请你们猜猜内情,
  并对这御前宠男的情况提出

---

① 人面狮身兽,希腊神话中的怪物,女面狮身,向人提出谜语,若不能猜出谜底,即被吞食。
② 皮格梅良,见第六章四三节注。

夫人式的最温文尔雅的解说；
　　那是一个高位，全国最高的职务，
如果不在头衔上，至少事实如此！
　　而若有人挤过来就会引起嫉妒：
因为在那地位，只要来了新肩膀，
特别是宽的，就得把底货腾光。

五三

唐璜，我说过，是翩翩的美少年，
　　尽管已到生须的岁数，他仍然
有一张娃娃的脸，并没有胡子
　　破坏那帕里斯①的俊美的容颜。
唉，就是这种脸子毁了特洛伊，
　　又建立了伦敦离婚讼事法院。
我熟读过离婚史，自有史以来，
特洛伊可算是最早的一笔损害。

五四

喀萨琳虽然爱一切（除了夫君，
　　但他已归位）而且招惹也不少，
即以她钟爱魁梧的男人而言，
　　就颇为纤细的女士们所暗笑；
但她却不乏温情，在宠幸之中，
　　对死去的兰斯科她最为倾倒，
她对他洒了不知多少眼泪，
可是却使他只当个中级侍卫。

---

① 帕里斯，见第四章七八节注。

五五

呵,你一切纠纷的可怕的祸根!
　呵,生死之门——你真是难以解说!
生命始自你,终于你;我该好好
　想一想人的心灵都怎样润泽
在爱之甘泉中!我不知道亚当
　是怎样堕落的,因为知识之果
已被摘去;但人以后如何沉沦
和兴起,显然你是那祸福之根。

五六

有人说你是战争最坏的根源,
　我却认为你才是最好的:因为
既然生命来自你,走向你,为什么
　不能为了得到你而把城捣毁?
或使世界荒凉?谁能否认那是你
　使大大小小的世界重新鼎沸?
生命荒原中的海水呵,有了你——
或没有你——一切就会戛然止息。

五七

喀萨琳就是那大祸根的集成,
　或者说和平之根,或随您高兴
说任何东西,(它既是万物之源,
　反正你从万物选择哪个都行)——
我说,喀萨琳喜形于色地看到
　这漂亮的信使,而且他那白翎

正载来胜利；当他跪呈捷报时，
她竟忘了拆开，对他呆看一时。

五八

但她立刻想起了女皇的尊严，
　也没有十分忘记自己是女人，
（这至少构成她整体的四分之三）
　她拆开信，带着那使全体大臣
都提心吊胆、屏息以待的仪态，
　直到御容一笑，才又展示给他们
吉利的一天。她脸虽大而庄重，
她的眼睛很清秀，嘴巴也雍容。

五九

欢乐归于她！那真是不止一端：
　第一，一座攻陷的城，死尸三万；
荣耀和胜利在她的脸上焕发，
　好似印度的日出照耀着海岸；
她的雄图大略暂时得以舒解，
　好似阿剌伯的大沙漠在夏晚
落了阵雨，但那对荒沙怎么够？
鲜血只不过洗了洗"野心"的手！

六〇

其次使她开心的是件怪诞事：
　那老疯子苏瓦洛夫使得她微笑，
他呈来了一篇枯燥的叠韵诗，
　以代替他杀戮成千的那张公报；

她的第三件乐事可是够女气,
　　足能把我们的寒栗完全勾销,
假如我们看不惯国君的嗜杀,
而将军又把捷报编成笑话。

六一

前两种感情都得以充分发挥,
　　先点燃她的眼睛,继而她的嘴,
整个朝廷立刻眉飞色舞起来,
　　就像久枯的花朵给浇足了水。
可是当女皇陛下以温柔的目光
　　看了看跪在脚前的年轻的中尉
(她爱看青年,和爱看捷报一样),
这就使得全世界都拭目以望。

六二

虽然在发怒时,稍嫌粗俗残暴,
　　她心悦的时候,样子可够娇艳,
谁若爱透熟、红润、多汁的果子,
　　就会饱含着精力多看她几眼;
而她呢,对你每一多情的注视
　　也都能连本带利地加以偿还:
一看到爱神的支票,她就要逼你
十足地兑现,一点折扣也不许。

六三

对于她,这办法虽然颇称便利,
　　却不必经常使用;因为据人说,

她是很慷慨的,尽管性情暴烈,
　　她对于宠臣,看来却体贴、温和。
只要你能越过她闺房的门限,
　　你的好运气就会使你神气得
飘飘然起来;因为她虽然要使
全世界变为寡妇,却爱个别男子。

六四

人是多么奇怪!女人更多么奇怪!
　　她的头脑是怎样的一阵旋风!
至于她的种种脾气,又是怎样的
　　深浅莫测的涡流!谁敢碰一碰?
无论她已婚、未婚,母亲或寡妇,
　　总之心思像风,过一会就不同——
这种事历史上已记了千百遍,
可是你还不断有崭新的发现!

六五

哦,喀萨琳!(别怪我感喟太多吧;
　　因为既然你从事战争和爱情,
这两种感叹"唉"和"哦"都归于你。)
　　人的思想多么奇怪地团团运行!
现在你的脑子分成了三个格:
　　第一:伊斯迈的陷落使你很开心;
第二,你想着那群新受封的骑士,
第三是想到他,这报捷的信使!

六六

莎士比亚曾说过,"有翼的使者
　　刚刚降落到高吻青天的山峦"①,
女皇陛下也正有同样的幻景,
　　当这年轻的使者跪在她脚前;
老实说,这座山叫中尉来攀登
　　未免太高一些,但只要有手腕
什么山上不了?更加上帝赐以
青春和健美,谁能吻不上天去?

六七

女皇往座下瞧,小伙子往上看,
　　于是他们爱上了;她爱他的优美,
他的脸蛋,和他的——天知道什么!
　　爱神的杯饮第一口最容易醉:
那是一种精炼的鸦片剂,一滴滴
　　就令人昏迷,用不着灌多少杯;
本来情人的眼睛用不着人催
就能饮干生命之泉(除了泪水)。

六八

而他呢,如果说这算不得恋爱,
　　至少他有那同样执拗的热情:
自爱——这是每当有高于我们的
　　一类生命,如名歌手,公爵夫人,

---

① "有翼的使者刚刚降落到……"引自莎士比亚《哈姆雷特》三幕四场。

舞蹈家,公主或女皇,肯于表示:
　在芸芸众生中惟有你一个人
使她们倾慕,尽管冒失也不怕——
于是我们就自信比谁都不差。

六九

而且,他正在那种可喜的年龄,
　女人年纪的大小对他无所谓,
而且也不在乎是谁和他搭伴,
　就像但以理①在狮窝里那样无畏,
因为他只要使那烧身的太阳
　溶消一下,哪里管是什么海水
来承受他;好像是太阳神的热
必须在海之女神的拥抱中融没。

七〇

喀萨琳呢(我们得承认这一点),
　虽然是一个气势汹汹的悍妇,
被她爱一阵倒也颇为可喜,
　因为凡被爱的人都可以自负:
仿佛是由爱情模造出的国王,
　一个只缺戒指的皇室的丈夫——
而戒指其实是婚姻中的一弊,
没有它倒像取出刺而留下蜜。

---

① 但以理,见第五章六〇节注。

七一

除了这种好处外,请再想一想
　　她盛年的姿色,和她的蓝眼睛,
或灰眼睛,(若灰得有神也好看,
　　或者更好,有好例子可以证明:
拿破仑和苏格兰的玛丽女王
　　都曾给它添一分非凡的晶莹;
智慧女神也是灰眼,因为聪慧,
她看事物绝不是天蓝或漆黑)——

七二

她甜蜜的笑,她端庄的身材,
　　她御驾的谦虚,她丰腴的体态,
她竟舍魁梧的男人(这种男人,
　　梅沙琳娜①都会给年金)而就小孩,
她旺盛的生命,正饱满而多汁,
　　和其他好处,我们不必都说出来——
这一切或任何一项,都足以说明
为什么这小伙子变得很虚荣。

七三

而这也够了。本来爱情就是虚荣,
　　它始于自私,又以自私为目的;
当然也有一种爱情只是疯狂:
　　那难以遏止的心必须把自己

---

① 梅沙琳娜,纪元前一世纪罗马皇帝克劳迪阿的妻子,以残酷荒淫著称。

和脆弱而愚蠢的美结合起来,
　否则热情自身就无法活下去;
从而有些邪门歪道的哲人
便倡言爱情是宇宙的源本。

七四

除了柏拉图式的爱情,除了对
　上帝的爱,除了夫唱妇随的爱,
和肉麻的感情——(这里为了押韵,
　恐怕得违心说,"像鸽子般洁白",
如小汽船似的开来。唉,理性和韵
　总难以契合;理性只图意思合拍,
而不管声韵。)但爱情不只是门面,
除上述而外,还有所谓的欲念。

七五

我们肉体的发展趋势或改进
　都使它急于要从自己的泥坑
挣脱出来,去和一个女神结合
　(无疑地,女人起初都有这尊称)。
呵,那一刻多美! 在我们感官的
　一团激动溃散以前的那热病
是多么奇特! 本来上帝把灵魂
捏进泥坯的办法就很捉弄人!

七六

最高贵的爱情是柏拉图式的,
　这当然无可置疑;其次的一种

该是那可以称为教理的爱情,
　　因为它完全掌管在牧师手中。
我们要说的第三种崇高关系
　　在基督教的国家却极为普通,
那是贞洁太太的特别的贡献:
它可以称为伪装下的姻缘。

七七

好了,我们不想剖视,这篇故事
　　应该是不言自明。女皇爱了他,
唐璜为了她的爱情,或淫欲,
　　而沾沾自喜;——呵呀,一出口的话
就难收回! 本来爱和欲混合在
　　血肉之躯里,实在也难以分家。
但对这件事,堂堂的俄国女皇
并不比一个女裁缝做得漂亮。

七八

整个朝廷化为一片窃窃私语,
　　人人都交头接耳;年老的女子
望到那情况,使得她们的皱纹
　　皱得更厉害了;年轻的则彼此
暗暗瞟几眼;每个饶舌的佳人
　　在谈这件新闻时都微笑不止。
只有那轮值在御前的常备军
忍不住让嫉妒之泪迷住眼睛。

七九

每个国家的大使都在探询:
　谁是这个未曾听说的年轻人?
怎么不过一刻就一步登天?
　这太快了!(虽然生命只是一瞬)
他们已经预见到,金卢布将以
　铸出的速度,像雨点一般落进
他的柜子里,再加上其他礼物:
类如几条缎带,和几千个农奴。①

八〇

喀萨琳是慷慨的——贵妇多如此:
　爱情开启人的心扉,和一切通往
心灵去的道路,不管是远,是近,
　是上,是下,使大道小道都通畅;
爱情呀——(虽然她对战争有邪癖,
　也并非贤妇,除非我们能赞赏
杀夫的克吕泰涅斯特拉②——但也难说,
死一个也许比捆住两个好得多。)

八一

爱情使喀萨琳的情人都交了运,

---

① 俄国人的产业总是以其中的农奴数目来估计的。——拜伦注
② 克吕泰涅斯特拉,见荷马史诗《伊里亚特》。他是希腊军统帅亚加门农的妻子,亚加门农从特洛伊战争凯旋归来时,她和情人谋杀了他。喀萨琳被认为和她丈夫彼得三世的被杀有牵涉,因此拜伦把她和克吕泰涅斯特拉相比。

不像我们那半贞洁的伊丽莎白①,
如果史书(那谎言大师)可信的话,
　　据说她竟贪婪得使每一笔钱财
都难得出手;虽说她晚年很后悔
　　处死一个宠幸,几乎也一命哀哉,
她这种小气和阴险的调情方法,
怎能和她的性别和皇位配搭?

八二

然而现在朝觐已毕,僚臣散了,
　　在一片嘈杂声中,各国的使臣
都开始奔向唐璜,好像一窝蜂
　　争先恐后地祝贺这个年轻人。
还有光滑的丝裙也可以听到
　　在近处瑟瑟响动,因为少女们
谁不爱端详一张漂亮的脸子?
特别是当它捞来了高位职。

八三

唐璜看到自己如此被人注目,
　　简直摸不清头脑,但为了答谢,
就非常雅致地对大家躬躬身,
　　好像他生来习于大臣的行业。
他虽然谦卑,天性却已在他那
　　从容不迫的眉际明写着"老爷"!
他说话不多而中肯,举止大方,
"文雅"像一面锦旗在他头上飘扬。

---

① 伊丽莎白(1558—1603),英国女皇。艾塞克斯伯爵是她的宠臣,一六〇一年因阴
　谋反对她而被处死。

八四

女皇陛下颁下了一道御旨,
  把我们年轻的中尉交给官员
优礼相待;全世界都和颜悦色,
  (在初见时,它常常是露着笑脸,
青年人记住这一点会有好处)
  普罗塔索娃①小姐也另眼相看。
她执行着神秘的职务,叫"督察",
这是指什么,诗神也无法解答。

八五

就随着她,唐璜恭谨地退下去,
  我这支笔也要和他一起退场,
直等到我的神马歇够了为止。
  我们刚刚落在"高吻青天"的山上,
呵呀,我感到简直是头晕目眩,
  我的幻想旋转得像一个磨房!
这为我指明:我的神经和头脑
顶好是在幽径上安闲地奔跑。

---

① 普罗塔索娃,喀萨琳内宫的女官,专司审查女皇的候补宠臣的性格等。

第 十 章①

一

据说牛顿看见一只苹果堕落,
　　就灵机一动,找到了一个论据②——
（据说如此,我可不能活着担保
　　任何圣人的信条或金科玉律）,
证明地球是本着自然的旋转
　　而旋转的,叫做什么"万有引力";
这倒是亚当以来的第一个人
把"堕落"或"苹果"作了一番理论。

二

假如果有其事,那么,人和苹果
　　一起堕落,又和苹果一起复兴,
因为该承认,在那蛮荒的天穹,
　　牛顿能在星球之间开辟出路径,
真不知抵消了多少人间苦痛!
　　而从那以后,不朽的人就发明

---

① 本章写成于一八二二年十月,发表于一八二三年八月。
② "据说牛顿看见一只苹果堕落……"据伏尔泰记载,一六六六年牛顿在乡间时,有一天看见树上的果子掉落,因而引起了他的深思,终于形成"万有引力"的理论。拜伦把《圣经》中所称亚当与夏娃因吃了知识之树的果子而堕落的故事,通过"堕落"一词的双关含义,联系到牛顿的物理学上的发见。

541

各种造福于人的机器,而且不久
将会有蒸汽机把他送上月球。

三

为什么要有这篇开场白呢?——
　你看,正当我拿起这张破稿纸,
我忍不住心血沸腾,情思起伏,
　我内心的精灵欢跳个不止;
尽管我知道,我远远赶不上
　那些使用水蒸气和玻璃镜子
而乘风破浪去发现星体的人,
我还是希望能驾诗歌而凌云。

四

我迎着风口驶着,驶着;我承认,
　要找星星我的望远镜可太暗,
但至少我已避开了尘寰,而且,
　一旦远远离开它扰攘的岸沿,
我就要驶向永恒;海浪的狂吼
　并没有吓住我这小巧的帆船,
它依旧很稳,像许多小舟那样,
尽管在使大船都遭殃的地方。

五

我们提到,主人公新的处境是:
　恩宠的花还正含苞而未盛开;
但别以为我的缪斯会冒冒失失
　跟着他迈到皇家的客厅以外。

目前岂不足够了?好运气已经
　　把青春、力和美尽量给他送来,
还有其余一些礼物,足能剪除
　　欢娱之鸟的翅膀,使它暂贮。

六

但那翅膀很快就会重新长出,
　　使它离巢而飞。大卫①曾经叹息:
"要是我有翅膀像鸽子,我多愿
　　远远地飞开,安息!"但凡能珍惜
青春和爱情的人——尽管苍老了,
　　心也萎缩了,幻想再也飞不离
眼界以外——宁可像儿子叹十声,
　　也不愿像爷爷那样咳嗽一通。

七

但叹息会停止,而眼泪,即使是
　　寡妇的泪,也是越流越少、越干,
好像夏日的阿诺河②,倒不如冬季
　　那水势携泥带沙好似要泛滥。
几个月的差别多大!你也许以为
　　"悲伤"是一片永不荒芜的沃田;
它可没有荒,只是换了人来耕,
　　又有小伙子在为快乐而播种。

---

①　大卫,见第八章五一节注。他被指为《圣经》中《诗篇》的作者,这里所引的话,见《诗篇》第五五篇第六段。
②　阿诺河,意大利北部的一条小河。

八

而叹息一旦告别,咳嗽就来到——
　甚至在叹息结束前已有一两声,
因为在明净的额际起皱以前,
　尽管生命的太阳还未到十点钟,
它也常常会由于叹息而引起;
　那时,好像夏日之将尽,一片残红
映上了纯洁的面颊,真像一阵火:
爱,希望,死去——这一生多么快乐!

九

唐璜可不是这么快就死去的——
　我们适才交待说:他正是处在
光荣的焦点上,这只能是由于
　月亮或女人的幻想特别偏爱
才能达到的——好梦不长吧,也许,
　但谁肯舍弃六月,只因冬天要来?
恐怕他倒该多求一线光和热,
以便有备无患地把冬寒耐过。

一〇

而且,他有些优点使中年妇女
　比少女对他更中意,前者懂得
爱情是怎么回事,而那些雏鸡
　对爱情的理解则很少能超过
诗里所写的,或幻想所捏造的
　关于天庭呀,爱神呀,那些货色。

算年岁一般都凭太阳的运行,
　　我却认为该用月亮计算芳龄。

一一

　　为什么?因为月亮善变,而且贞洁。
　　　　此外我不知有什么理由了。不管
　　那些爱猜忌和动辄捉人短的人
　　　　怎样千方百计地设法和我为难。
　　这对他们的雅兴实在没有好处,
　　　　就像我的朋友杰弗利①,不久以前
　　还写了一篇文章,真是充满火气,
　　我原谅他——不管他是否原谅自己。

一二

　　由旧日的冤家变成的新相知
　　　　应该继续友好,这是义不容辞,
　　若再回归于宿嫌,我就不知道
　　　　还有什么补救办法;这一类事
　　我避之如大蒜;不管有多少手
　　　　要把我拉下"仇恨"的陷阱。总之,
　　旧欢和新妇对我们才最恶毒,

---

① 弗兰西斯·杰弗利(1773—1850),苏格兰批评家,职业为法官,主编《爱丁堡评论》(见第一章二一一节注)。该评论曾批评拜伦的第一本诗集《闲散时刻》,拜伦错以为是杰弗利所写,便在《英国诗人和苏格兰评论家》(1809)一诗中对杰弗利进行了反讥。但此后《爱丁堡评论》对诗人改变了态度,拜伦也同他和好了。一八二二年二月,《爱丁堡评论》指责拜伦对苏赛的攻击"太粗野而放任",(即本节诗中"不久以前还写了一篇文章,真是充满火气"所指的文章),但拜伦表示,"我读过了杰弗利最近的文章……我想其目的是,他想挑起我作答。但我不愿这么做,因为他过去的友善使我欠他一笔人情。"(1822年6月8日《致摩尔函》)

和好的冤家应耻于和她们为伍。

一三

否则就是最坏的背叛。叛徒们,
　连三心二意的骚塞,那大谎骗,
都不愿再回到改革派的怀抱,
　而死心填塞桂冠诗人的猪圈。
凡是正直的人,从冰岛以至于
　巴巴多斯①,在意大利或苏格兰,
都不应随人的每口气而变色,
不能因为你一攻击,我就倒戈。

一四

律师和批评家都只看到了
　生活和文坛的恶浊的一面,
他们奔忙在一对纠纷之谷里,
　所见者不少,却大都隐而不言。
世人无知地活下去,但律师的
　讼事摘要却像外科医生的刀剪,
能剖开内幕,把事情整个弄清,
同时也显出消化系统的内经。

一五

一支法律的扫帚给道德扫烟灰,
　这就是何以律师自己很肮脏!

----
① 巴巴多斯,加勒比海中的岛屿。

那无穷无尽的烟灰①颜色太暗,
　　任他怎样换衬衣也难以掩藏!
他带着扫烟囱人的一身乌黑,
　　至少十个人里有九个是这样;
但你却是那例外,我的批评家,
　　你穿你的法服,尊严一如恺撒。

一六

而我们的一切纠纷,至少对我
　　是一笔勾销了,亲爱的杰弗利,
我可敬的对头!(是诗歌和批评
　　以我们为傀儡来耍这种把戏。)
现在干一杯"旧日好时光"吧②!
　　我并不认识你,也许无缘熟悉
你的面孔,可是你高尚的行为
　　使我不能不从深心里感佩。

一七

当我说"旧日好时光"这句话时,
　　它不是对你说的,多令人惋惜!
因为我遍观你那傲岸的城市,
　　除司各特以外,我觉得惟有你
值得我碰一碰杯——也许这只是
　　学童的痴心,但我愿不拘泥地

---

① 疑问:是不是"诉讼"?——印刷厂学徒。——拜伦注(在英文中,"烟灰"soot 和"诉讼"suit 同音,拜伦故意假排字徒工之名,提出另一种含意。——译者)
② "旧日好时光",这是苏格兰一首最流行的民歌,由诗人彭斯作词。拜伦(以母系论)和杰弗利、司各特都是苏格兰人。

畅叙旧情——我是一个苏格兰人,
我的头控制不住那冲动的心。

一八

"旧日好时光"给我心中带来了
　　苏格兰的一切:那蓝色的山峰,
谷中清澈的流水,底河和顿河,
　　格子呢,结发带,我幼年的感情,
巴尔戈尼桥下的黑流①,和我那
　　最初温柔的梦,像班柯的幽灵②
都掠过我眼前:呵,这回忆确是
"好时光"的一瞥,别管多么幼稚。

一九

你也许记得,在我少年卷发时,
　　我凭一阵激愤之感,曾以诗句
骂了苏格兰人一通以示机智③,
　　虽然脾气够大,倒也颇近情理。
但骂尽管骂,它却抹煞不了

---

① 阿伯丁旧城附近的顿河桥,它的桥拱和桥下的黑色和深橙色的水流,在我的记忆里好似昨天见到的那样。我仍记得那使我过桥时停下来的可怕的谚语(虽然我可能记错字),却又使我怀着稚气的喜悦倚桥下望,因为我是个独子,至少在母系方面。据我记得的,这谚语如下,但我从九岁以后就没有再听过或读过它了:
　　　　巴尔戈尼桥呵,你的桥壁是黑的,
　　　　可是等一个妈妈的独子走过去,
　　　　你就要塌陷。
　　　　　　　　——拜伦注
② 班柯的幽灵,见第一章二节注。
③ "曾以诗句骂了苏格兰人一通",指《英国诗人和苏格兰评论家》,见本章一一节注。

我早年新鲜的感情；我只压抑
而未割舍苏格兰的乡土之亲，
呵，我爱的仍是那急流和峻岭。

二〇

唐璜或是真实的，或是臆想的——
　　这两者差别倒不太大，因为当人
一旦变为更不真实时，他所想的
　　倒能存于世间，作为不朽的精神
对肉体的强有力的抗辩；不过，
　　弥留在所谓"永恒"的边沿，也不禁
令人惶惶然，因为他望着这边
既已毫无所知，却又望不见彼岸。

二一

唐璜变成了十足雅致的俄国人——
　　"如何"我不想提，"为什么"更不必说；
无论什么小小诱惑，哪个青年人
　　能碰上而不感于它强烈的震撼？
但此刻，他的心却像铺得平整的
　　一只软垫给帝王作光荣的宝座。
欢笑的少女，舞会，宴饮和金钱
使冰窟也像天国，冬天也变温暖。

二二

受到女皇的宠幸是够惬意的，
　　尽管履行他的职责越来越不易；
但在这方面，像他那样的小伙子

要显一显身手应该是轻而易举。
现在他长得像一棵翠绿的树了,
　爱情,战争,雄心,在他都运筹如意;
这报酬真不错,无怪人直到老年
才在百无聊赖中爱上了金钱。

二三

在这个期间,唐璜为青春所诱,
　又受到了危险的榜样的感染,
你可以想见,他的生活会变得
　有些荒唐起来,这当然很可叹;
它不仅仅蹂躏了早年的柔情,
　而且,既然与人类的各种弱点
都周旋过了,这必然会使我们
变得自私,像贝壳般关住自身。

二四

让我别谈这个吧。也不用多提
　那种种勾心斗角,必然存在于
年岁不衬的配搭之间,就像,唉!
　这年轻的中尉和一个尚不老的——
虽说不老,却也不算妙龄的女皇,
　(和她二八年华的娇艳可不能比。)
帝王支配万物,但不能变其性,
而皱纹,该死的民主党,绝不奉承。

二五

而死神,那全人类的格拉克斯①,
　　却是王者之王,他以他的土地法
把一切贵族的产业夷平,不管你
　　如何宴饮,狂欢,咆哮和纵横天下,
到头来也只落得一小抔黄土,
　　还得等你腐烂后才能收庄稼!
而且和至今才有立锥之地的
穷鬼并列——死神必是革新派无疑。

二六

虽说他(是唐璜,不是死神)的生活
　　浮华,奢靡,热闹,紧张,五光十色,
在这拥狐裘熊皮的欢乐之邦
　　(尽管我不愿意把话说得刻薄)
却也有时从锦绣的紫绸衫下
　　透出黑熊毛来,令人手足失措,
这对巴比伦荡妇无所谓,却妨碍
俄国九五之尊的淫妇的仪态。

二七

这内情我不想描述,也许我能,
　　只要去采集一下回忆和传闻;

---

① 蒂伯瑞阿·格拉克斯是罗马护民官,以人民名义要求实施土地法;按照此法规,凡拥有土地超过定额者得剥夺其超额土地以济贫民。(按:此系摩亚所注,一般版本误以为拜伦自注。——译者)

但我已近于人生可憎的阶段,
　　就是但丁所谓的那"阴森的树林"①,
那可怕的子午线,那中途换马站——
　　呵,鄙陋的茅舍!——凡聪明的旅人
从此就谨慎地赶着生命的破车
驰入老年——忆及青春还泪儿飘落;

二八

我不想描述,假如我能避开它;
　　我也不愿评议,假如能杜绝思想,
但思想像幼犬吸着乳头一般,
　　在这迷宫的面临深渊的路上
总抓住我不放;又像一片海藻
　　攀住岩石;或像恋人初次吻上,
要把嘴唇吻干了为止;但我说,
我要少讲理,好叫人读我的诗歌。

二九

唐璜不求于宫廷,反为宫廷所求,
　　这倒是少见的;这多半应归功于
他的青春,和他勇敢杀敌的传闻;
　　而像一匹良种马,也归功于血气,
和他那换来换去的漂亮的行头——
　　这使他显得英俊,好似太阳镶以
紫色的云霞;但那最大的原因,
应归于他的职位和一个老女人。

----

① "但丁所谓的那'阴森的树林'",见第六章七五节注。

552

三〇

他向西班牙写了信,一切亲朋
　　都知道他近来混得很有起色,
而且给表兄弟谋差事也不难,
　　就在当天写复信给他;有几个
已经为出国做好了一切准备。
　　据说他们认为:吃冰不算什么,
只要穿上一件小皮袄,马德里
和莫斯科的气候没什么差异。

三一

他母亲唐娜·伊内兹也知道了
　　他不再向他信托的银行提款,
那存款原已所余无几,而他却
　　为他的开销找到妥靠的财源;
她复信说:"她很高兴,知道他不再
　　像荒唐的少年那样作乐寻欢;
因为规矩的成人的惟一标志
就在于他能减少以往的开支。

三二

"她还希望他敬奉上帝,时时要
　　祷告天父之子,更别忘了圣母;
要他谨防希腊正教,因为那在
　　天主教徒的眼中不像是正途;
但身在外乡,也不必把这种厌恶
　　形之于色;告诉他他已有了继父

和一个小弟弟；而在信收尾前，
又把女皇慈母的爱颂扬一遍。

三三

"她不知该如何赞扬这位女皇，
　　只有她能提拔青年人而免遭到
流言毁谤，因为她的年纪，特别是
　　她的国度和气候，就杜绝了造谣。
若是西班牙呀，可难免让她担心，
　　但女皇所在的地方，那气温低到
十度，五度，一度，或者甚至零度，
她不信贞操会不如河水坚固。"

三四

伪善呵！但愿有四十牧师的马力①
　　来歌颂你！否则哪有一种浮夸
配得上你那高唱而不实行的美德！
　　也许我该吹一只天使的喇叭，
或用我姑母的听音筒来赞美你！
　　这位老太太尽管是两眼昏花，
不再能读经文，但由她的听音筒
还能听到一些暗示以慰虔诚。

---

① 这比喻取自"四十马力的蒸汽机"。西德尼·史密斯牧师，那个爱逗笑的人，一次坐在一位同业牧师身旁用餐，事后他说，他的乏味的同伴有"十二牧师的谈话力"。——拜伦注

三五

至少她不是伪君子,可怜的灵魂!
　她真是心怀虔诚地去到了天堂,
不逊于善人册上得救的任何人。
　据说,到末日审判的时候,在天上
就根据这名册分配它的不动产,
　好像威廉①在征服英国后,就分赏
他的一群骑士,把别人的产业
分给六万多新爵位以示奖掖。

三六

我无可抱怨,我的祖先拉杜尔法
　和厄内斯就在内——四十八个采邑
如果我记得不错,都给了他们,
　作为追随威廉南征北战的赠礼。
但我仍然认为,不该对撒克逊人
　像硝皮匠似的剥去他们的地皮;
虽然终于用收入也盖了些教堂,
当然,你会觉得这是作了好用场。

三七

唐璜活得很惬意,不过有时候
　他和某一种敏感的植物很相同,
一触就羞缩,像帝王躲避着诗歌

---

① 威廉(1027—1087),亦称征服者威廉,原为诺尔曼公爵,一〇六六年征服盎格鲁·撒克逊人而为英国国王。他称王后,将被征服的土地分封功臣及随从。

（除非是骚塞所供应的那一种）；
也许在严寒中，他很想换个地方
　　能有涅瓦河在五月以前就解冻；
也许是，虽居于巨大的皇臂内，
他竟不顾职责，而却渴望着美。

三八

也许——但别管"也许"吧，也不必
　　再追寻什么新的或老的原因，
最鲜艳的面颊也不免生溃疡，
　　使羸弱的躯体随之日益消损；
"忧患"像个管家婆，每月都送来
　　它的账单，不管你怎样咆哮一阵，
还是得付款；你总算有六天太平，
但第七天就要有讨债的来逼命。

三九

我不知道是怎么回事，他病了，
　　女皇极为不安，派去御医诊视
（他就是给故王治病的那一位），
　　他发见唐璜脉搏急跳，像预示
人临死的那种情况，尽管目前
　　看来活跃，却是发热病的趋势。
整个宫廷都焦虑不安，而女皇
更是震惊，他的药也加一倍分量。

四〇

人们都窃窃私议，流言很多，

一说是波爵金给他下了毒药,
有人渊博地讲到某一种内瘤,
　　或是血亏,或诸如此类的伤耗;
有人说这是体液走错了经,
　　它很容易混入血液的穴道;
还有人对这些说法不以为然:
　　"这不过是上次战役过于疲倦。"

四一

这以下就是医生给他开出的
　　许多药方之一,主要为了清泻:
上等甘露蜜,旃那酊剂开水服下
　　(刚刚喝完,医生走来给他放血),
复方吐根三钱,硫酸钠三钱,和——
　　(唐璜若不拒绝,药剂还会多些),
无论如何,硫酸钾丸要天天吃,
　　此外还有汤药配剂,日服三次。

四二

医生就这样调治和送我们的命,
　　完全按照医理;尽管我们平时
笑他们一个够,可是一旦有病,
　　还是要正正经经请他们诊治。
眼看那"可悲的大穴"就在面前,
　　势必要用锄头或铁铲来填时,
我们却不甘于和顺地滑入忘川①,

---

① "滑入忘川",即"死亡"。忘川是"冥府"中的河水。

我不知道是怎么回事，他病了。

还要惹培利或阿伯内斯①的麻烦。

四三

唐璜拒不接受这初次送来的
　　迁居的通知,尽管死神威胁他
要把他撵走,但由于年轻力壮,
　　他却挺住,也使医生改了方法。
当然他的体质还是够虚弱的,
　　健康的气色在他清癯的面颊
只约略闪烁,像是在刁难医生,
医生也有对策:说他必须旅行。

四四

他们说,这儿气候太冷,使出生在
　　热带的他不易血气旺盛。这意见
使贞静的喀萨琳不免有些阴沉,
　　当然失去她的宠幸她很不情愿。
但当她看见他像一只折了翼的
　　山鹰似的,那明眸无神而又暗淡,
她就决定了派他做一个使臣,
而那排场也必须合乎他的身份。

四五

那时正好有一种谈判在进行,
　　在不列颠和俄国的内阁之间,

---

① 马修·培利(1761—1823),著名医生,曾为拜伦医治右腿及脚的肌肉抽缩病。约翰·阿伯内斯(1764—1831),英国医生。以上两医生都以对病人粗鲁直言而著称。

好像为了签订某种条约或协议,
　他们正照例拖延、搪塞和敷衍,
以示大国对这类事多么郑重;
　所谈的是波罗的海的航行权,
兽皮,鲸油,牛脂,和海神的权利,
英国人认为这该归他们自己。

四六

因此,从不亏待宠臣的喀萨琳
　就把这秘密差使交唐璜去办,
不但可以炫耀她皇家的气派,
　也酬报了唐璜的效劳。第二天
他吻手告别,并且聆听她指示
　这一局应该怎样和对手周旋;
最后还受到各种荣誉和礼物,
这足见恩赐的人心里很有数。

四七

但她是洪福齐天,而福气是一切。
　凡女皇总是很昌盛地治理天下——
这使我们不解命运是什么意图;
　但言归正传吧。她虽已年近花甲,
临到变经期还像二八少女似的
　那么不安;她尊严得没有牢骚话,
但唐璜的出使却使她如此不乐,
起初她竟想不到合适的继承者。

四八

然而时间,那慰人精,终于来帮忙;
　二十四个小时,以及使这个数目
加一番的候补人都在申请补缺,
　这使得喀萨琳第二夜睡得很熟。
她倒不想再匆促地把事情决定,
　也不是这个数目使她难以应付,
她在人选方面总是非常慎重,
以便保持空缺叫他们来竞争。

四九

趁这最高的光荣职位还正空闲
　一两天的时候,我请求你们,读者,
暂时随我们年轻的主人公登上
　那载他飘然飞离彼得堡的马车;
呵,这漂亮马车炫耀过女皇的冠冕,
　那是多年前她作为月神的侍奉者①
到道瑞斯去朝拜的时候②,而如今
它又在炫耀她的宠臣的盔翎!

---

① "月神的侍奉者……",据希腊神话,希腊统帅亚加门农因触犯月神狄安娜,必须以女儿伊菲金尼亚祭献于月神,而月神感于伊菲金尼亚的纯朴无邪,将她救至道瑞斯(在小亚细亚),用为自己庙宇的侍奉者。在这里,伊菲金尼亚必须将一切陌生人杀死以奉献于月神。
② 女皇曾由约瑟夫皇帝陪同去到克里米亚,我忘了是在哪一年。——拜伦注(喀萨琳在一七八七年由奥皇约瑟夫陪同去克里米亚。——译者)

五〇

一只猎犬,一只银鼠,一只灰雀,
　这都是唐璜喂养的爱物,因为
(让更深思的哲人去找原因吧)
　对于别人所不齿的这些畜类,
这些小小动物,他倒颇为喜爱,
　连一个六十岁的老姑娘都不会
像他这样爱一只鸟或一只猫,
虽说唐璜既非姑娘,也不算老。

五一

上述那些动物都各有安置,
　还有随从、秘书,都在别的车中,
只有小莱拉是坐在他的身边——
　就是在伊斯迈的普遍屠杀中
他从哥萨克刀下救出的女孩。
　我的缪斯虽然总改调,却不曾
忘了她,她一直受到他的保护,
像一颗纯洁而有生命的珍珠。

五二

可怜的小东西!她温驯而美丽,
　她那种又严肃、又温柔的性格,
伟大的古维埃[①]呵!倒像你找的
　原人的化石,在人间实在难得!

---

① 古维埃,见第九章三七节注。

她的天真无知使她不宜于
　　在这扰攘而谬误的世间过活。
但她只有十岁,因此很安心,
她自己也不知道是什么原因。

五三

唐璜爱她,她对唐璜也有好感,
　　但不像是兄妹或父女的感情,
我也说不清楚那究竟是什么。
　　可以想见,他还没有足够年龄
来表现慈爱,而另外那种情谊
　　所谓胞泽之情,也不能把他打动,
因为他没有姊妹;若是有一个,
唉,那多么好!他正是求之不得。

五四

他对她的感情更不是肉欲的,
　　因为除了他并非老色鬼而外
(那些家伙最爱吃不熟的酸果,
　　好把他们枯涩的血搅动起来),
尽管他的贞操(由于地球转动,
　　这事仍将发生)并不算最洁白,
却有着最纯净的柏拉图主义
在他情感深处——只是他已忘记。

五五

而况目前也没有诱惑的危险,
　　他只是对他所救的孤儿喜爱,

正如爱国志士偶尔爱国一样。
　当然他也骄傲于能使这女孩
免于为奴,而且她的灵魂也能
　用他的钱并通过教会的安排
而得救;但奇怪的是:(值得一书)
这个小蛮子竟不肯信仰基督。

五六

奇怪的是:经过这样一场巨变、
　恐怖和屠杀,她还是执迷不悟,
尽管三个主教告诉她那是罪孽,
　她对于圣水洗礼还是很厌恶。
对忏悔她也不很热心,也许是
　她没有可忏悔的,这对于神父
倒也无所谓,并不追究其原因——
她也仍然信穆罕谟德如天神。

五七

实则她能容忍的惟一基督徒
　只有唐璜,仿佛她已把他选定
来代替她失去的家庭和亲友,
　而他呢,自然要爱所保护的人,
因此他们成了不平常的一对:
　监护者太年轻,和被监护的人
又毫无乡土、时代或血统的关联,
但这反而使他们更亲密无间。

五八

他们风尘仆仆,经过波兰和华沙,
  那以盐矿和铁轭①而著名的地方;
经过考尔兰②,那儿的公爵不怕丑,
  竟把"比隆"这姓氏也给自己安上③。
就是这片景色看到"名声"这女妖
  引诱着拿破仑④朝向莫斯科扫荡!
可叹一个月的冰雪竟毁弃了
二十年的战功,连近卫军都失掉!

五九

但愿这战神的叫喊不算泄气:
  "哦,我的近卫军呢!我的老近卫军!"
想想这煞神,竟比自割动脉管
  而倒毙的卡色瑞还跌得更深!
呜呼!光荣居然会被冰雪冻坏!
  但假如我们要在波兰这一程

---

① 铁轭,波兰在一七九五年被俄、普、奥三国瓜分,处于被压迫下。
② 考尔兰,公国名,在今拉脱维亚。
③ 在安娜女皇时代,她的宠臣比伦采用了法国比隆族的姓氏和纹章,这一族如今在法国和英国都有后代。考尔兰的女儿们还有使用这个姓氏的,我记得曾在联军幸运的一年(1814),在英国见到一位 S 公爵夫人,当时撒莫赛特公爵夫人向我介绍说她与我同姓,可算本家。——拜伦注(比隆公爵〔1690—1772〕,考尔兰公爵,俄国女皇安娜的宠臣,事实上当时俄国由他掌权,以残暴著称。——译者)
④ 拿破仑,拿破仑称霸欧洲约二十年,一八一二年在莫斯科城下因冰雪饥寒而全军溃败。一八一五年滑铁卢一役使他彻底覆没,据称他当时对主张自卫的参议官们叫道:"哦,我的老近卫军呢!要是他们能像你们一样自卫多好!"

温暖一下,请想一想克苏斯科①:
他的名字像火山,能把冰雪变热。

六〇

他们从波兰穿过普鲁士本部,
　　又游览了它的首府哥尼斯堡;
那儿除了出产铁、铅,或铜以外,
　　还以伟大的康德②教授而自豪。
唐璜对哲学一点嗜好也没有,
　　只继续赶路,山水倒看了不少,
还看到德国的较迂缓的大众
被王爷踢得比他赶马车还凶。

六一

他又走过柏林、德累斯顿等地,
　　最后到了城堡林立的莱茵河。
辉煌的中古景色呵,你是多么
　　引动幻想:那灰色的一片城垛,
生锈的矛,或碧绿的古城荒墟,
　　都能使我神往,好似悠然飘过
那隔开古今两世界的子午线,
像醉酒似的,游荡在虚无缥缈间。

---

① 塔杜斯·克苏斯科(1746—1817),波兰爱国将军,曾率领一七九四年的波兰起义。他也曾参加美国独立战争。
② 伊曼纽尔·康德(1724—1804),德国著名唯心主义哲学家,终身居住在哥尼斯堡。

六二

但唐璜又已驰过曼海姆,波恩,
　　他看到龙岩山俯瞰着莱茵河①,
好似久远的封建朝代的幽灵——
　　关于这,我目前也无暇加以解说。
从那儿,他又慕名而去访问科隆:
　　这个城的奇景之一是:游览者
可以看到万余处女的灰骨坟,
从没有这么大的数目死于兵燹。②

六三

接着去到海牙、赫尔维兹路斯,
　　那荷兰人的水道纵横的海上城,
那儿杜松能榨出很美的酒浆,
　　穷人没有财富,就专门以它供应。
议会和圣贤都谴责它的饮用,
　　但若禁止贱民这样一种好补品,
而这又是他们的仁慈的政府
给他们惟一的温饱——未免太残酷。

六四

他在这里搭上船,一路扬着帆
　　兴冲冲地奔向那自由的海岛,

---

① 龙岩山,在莱茵河旁,山上有古堡遗迹。
② 圣·厄修拉和她的一万一千名处女在一八一六年仍存在,也许现在一如古昔。——拜伦注(按:指其遗骨仍在科隆教堂中。——译者)

连海风都忍不住刮一阵推送,
　　吹得船头频频点水,浪头很高。
晕船的旅客不免有些脸发白,
　　但唐璜在海上可是习于此道,
他只安闲地看着过往的船帆,
或者望望那刚刚呈现的山峦。

六五

终于那山峦像一面白壁似的
　　在蓝色的海面升起;唐璜感到
(甚至初见阿尔比安①的年轻人
　　也感觉过分了些)自己很骄傲
能处身在那些傲慢的店主中,
　　因为他们做生意一向很霸道,
经常从南极到北极发号施令,
连海波都得对他们交纳税金。

六六

我没有什么理由爱那一角土地,
　　它或可成为世上最高贵的国家,
它之于我虽然仅仅是出生之地,
　　我对它衰落的美名,过去的文化,
却不禁又是景仰,又深深惋惜。
　　分别了七年(经常的充军期限吧),
无论自己的祖国怎样不光彩,
也总该使人的愤慨平息下来。

---

　　① 阿尔比安,英国古称。

六七

唉！但愿她完全而彻底地知道
　　她伟大的名字如何被人厌恶，
全世界又是多么渴望能给她
　　当头一棒，使她在刀锋下倾覆！
到处都当她是最凶恶的敌人，
　　不，比这更坏，因为她曾经一度
伪装友善，把自由应许给人类，
而今却要捆住人，连思想在内！

六八

她怎能夸称自由呢，当她自己
　　不过是奴隶头子？全世界的民族
都在禁锢中，管牢的又算了什么？
　　他顶多是个离不开牢门的狱卒。
难道给囚人管钥匙的那点权利
　　就算是自由吗？他也同样地无福
享受自由天地的空气和阳光，
尽管他不戴镣铐，只守着门框。

六九

唐璜首先看到的阿尔比安的美，
　　亲爱的多佛呵①，是你的山峦、港湾
和旅馆！是你的闻铃就匆匆忙忙
　　跑来的侍役，和抽税细致的海关！

---

① 多佛，英国港口。

是你那把旅客都看做是战利品
　　而载运给水陆居民分享的邮船!
最后,但毫不含糊,样样算价钱,
是你给外路人开的一大沓账单!

七〇

唐璜虽然年轻,大方,毫不在乎,
　　又有的是卢布,钻石,支票和现钱,
每礼拜的支出从来没有节制过,
　　可也瞪了账单一眼,还是付了款——
(他的大管家是个精明的希腊人,
　　拿起那一大卷来,给他连算带念),
但既然空气是自由的(虽然常阴)
　　光来这儿呼吸一口也值万金。

七一

快赶马车前进吧！到坎特伯雷去①！
　　越过了碎石子路,溅过了泥水坑,
多么好呵,驿车跑得兴高采烈!
　　不像在德国,它总是一路慢腾腾,
仿佛是给载运的货送丧似的,
　　而且,车夫半途还得停下喝一盅
老酒——可怜的家伙！即使骂他们
"贱种！""该死！"也只像雷碰上避雷针。

七二

要想振奋人心,搅动他的血液
　　好似把辣椒面掺进了咖喱粉,
顶好的办法莫过于快马加鞭,
　　别管什么方向,只要它是飞奔；
妙处就在于这没头没脑的奔波,
　　因为呀,当你越是跑得没有原因,
等你达到旅程的伟大目的时
就越是有趣——这目的就是飞驰。

七三

　　他们参观了坎特伯雷的教堂,

---

① 坎特伯雷,英国城市。

培凯特①的血石,黑王子②的钢盔,
　　教堂执事用他那呆板的腔调
　　　照例把烂熟的掌故复述一回——
　　亲爱的读者!你又碰到了光荣,
　　它只剩了锈钢和可疑的骨灰,
　　这又半已分解成什么钠和镁,
　　就是它们酿成那口苦酒——人类。

七四

唐璜当然景仰不止,当他看到
　　那钢盔从未屈服过(除了对时间),
　一千个克里西③都在他血里沸腾,
　　那无畏的教士的墓也使他凛然:
他由于驾驭国王而丧命;但至少
　　目前国王若想杀人,必先找法官。
小莱拉凝视了一阵,感到很糊涂,
就问为什么盖了这间大房屋。

七五

人们告诉她这是"上帝的大厦",
　　她说上帝住得不坏,不过她奇怪
为什么上帝竟然容许异教徒——
　　那残酷的基督徒渎犯他的住宅:
他们在真信徒的国土上把他的

---

① 托玛斯·培凯特(1117—1171),坎特伯雷教堂的大主教,因与国王亨利二世对抗而被杀。
② 黑王子,"黑王子"是英国国王爱德华三世的长子(1330—1376),因穿黑色盔甲及武勇可畏而得名。在英法百年战争中他立有战功。
③ 克里西,法国北部一村落,一三四六年英国军队在此地取得对法国的胜利。

寺院都烧了。而且她不免悲哀,
想到穆罕谟德放弃这么大寺院,
好像把珍珠丢给了猪去作践。

七六

赶路!赶路!穿过修整如坛的草野,
　那长满酒花和高产作物的乐园!
因为一个诗人在多年漂泊后,
　炎热受了不少,通风却很有限;
这碧野虽夸不上庄严的结构——
　就是那把葡萄藤、橄榄树、悬岩、
冰川、火山和橘子树等等都混在
一起的景色——却也使他很愉快。

七七

而当我想到一瓶啤酒的时候——
　得了,我不想号丧!——快赶吧,车夫!
出色的小伙子把车赶得飞快,
　唐璜却欣赏这自由人的大路:
呵,哪个国内外人士不特别珍爱
　这样的国度!除了少数人糊涂:
他们正"用脚踢刺",真是非常愚蠢,
为了这劳苦,只有再挨上一棍。

七八

一条关卡大道是多么写意呵!
　又平又光,把地刮得这么出色,
就连那扇动巨大翅膀的兀鹰

573

在无际的太空也不会如此掠过!
假如菲顿①当时有这样滑的路,
　日神会叫他来驾约克郡的驿车
也说不定。但正当我们急驰如飞,
讨厌的事情来了——缴通行税!

七九

哎呀!凡是付款全都令人心痛!
　性命,老婆,什么都可以任人拿,
除了钱袋。马基亚维对王侯说②,
　这种事最易引起普遍的咒骂。
谋杀倒无大碍,但谁要想碰碰
　那人人暗怀的甜蜜的金矿呀——
你杀他全家,他也许都能忍受,
但千万别把手伸进他的裤兜:

八〇

那佛罗伦萨人如此说。国王们,
　听听你们的导师吧!天已昏黑,
唐璜正驾车向一座高山奔驰,
　谁知它是带着轻蔑还是快慰
俯瞰着一座大城。英国臣民呵,
　如果有伦敦人的火气在体内,
就凭你们各自的爱憎而慨叹
或微笑吧:我们已登上了舒特山③!

---

① 菲顿,据希腊神话,他是太阳神菲伯之子,因企图驾驶太阳神的车驾,覆车而死。
② 马基亚维,见第七章四节注。
③ 舒特山,伦敦附近的山。

八一

太阳落了,烟雾像从半灭的
　　火山口腾起来,弥漫着天空,
这奇异的城市真像有些人
　　给它起的绰号:"魔鬼的客厅"。
但唐璜觉得,尽管自己是外族,
　　这也不是家乡,却把它当母亲
一样敬畏:是她养育出的儿孙
使半个世界被屠杀,半个震惊①。

八二

巨大的一片砖瓦、烟雾、船舶,
　　污浊而幽暗,但却极尽目力
那样广阔,随处都可以看见
　　有船只在掠过,以后就失迷
在桅杆的丛林中;无尽的楼塔
　　跷着脚,从煤烟的华盖窥出去。
还有一个巨大的、暗褐的圆顶
像小丑的帽子:这就是伦敦城!

八三

但唐璜所见的不同:每一缕烟
　　对他都好像是从炼金的火炉
冒出的仙气,从那里会生出来

---

① 印度。美洲。——拜伦注(拜伦的这个自注指出英国在世界范围内进行侵略。——译者)

无穷的财宝(赋税和债券无数),
　　就连那像重轭一样压在头上
　　而把太阳都吹熄的阴云浓雾,
对于他也只是自然间的大气,
非常之卫生,虽然是不太明丽。

八四

他歇了一下——我也要同他歇歇,
　　就像猛攻以前的间歇。过一会,
敬爱的同胞呵,我们再来重叙
　　我们的旧情吧。我要趁此机会
对你们说些不以为真的真话,
　　因为它是太真了。我要提一位
有为的弗莱太太①,替她扫扫门窗,
也许能为她拂下一两片蛛网。

八五

噢,弗莱太太！为什么要去新门
　　向那伙可怜的流氓布道？为什么
不从加尔顿②或别的巨厦开始,
　　改一改那死硬的皇家的罪恶！
要挽救民间的世道人心吗？唉,
　　这类江湖话只是慈善家的胡说,

---

① 伊丽莎白·弗莱(1780—1845),以从事"慈善事业"著称,一八一三年开始到新门(伦敦的监狱)向犯人布道,宣传宗教的"美德"。拜伦反讥她为何不向帝王和贵族去做"挽救人心"的工作。
② 加尔顿,皇家俱乐部,乔治四世常在此宴会。

除非你先改好那人上人。说来也怪,
我以为你有更无畏的宗教哩,弗莱太太!

八六

告诉他们上了年纪该规规矩矩,
　　该根除爱游逛和奇装异服的病,
告诉他们青春一去不会再回来,
　　要救国不能依赖雇佣的骠骑兵,
告诉他们克蒂斯爵士①很讨人嫌,
　　就连最无味的把戏也要不成功。
他虽是给老哈尔取笑的福斯塔夫②,
但那铃铛怎样响③,也不能令人捧腹。

八七

告诉他们,虽然这也许是太晚了,
　　如果只知在生活的陈轨里作乐,
以饱食无事的虚肿来装作伟大,
　　这不是做好人的办法;你还可以说:
贤明的国君从不爱烜赫和铺张;
　　再告诉他们——但你不肯,而我此刻

---

① 威廉·克蒂斯(1752—1829),英国国会议员和伦敦市长,因善于逢迎乔治四世而被封为勋爵。一八二二年,乔治访问苏格兰时,克蒂斯随行;他虽然已经七十岁了,却快活地穿上苏格兰短裙及紧身裤等招摇,成为笑柄。
② 福斯塔夫,福斯塔夫是一肥胖的骑士,哈尔是英国国王亨利四世之子的绰号,他以后登位称亨利五世;莎士比亚在《亨利四世》剧中描写了他在青年时期和福斯塔夫一伙人的欢乐戏谑的行为。
③ "但那铃铛怎样响",小丑衣上系响铃以博人笑。

也够了。但过些时我还要胡说乱道,
像罗兰①在隆塞瓦战地吹起号角。

---

① 罗兰,法兰克王查理曼大帝的著名骑士。七七八年八月,查理曼的远征军自西班牙凯旋归来时,他的后备队在隆塞瓦谷中遇到巴斯克人的包抄。指挥后备队的人即罗兰。他的同伴奥里弗曾三次要求他吹号角求援,但罗兰由于过分自傲而不肯。最后他响起号角时,已嫌太晚,终至全军覆没。

第 十 一 章①

一

当巴克莱②主教说:"不存在物质",
　　而且证明了——别管他怎么说吧,
据说他的体系精深得驳不倒,
　　就连最玄妙的头脑也是白搭。
但谁又信他呢?我倒想把物质
　　都敲碎,连铅石都叫它碎成渣,
好找出世界是精神;虽须保留
我的头,我也只当它已经没有。

二

呵呵,把宇宙都变成"唯我主义",
　　这是多么新鲜而高超的见地!
一切都是心象,一切都是自己,
　　而这绝不是分裂教义,我敢于
拿世界(不管当它什么)向你担保。
　　好一个"怀疑"!我很怀疑其为怀疑。
你真理之光的棱镜,天庭的酒!

---

① 本章写成于一八二二年十月,于一八二三年八月发表。
② 乔治·巴克莱(1685—1753),英国哲学家及主教,主观唯心主义的代表。他在《论人的知识原则》一文中,怀疑物质的客观存在,认为它是依赖意识或精神而存在的。拜伦在本节和下一节中即对这种唯心论加以嘲弄。

别伤我的神吧,这头脑怎能承受。

三

因为我们总难飞得轻盈自在,
　而另有一些"难以消化"的问题
会迫使我们跌落到地面上来;
　无论怎么说,最令人无法懂的
就是:在这大千世界里,怎么有
　这许多繁复的生命,形色各异?
万物、人和星辰,一个奇怪的谜——
即使谬误,那也是华严的一曲!

四

这世界也许起于偶然;但也许
　竟如《旧约》上所说的,那就更好:
我不愿违背《圣经》,因为有人说,
　离经叛道自陷于绝境。我感到
这说得很对。人生本来够短促,
　何必咬文嚼字、无休止地争吵?
反正人人都有一天能了解它,
或者至少躺在墓中不再解答。

五

因此我放弃形而上学的讨论,
　它玄而又玄,又能有什么结果?
假如我实事求是,是就承认是,
　我不过求其干脆和公正不阿。
事实呢,最近不知为什么原因,

(也许空气不好?)我患了肺结核,
恶病缠身,这可使我大为震动,
因此我就越来越信服正统。

六

第一次吐血,立刻证实有上帝,
　(但我从没有怀疑过他,或魔鬼)
第二次,我相信神奇的纯净受孕,
　第三次,流行的恶源说十分对,
第四次吐血使我对三位一体
　深信不疑①,自觉已得其精髓,
我甚至希望那个"三"能变作"四",
好叫我虔诚的信念更为深挚。

七

话归本题。谁要是曾在雅典的
　卫城上俯瞰过,或者航海游过
那明媚如画的君士坦丁堡,
　或看过汤勃克图②,或者在中国
用陶泥杯在京都里品过茶,
　或曾在尼尼微的砖墙中小坐——
他初见伦敦大概不会很欣赏,
但一年之后,再问问他怎么想!

---

① 这一节嘲笑了基督教教义中违反理性的各种论点:上帝和魔鬼的存在,纯净受孕说(即马利亚受圣灵感动而怀孕生了耶稣),恶源说(即人类都是亚当的后代,亚当以其违反上帝的罪传给了后世子孙)和三位一体说(即上帝乃由三位一体构成,三位指天父、天子和圣灵)。
② 汤勃克图,见第一章一三二节注。

八

唐璜在舒特山上走下了车子,
　　时间是黄昏;地点呢,一个斜坡
可以俯瞰到那个善与恶之谷——
　　那伦敦的街衢,生命正如沸锅;
而他的周身一切都静悄悄,
　　能听到的只有路上走过的车
在轧轧转动,和都市的嗡嘤声,
烦嚣而低沉,像滚着渣滓沸腾。

九

我说到唐璜走下马车,从车后
　　沉思地走上山头,一路在思索
这个伟大的国家的妙不可言,
　　"呵,这才是自由神选中的住所!"
他赞叹道:"在这儿,人民的声音
　　是多么强大,无论是牢狱、枷锁,
或宗教审判[①]都封不住他的呼声,
每次会议或选举都等于新生。

一〇

"这儿有贞洁的妻子,纯洁的生活,
　　这儿人们同意付款时才付款;
如果说物价高昂,人们挥金如土,
　　那正表明他们的薪俸很可观。

[①] 宗教审判,罗马天主教会设有宗教法庭以迫害持有"邪说"或"异端"的教徒。

这儿法律是神圣不可侵犯的,
　　这儿没有路劫,旅客都很安全,
这儿——"一把刀打断了他的沉思:
"瞎了眼的! 拿钱来,不然就是死!"

一一

这自由的声音发自四个强盗,
　　他们在路旁隐蔽着,一旦看见
唐璜在车后闲逛,就手急眼快
　　抓住这个好机会来搜索一番。
呜呼,谁叫这位不慎重的绅士
　　在这富裕的岛国中到处游玩!
他会看到:这对于性命和裤兜
都很不妥靠,除非你挺身战斗。

一二

唐璜不懂英文,只有英国人的
　　"上帝罚你!"的口头禅倒还知道,
不过连这也很少听说;有时候
　　他甚至错认为那是一种"您好!"
或"上帝与你同在!"的祝辞;这倒也
　　难以怪他,连我这半个英国佬
(这是我的不幸)也不常听他们把
"上帝"和"你"联起来,除了那句骂。

一三

可是唐璜仍旧很快地懂得了
　　他们的手势,由于他性情急躁,

立即从衣服里拔出了小手枪,
　　一枪打进了一个强人的肉糕。
他疼得像黄牛在草野上打滚,
　　并从他自身的泥血坑里喊叫
他亲近的伙伴:"杰克呵,我完啦!
这凶恶的法国鬼子把我打垮啦!"

一四

于是杰克带领人马落荒而逃,
　　而唐璜那些吓跑的随从人员
这时也来了,一面赞叹他,一面
　　争着献力(照例是稍晚了一点)。
唐璜看到这"月亮的宠儿"①的命
　　仿佛就要从他的血管倾倒完,
赶紧叫人拿来棉花和绷带,
并且后悔:自己开枪未免太快。

一五

他想道:"也许这个国家的习俗
　　就是以这方式来欢迎外乡客;
现在我想起来了,有些旅店主
　　也差不多少,只不过和气得多:
不是用刀子、而用鞠躬来抢钱。
　　但怎么办呢?我不能让这家伙
躺在这大路上咽最后一口气,

---

① "月亮的宠儿",指偷儿。这是莎士比亚《亨利四世》剧中人物浮斯塔夫的俏皮话,"让我们做狄安娜的猎人,暗影下的君子,月亮的宠儿……在月亮的赞助下去偷窃吧。"

带他走吧！——我来帮你们抬起。"

一六

但还没等他们来办这件善事，
　　那垂死人叫道："住手！我该遭报！
哦，有杯酒多好！竟丢了一笔财！
　　让我死在这儿吧！"生命的燃料
已在他心里枯竭，伤口滴的血
　　变得浓而黑，呼吸也更困难了——
他从肿起的喉头解下一块布，
叫道："给莎尔吧！"于是一命呜呼。

一七

这血染的领巾落在唐璜脚前，
　　他不知道为什么要向他托付，
也不懂那个强盗的临终遗言
　　是什么意思。唉，可叹偷儿托姆
曾是吃遍全城的瘪三，地道的
　　流氓阿飞，最够格的衣冠人物，
匪气十足，很讲派头，却受了哄，
先是口袋，以后身体被钻了窟窿。

一八

在目前情况下，唐璜既已做了
　　他可能做到的一切，一旦获得
验尸官的放行证书后，便继续
　　朝着首都行进。他真有点难过：
想不到在十二小时内，也不曾

在这国度走了多远,他却被迫
为了自卫而杀死一个自由人,
这使他一路都越想越纳闷。

一九

唉,他给这世界除去了一个伟人!
　若论这个人,当年也是轰轰烈烈。
谁能再像托姆那样带头殴斗,
　那样酗酒闹事,威震戏院或贼穴?
谁还再挤眉弄眼捉弄一个傻瓜?
　或者无视警探,公然骑着马行劫?
谁还挑逗黑眼睛的莎尔,那婊子?
她是多么够劲,多机伶,又多标致①!

二〇

但托姆已经不在了,别再提他吧。
　英雄必然有死,而由于上帝赐福,
他们大多是很快地就回了老家。
　现在欢呼吧,泰晤士河,向你欢呼!
就沿着你的河岸所指的方向
　唐璜的车急驰着,隆隆声像擂鼓;
驰过了肯宁顿和其他一些"顿",
这使我们盼望很快就到伦敦;

---

① 本节中拜伦引用了当时流民阶层所用的行话和土语,并附有注释,因涉及英文特性,译文无法表达。

二一

驰过"林"镇,因为那儿没有一棵树,
　才如此称呼的;又经过一带地方
叫"欢喜山",因为它既不令人欢喜,
　也没有什么坡;又经过一排小箱,
是砖砌的,却能随时漏进灰尘,
　门上还明标着"吉房出租"的字样;
又经过一些街道,自谦为"乐园",
　即令夏娃失去它也不会慨叹;

二二

经过马车,货车,拥挤的路关卡,
　经过人声的杂沓,车轮的旋流,
这儿邮车飞逝得像一阵希望,
　那儿酒店伙计在兜售苦艾酒;
这儿理发店的橱窗陈列着假发,
　那儿点路灯的人正把一桶油
慢慢灌进昏幽幽的玻璃灯里
(因为那年头我们还没有煤气);

二三

还经过这,经过那,和其他等等,
　旅客才到达这伟大的巴比伦;
无论是骑马,坐游览车,坐邮车,
　总之,条条路都来到这个中心。
我本可以多说些,但不愿侵犯
　导游指南的权利。而太阳下沉

也有些时候了,夜影已包抄到
晚霞的边际,这时他们过了桥。

二四

那泰晤士河的水声多么美呵!
　　它居然有一刻证明是在流荡,
虽然又淹没在嘈杂的诅咒声里。
　　威斯敏斯特教堂的庄严灯光;
它那广阔的石路;里面是"声名"
　　所卜居的圣殿;那苍白的月光
好似它的幽灵飘过每个牌位;——
呵,这真是岛国的圣地而无愧。

二五

那僧侣林已经没有了——这倒好;
　　石柱群呢,——但它究竟算得什么?
疯人院却还有着贤明的锁链,
　　以防疯子们咬着参观的宾客。
法院还招待不少负债的哥们,
　　市长官邸呢,还是(至少对于我,
有的人不同意)虽庄严而呆板,
但那大教堂胜过整个这一摊。

二六

沿着却灵广场、培尔梅尔等闹市,
　　那一长列的灯火真是够辉煌,
若比起大陆上的灯火的明度
　　(那儿城市谈不到夜景的装潢)

就好似拿黄金去比锈铁废渣。
　　法国人还没有学会使用灯光；
等他们学会了,却又不捻灯芯,
而是把恶徒吊上柱子来照明①。

二七

沿大街吊起一列高贵的绅士,
　　当然能给人类以光明和教化,
正如把地主的庄宅烧把野火
　　也能做到这一点。还是老方法
对半盲的人民更好,而新花样
　　像磷磷的鬼火,固然也叫人怕,
但要等这种焰火变温和一些,
方能启示人类,永远照明世界。

二八

但伦敦好明亮:假如戴奥金尼②
　　能够又一次来访寻正直的人,
而在这巨大的城市所繁殖的
　　各色人中,却找不到他的标本,
那么,这宝贝之所以未能发见,
　　绝不能归咎于灯火的不明。
我一生都在观察什么人正直,

---

① "把恶徒吊上柱子",指一七八九年法国革命时,民众曾把敌对的贵族吊死在灯柱上示众。
② 戴奥金尼,见第七章四节注。据说他白日执灯在街上行走,人问以故,他答称"寻找人",意即寻找正直的人。

但我看到：上流社会全是律师①。

二九

碾过了石子路，穿过培尔梅尔街，
　　人马和车辆由拥挤而逐渐稀疏；
夜已降临，那些严防讨债的大门
　　被敲得山响，开始解了封门之符，
让来客早早夜宴。而我们的唐璜，
　　这外交界的后起之秀，继续赶路；
他走过了一些旅馆，又望了望
圣杰姆士宫和圣杰姆士赌场②。

三〇

他们到了旅馆，那儿立刻涌出
　　一群服装笔挺的侍役来迎接，
沿街还站着一群围观的闲人，
　　和几十个当体面的伦敦入夜
就在街头上荡来荡去的神女，
　　她们虽然有伤风化，却方便；而且
对促进婚姻，像马尔萨斯一样，
颇有帮助③。——这时唐璜步下车辆，

---

① "上流社会全是律师"，拜伦对资产阶级的法律及其代言人极为愤慨，故将律师和正直的人相对立，并且谴责整个上流社会都是一团漆黑。
② 圣杰姆士宫，英王居住的地方。"圣杰姆士赌场"原文也可理解为"圣杰姆士地狱"，此字语义双关，译文无法表达。拜伦故意将皇宫和地狱并列，以示对帝王的讥讽。
③ "对促进婚姻，像马尔萨斯一样，颇有帮助"，这是反义语：妓女和马尔萨斯都是破坏婚姻的。

街头上荡来荡去的神女，
　她们虽然有伤风化，却方便。

三一

走进了殷勤之至的旅馆之一:
　　特别是对外国人,尤其对那些
被恩宠或好运捧起来的人物,
　　因为他们拿付账只当是末节。
许多使臣在这儿长住或落脚,
　　(它成了外交谎言出生的巢穴!)
以后就迁往某个著名的广场,
并把他们的名衔标在铜门牌上。

三二

唐璜的使命带有微妙的性质,
　　非常机密,但是排场也很可观,
没有正式的官衔能准确指出
　　他奉派而来是为的什么公干。
只是传闻将有一位外国重臣
　　带着秘密任务光临我们的海岸,
他年轻、漂亮而有才学;又据闻:
他曾经迷惑了俄国女皇的心。

三三

还有人谣传,他有过不少奇遇,
　　在情场和战场上都是个好手;
浪漫的头脑本来是个描画家,
　　而英国女人的幻想更会悠游
到那乌有之乡,也不管冷静的
　　理智的限制,一跑出圈就难收——

因此,他发见自己一时很时兴,
对好盘算的民族,这就是热情。

三四

我并不是说,英国人没有热情,
　　不,他们也热,却是热在头脑上;
不过,既然用脑所达到的效果
　　和使用多情的心并没有两样,
那么,夫人小姐们用什么来苦思冥想,
　　又有什么关系?只要它能导向
你起初梦寐以求的地步,试问:
谁还管那手段是头脑还是心?

三五

唐璜把俄国政府的每一件国书
　　都交到适当的衙门,适当的官员,
他也被那些以气势治人的人
　　用正确的装腔作势接待了一番;
他们看到他是个光脸的小伙子,
　　就认为(在政务上应该这么盘算)
对付这个小雏儿可是易如反掌,
那就像老鹰去捉捕歌鸟一样。

三六

他们却错了,老年人往往如此;
　　但这以后再提。假如我们不提,
那就是因为我们对于政客们
　　以及他们的口是心非表示鄙夷。

他们凭撒谎吃饭,但又扭扭捏捏,
　　远不如女人可爱:女人已习于
不得不撒谎,却诳骗得很出色,
倒使真实话显得令人信不过。

三七

话又说回来,什么是谎言？那只是
　　真理在化装跳舞。我要质问一声
史家,英雄,要人,律师和教士们,
　　谁能拿出事实而不用谎言弥缝？
真正的真理哪怕露一露影子,
　　什么编年史,启示录,预言等等,
就都得哑口无言;除非那记载
是在事实发生前些年就写出来。

三八

哦,谎言万岁！一切说谎的人万岁！
　　现在,谁再说我的缪斯愤世嫉俗？
她高唱这世界的赞诗,而为那些
　　不肯追随她歌唱的人感到耻辱。
慨叹没有用;让我们像别人那样
　　鞠躬吧,恭吻着圣上的手、足
或任何部分;爱尔兰就是好典范①,
虽然,她的国花好像有点凋残。

---

① "爱尔兰就是好典范",一八二一年八月英王乔治四世访问爱尔兰时,受到爱尔兰贵族的趋迎和阿谀,虽然爱尔兰人民正在民族压迫的水深火热中。

三九

唐璜在社交界露了面,论衣冠、
　　论举止,无一不令人赞不绝口,
我不知道哪方面更受到注目;
　　一颗特大钻石使人谈论不休,
据人们传言:那是喀萨琳女皇
　　在一阵迷醉之际(爱情和美酒
都有发酵作用)给他的礼物,
老实说,他可绝不是无功受禄。

四〇

论职责,除了国务大臣和秘书
　　必须对外国使臣们彬彬有礼,
直到他们那举棋不定的国君
　　终于定局,摆出了皇家的谜底;
可叹一切官员,连小役吏在内——
　　那出自衙门的阴沟,又养育于
"腐败"的浊流!——对人都不够凶恶,
以至难于食俸禄而无愧于色。

四一

无论文职或武职,平时或战时,
　　他们所以受雇用无疑是为了
凌辱人的,这就是他们的工作;
　　如若不信,可问那请求过护照
或其他限制自由的证件的人,
　　(这是一种灾难,也够令人苦恼)

是否在那些被赋税养肥的人中
看到了最凶恶无礼的——狗杂种?

四二

但唐璜却受到了"热诚的款待"——
　像这种文雅的词儿,我必须从
我们的邻邦借来,因为在那儿
　无论在报章或人们的谈话中,
像下棋一样,悲喜都先有布局。
　看来海岛的人比他大陆的同种
更为率直而纯真——好像大海能
使舌头更为放肆(有鱼市①为证)。

四三

不过,英国人的"我该死"却很典雅,
　你们大陆的诅咒未免太放肆;
你们所骂的题目,凡高贵的人
　都不屑于重复,因而那种文辞
连我也不必征引吧;何况对文雅
　各有看法,易起争端。但"我该死"
既非常大胆,又空灵得不伤人,
柏拉图式的咒骂,深得其神韵。

四四

要找十足的粗鲁,可以留在国内;
　要找真假礼貌(唉,现在连假礼貌

---

① 鱼市,原文为 Billing sgate,即指伦敦的鱼市,也指下流话。

都少见了)你得飘过天蓝色的海
　　和白的泡沫:蓝色(已如凤毛麟角)
象征你离开的;泡沫象征你将会
　　遇到的大多事情。然而我该抛掉
这种泛泛之论了;诗篇必须限制
在统一律以内,像我这篇诗就是。

四五

什么是上流社会? 这意思是指
　　一个城市的西边或最坏的一头,
其中住着大约四千有教养的人,
　　智慧并不太多,俏皮话也很陈旧,
不过在别人睡觉时他们却醒着,
　　而且总以怜悯的目光望着宇宙——
就是在这儿,唐璜被有地位的人
当作世家子弟接待得很殷勤。

四六

他是一个单身汉,这一点对于
　　小姐和已婚的少妇都很重要:
不但能鼓舞前者结婚的希望,
　　而后者呢,如果她不拘于自傲
或情操,也会觉得他有些用场,
　　因为和一个已婚的男人相好
总得顾忌夫人,不但罪过加番,
而且更糟的是,也更会惹麻烦。

四七

但唐璜是个单身汉,富于心智、
　　技巧和手腕;无论跳舞或唱歌,
他的姿态总是那么多愁善感,
　　像莫扎特①的小夜曲那么柔和。
无论忧喜,他都能转换得自如,
　　而且恰当其时;虽然他还年弱,
却已见过世界——这景象够稀奇,
和书上所写的可是大异其趣。

四八

闺秀们见他会脸红,已婚的美人
　　也如此,不过那不是刹那的红润;
这两种货色:脂粉和涂上脂粉的,
　　在泰晤士河畔可不少。青春,铅粉,
都对他的心提出照例的要求,
　　而绅士拒绝它会觉得有失本分。
女儿瞟着他的服装,诚心的母亲
则打听他的进项,不知弟兄几人?

---

① 莫扎特(1756—1791),奥地利作曲家。

四九

那整个季节供应新娘嫁衣①的
　　服装店老板,一向是不惜赊欠,
只希望能在蜜月的最后一吻
　　缩为新月的寒光前就收完款——
现在更不愿坐失良机了,因为
　　这机会是由外国富翁给开的端:
于是尽量给记账,那数目之大
足叫新郎诅咒,叹气,还是付了它。

五〇

而那蓝色的、吟风弄月的一族,
　　一脑子(或帽子)裱糊着上一期
《英国评论》的诗文,也都配备了
　　她们最高等的蓝色,向他凑趣;
她们以拙劣的法文或西班牙文
　　向他讨一点这两国作家的消息;
是俄语呢,还是卡斯提语更轻软?
他在旅行之中可看到了伊里安?

---

① (原文为 drapery misses"绸缎小姐")"绸缎小姐"一词现在对谁都不费解了。可是当我在一八一一至一八一二年从东方初回国时,它对我简直是神秘的。它指出自名门的美丽而时髦的少女,深得朋友的教益,并由裁缝配备了整箱嫁衣而其欠款是等待结婚时由新郎来付的。这个谜最初是由一位年轻美貌的阔小姐给我点破的,当我在称赞一位当时(现在已过去多年了)清贫而美丽(犹如安·配奇太太)的少女的"绸缎"时,她告诉我这种事在伦敦很普遍;在这方面,由于她的富有、她的艳丽和衣饰的淡雅使她无可置疑,我承认我相信了她的话。如有必要,我可以引出证据,无论"绸缎"或穿绸缎的人都有。不过,但愿如今这已是过时的事。——拜伦注

五一

老实说,唐璜的学问有些肤浅,
 在文才上更不是一个朱甘色①,
现在一经这女界的博学鸿儒
 加以会审,倒弄得他不知所措;
他的事业一向是在战场、情场,
 或官场,再加以舞场上的职责,
这使他远远离开了灵感之泉;
而今他才发现:这泉水如此之蓝②!

五二

不过,他还是零星作答,还带着
 谦虚、自信,和泰然自若的样子,
这给他的才学增加一种神韵,
 使他每有议论都好像精深之至。
那神童阿拉敏塔·史密斯小姐
 (她十六岁就把《愤怒的赫久里斯》③
译成愤怒的英文,)带着一种娇态,
把他的隽语都用小本子记下来。

五三

唐璜懂得几国语言——这当然是

---

① 朱甘色,乔治·巴金海姆《排演》一剧中的人物,他是一个好夸口的人。
② "这泉水如此之蓝",拜伦戏称女学究为"蓝色的",这是由"蓝袜子"一词引申来的,详见第四章一〇八节注。
③ 愤怒的赫久里斯,指荷马史诗《伊里亚特》,赫久里斯是其中的一个英雄人物。

意中事——又搬用得及时而巧妙,
这挽救了他在才女心中的声誉,
　她们只可惜他不近吟咏之道。
若是再有这一项,那他的成就,
　对她们来说,才真是无比高超。
曼尼式小姐和扶利斯基太太
特别希望被西班牙诗歌唱出来。

五四

不过,他应付得很不错,每一类
　社交的核心都把他看做候补,
而且,像班柯镜中闪现的①那样,
　无论在大小宴会上他都有福
见到一万个当代作家掠过身,
　这也就等于各时代的平均数;
还有八十"现存最伟大的诗人",
因为每本无聊杂志都有几名。

五五

呜呼!那所谓"现存最伟大的诗人"
　不过两个五年,就要像拳击大王
必须显显身手,以示其名不虚传,
　虽说他们的名气只是闭门想象。
连我,虽然我并不知道,也不愿
　在群丑之中作一个跳梁的皇上——
连我,在很长一段时期内,都被人
尊称为诗国中的伟大的拿破仑。

----

① 班柯,见第一章二节注。

五六

但《唐璜》就是我的莫斯科战役①,
　　《法列罗》和《该隐》成了我的莱比锡
和圣让山;而那美妙的蠢材同盟②,
　　既然"大师"已倒,又可以东山再起。
但我虽倒,也要倒得像我的英雄,
　　要就有生杀大权,真正为王治理,
要就去到一个荒岛去当俘囚,
宁可让叛徒骚塞做我的看守。

五七

司各特在我以前称王于诗坛,
　　接着有穆尔、甘培③;但如今缪斯
变得虔诚起来,在郇山④上漫游,
　　她结伴的诗人几乎全是教士。
而彼加沙在罗莱·保莱牧师⑤的鞍下
　　也开始摇晃着颂神诗的步子:
他给这匹神马装上高跷走路,

---

① 这一节拜伦把自己比作走向败亡的拿破仑。一八一二年的莫斯科一役,使拿破仑一蹶不振,一八一三年在莱比锡又被联军挫败,而圣让山之役则是拿破仑投降前的最后一次战斗,此后他即被囚于艾尔巴荒岛上。拜伦的诗剧《法列罗》和《该隐》不像他的早期作品那样畅销。
② 蠢材同盟,戏比"神圣同盟"(在拿破仑失败后由俄、普、奥三国发起的反动联盟)。
③ 司各特、穆尔、甘培,见献辞七节注。
④ 郇山,耶路撒冷的圣山。
⑤ 保莱牧师,指乔治·克罗里牧师(1780—1860),他从事文学写作,著有悲剧、喜剧、小说等,其文体浮夸无力。

真像一个匹斯托①——"我拿剑打赌!"

五八

不过,就在这园地里,他还胜过
　　那矫揉造作的死费力的园丁②,
他把酿酒的葡萄都榨成酸醋,
　　他那沉闷的缪斯已变为中性;
呵,那个黑太监哪里会有歌喉,
　　倒像匹牛,每一行诗都要死耕:
那康拜西式③的罗马兵的咆哮
至少胜过希伯来人过分的嚎叫。

五九

还有我那文雅的尤菲斯④,据说:
　　他恰好像是一个"讲道德"的"我",
不过,也许有一天他会发现
　　难以两全,或冒充任何一个;
还有人认为柯勒律治是诗圣,

---

① 匹斯托,莎士比亚《亨利四世》中的人物,他善于辞令,好吹牛。匹斯托(Pistol)又作"手枪"解,故拜伦戏称以"剑打赌"。
② 本节所写的"园丁"指亨利·密尔曼(1791—1868),牛津大学诗学教授,并著有《戏剧和历史》。拜伦认为书商莫瑞因受密尔曼的唆使而停止印行《唐璜》,并误认他是以评论"杀死济慈"的人。因他是诗学教授,故讥他"像匹牛,每一行诗都要死耕"。
③ 康拜西,古波斯王,以好夸张著称。"康拜西式的罗马兵的咆哮"指克罗里所写的戏剧《凯提林》。"希伯来人过分的嚎叫"似指密尔曼的《犹太人史》。
④ 尤菲斯,英国作家约翰·李立(1553—1606)的同名小说的主人公。这篇作品以过分使用对比和典故而著称。"尤菲斯文体"指婉转而温和的辞令。拜伦此处用尤菲斯指伯瑞·康瓦尔(1787—1874),因为杰弗利在一八二〇年一月《爱丁堡评论》上曾把他的诗作和《唐璜》相比,认为他的作品"没有放荡和令人厌恶的东西……没有对美德和荣誉的嘲弄,没有大量诙谐与庄严的混合"。

华兹华斯也有捧场的(两三个),
还有那嗓音洪亮的傻瓜兰德①
竟把骗子骚塞的鸭子当做天鹅。

六〇

可叹济慈②被一篇批评送了命,
　正当他可望写出伟大的作品;
尽管晦涩,他却曾力图描绘出
　希腊的神祇,设想他们在如今
该讲些什么,虽然他不懂希腊文。
　唉,可怜的诗人! 多乖戾的命运!
他那心灵,那天庭的火焰一粒,
竟让一篇文章把自己吹熄。

六一

企图称霸诗坛的死者和活人
　名单倒很长,但谁也没有赢得
他所求的,甚至不能明确知道
　谁将会胜利。而时光悄悄溜过,
连脑子或枯肠都已蔓生野草,
　至于称霸的机会呢,还是不多!
他们熙熙攘攘,真像那三十帝王③,

---

① 华尔特·赛维治·兰德(1775—1864),英国诗人。拜伦认为他对苏赛的评价过高。
② 约翰·济慈(1795—1821),英国诗人,死于肺病。约翰·克罗克在《季刊》上发表了一篇恶毒评论他的文章,拜伦认为是这篇文章"杀死"了济慈。济慈的未完成作品《海披里安》是以希腊神祇的故事为情节的。
③ 三十帝王,指后期罗马帝国在三世纪中叶的内乱时期,当时军事政变频繁,各地军人自立统治者,形成所谓"三十僭主"的局面。

把罗马一段历史弄得很肮脏。

六二

这是文学界的后期罗马帝国,
  它的事务都由近卫军来掌握;
呵,可怕的行业! 像高悬在半山,
  去采茴香,你得敷衍士兵的邪火,
像敷衍吸血鬼似的;但若一旦
  我愿回到国内,而且乐于刻薄,
我要和那些蛮子兵较量一番,
叫他们见识一场真正的笔战。

六三

我想我有一两手论辩的花招
  足叫他们吃不消;不过又何必
和这些小螺丝钉们斤斤计较?
  确实,我也没有那么大的火气,
而况我的本性不会厉声厉色,
  我的缪斯哪怕是骂得最严厉
也是带着微笑的,接着她还会
请一个安退下来,谁也不得罪。

六四

我提到唐璜处于现存的诗人
  和蓝色女士的危险的绝境中,
在那荒原上,他过得不很出色,
  而且很快地就倦于这些良朋,
并在受到白眼前及时退出来;

这倒使他更舒畅地登高一层
和当代崇高的精神有了往还,
也变成了太阳之子——一条光线。

六五

早上他忙于公务——这分析起来
　　就像一切公务那样是一场空忙,
终至令人怠倦;而"怠倦"最易传染,
　　也是最有毒的涅索斯的衣裳①,
它使我们躺在沙发上,恹恹地
　　议论各项事务,无不嫌恶和绝望;
当然为祖国除外——但祖国如今
并没有变好,虽然它早该改进。

六六

下午,他忙于拜访,吃饭和打拳,
　　或者无所事事,直到夕阳西下
就骑马在那美其名为"公园"的
　　植物的木桶间周游,虽则那儿
花和果合起来不够蜜蜂一嚼,
　　但那终归是惟一的"花荫亭下"
(如穆尔②所说的),使时髦的仕女
能漫游其间,领略着新鲜空气。

---

① 涅索斯,希腊神话中半人半马的怪物。他被赫久里斯用毒箭射死,但在死前,他把自己血染的紧身衣脱下给赫久里斯的妻子,告她此衣可以使丈夫不变心。以后赫久里斯另有所欢时,其妻即送此衣给他,赫久里斯穿上毒衣,痛极而死。
② 穆尔,见献辞七节注。"花荫亭下"引自他的诗。

六七

以后就换装,就晚餐,世界苏醒了!
　于是灯火辉煌,于是车轮急转,
马车飞腾掠过了大街和广场,
　疾如流星。主人家粉画的地板
整洁光滑,里外都是悬灯结彩,
　接着铜门轰隆隆拉开,让成千
幸运的少数人一齐进来欢腾,
在那由金箔装饰的人间天堂中。

六八

高贵的女主人就站在那里面,
　三千次屈膝礼也累倒不下来;
呵,那惟一叫女孩子深思的舞——
　华尔兹,连错步也能促成恋爱。

客厅、吸烟室和大厅水泄不通,
　迟到的宾客已罚站了一长排,
连公爵和夫人也得按步往上爬,
　每次只能在梯阶上移动一下。

六九

有人真福气:在把满座的高朋
　扫过一眼后,就独自找个角落:
或当道的门口,或偏远的闺房,
　像杰克·霍诺,安安稳稳落了座;
让世界乱纷纷去吧,他却在一边
　满怀悲悯,或满面鄙夷地望着,
也许还赞赏,也许纯作壁上观,
在夜深以后还稍许打着呵欠。

七〇

但这样可不成,也许以后能通融;
　凡活跃的人物,像唐璜,都必须
在这片珠宝、羽毛和绫罗绸缎的
　灿烂的海洋中,航行得小心翼翼,
以求达到他认为妥善的地方:
　或者消溶进妙曼的华尔兹舞曲,
或者更骄傲地、以灵活的技术
跳着功夫老练的八人方阵舞。

七一

或者,假如他不跳舞,而更欣赏
　一位阔小姐,或他邻人的新娘,

那么该请他注意,别叫人立即
　　　太明显地看出他要追的对象。
不少热肠的先生都常常悔于
　　　自己的"急躁",因为它,在以冥想
而著称的民族中是个坏向导,
　　　这儿人们要上钩,也爱先思考。

七二

若能设法,在晚餐时坐在她身边,
　　　若已被人抢先,就坐在对面飞眼;
哦,那芬芳的时刻呵!它的游魂
　　　常常在我们的心头秘密飘旋,
并且老揪住"记忆"的尾巴不放,
　　　提醒我们一度是多么风流香艳!
唉,多情的种子怎能够尽述
在一场舞会中他忧喜的起伏?

七三

但我的劝告只适用于普通人,
　　　只有他们必须又追逐、又防备、
又观望:甚至他们竟枉费心机,
　　　只要一言过犹不及,就全盘都毁。
至于天之骄子呢,那当然例外,
　　　他们只凭仪表堂堂,或别有风味,
或对战争、机智或无智的声望,
　　　就如愿(或早已变为不愿)以偿。

七四

我们的英雄既然处处不同凡响,
　年轻、漂亮、高贵、富豪、又来自外国,
当然啦,像其他奴隶一样,他必须
　付一笔赎金才能逃出那不放过
如此显贵人物的种种埋伏、陷阱。
　有人谈作诗之苦,叹人凄凉的生活
充满丑恶、疾病、痛苦。但他们可曾
看到年轻的贵族怎样过的一生!

七五

他们虽年轻而精神却早已衰老,
　青春来得豪华,使用得更是无度:
他们的精力在无数粉臂中耗尽,
　钱找犹太人要,家产都归于债主;
上下两院看到他们夜晚投的票
　不是奉承了暴君,就是赞助民主;
而在投票,宴饮,赌博,狂嫖以后,
他的家祠又多一位"神主"的骨头。

七六

"哪儿是世界?"杨格①活到八十岁
　慨叹说:"哪儿是那诞生我的世界?"
唉,哪儿是八年前的世界? 一转瞬
　就不见了,像玻璃球似的碎裂!

---

① 爱德华·杨格(1683—1765),英国诗人。所引的情思,可见于《夜思》(1745)。

闪一闪就消失,没等你多看一眼,
　　那绚烂的大世界便悄悄地溶解:
国王、王后、要人、演说家、爱国志士
和花花公子,都一起随风而飘逝。

七七

哪儿是伟大的拿破仑? 天知道!
　　哪儿是渺小的卡色瑞? 鬼能说!
呵,哪儿是格拉坦、古兰、谢立丹①,
　　那名震法庭或议院的一群论客?
哪儿是岛国人人爱戴的公主②?
　　哪儿是多难的王后③和她的灾祸?
哪儿是殉身的圣徒:五分利公债④?
那些地租呢? 怎么一点收不进来!

七八

哪儿是布拉梅⑤? 垮台了! 韦斯雷⑥呢?

---

① 亨利·格拉坦,见《第六、七、八章序言》360页注①。约翰·古兰(1750—1817),爱尔兰政治家和著名的演说家,主张爱尔兰独立,反对与英国的联合。拜伦曾向人说:"他是我所见到的最奇异的人。在他身上,最灿烂而深邃的幻想结合了一种……韧性和机智——他的心是在他的头中。"瑞恰德·谢立丹(1751—1816),英国戏剧家和著名演说家,有两次在议会中的演说轰动一时。
② "岛国人人爱戴的公主",指乔治四世和凯罗琳所生的女儿夏洛蒂公主。她在政治上有自由主义观点,于一八一七年死去。
③ "多难的王后",指乔治四世要与之离婚的凯罗琳,见笫五章六一节注。
④ 五分利公债,当时国家公债价格下跌,执有债券者都受到损失,故拜伦戏称之为"殉身的圣徒"。
⑤ 布莱安·布拉梅(1778—1840),伦敦著名的花花公子,一八一六年因避债逃至法国。
⑥ 威廉·韦斯雷(1788—1857),惠灵吞公爵的侄子,社交明星。一八二二年他的财产宣布拍卖。

破产了。哪儿是惠伯瑞①?罗米力②?
哪儿是乔治三世和他的遗嘱③?
　(这倒是一时不易弄清楚的谜。)
哪儿是"凤凰"四世④,我们的"皇鸟"?
　据说是到了苏格兰去听骚尼⑤
拉提琴去了,——请听那"搔我,搔你,"
好一出皇上痒、忠臣搔的把戏。

七九

哪儿是甲勋爵?哪儿是乙夫人?
　还有那些尊敬的小姐和情妇们?
有的像陈旧的歌剧帽,置之高阁,
　结了婚,又独了身,或者又结了婚,
(这就是时髦的三部曲)。哪儿是
　都柏林的呼喊⑥?——和伦敦的质询?
哪儿是戈伦维尔们⑦?照例转了向。
我的朋友民权党呢?还是在野党⑧。

---

① 塞缪尔·惠伯瑞(1758—1815),英国政治家,惠格党议员,在议会中赞助进步的措施。因精神失常而自杀。
② 塞缪尔·罗米力,见第一章一五节注。
③ 乔治三世的遗嘱,乔治三世于一八二〇年死去。乔治四世及其弟约克公爵因争夺遗产而引起社会流言,据说乔治三世的真正遗嘱已被销毁。
④ "凤凰"四世,指乔治四世。诗人摩尔有一首诗名《凤与凰》,《两只皇鸟》,拜伦引用此名讥乔治四世,因他肥胖而爱修饰。
⑤ 骚尼,苏格兰人的绰号。乔治四世在一八二二年访问苏格兰时,当地权贵对他早作了盛大欢迎的准备,以示忠诚。
⑥ "都柏林的呼喊",指爱尔兰的民族运动。都柏林是爱尔兰的首府。
⑦ 戈伦维尔们,威廉·戈伦维尔(1759—1834)及其兄弟是著名的惠格党(或民权党)的活动家。他在一八〇七年退出政治。
⑧ "我的朋友民权党呢?还是在野党",民权党与托利党是英国当时的两大政党,但民权党受托利党的竞争和排挤,将近三十年没有执政。

八○

哪儿是卡罗琳和弗兰西丝们①?
　　离了婚,或者正走着这一过程。
哦,《晨报》!② 你灿烂的、一大串宴饮
　　和舞会的编年史呵! 惟有你能
告诉我们马车打破窗子,或其他
　　时髦的怪事——请说说在那海峡中
现在是什么潮流? 有的死,有的飞,
有的浅搁大陆:只怪时光把人催。

八一

那一度决心迷住慎重的公爵的,
　　终于和他年轻的兄弟打得火热③;
有的阔小姐不慎,上了骗子的钩,
　　有的少女变为太太,有的未出阁
而成了母亲,有的则花容凋谢,
　　总之,这一串变化真叫人迷惑。
这本来不稀奇,但有一点可怪:
这些普普通通的变化来得太快。

---

① 卡罗琳·兰姆(1785—1828),英国首相梅尔本的妻子,以后离了婚。她写有一些小说,有一时期是拜伦的情人。(参见第二章二○一节注)弗兰西丝·韦伯斯特,是拜伦友人之妻,在一八一三年秋,拜伦曾和她一度钟情。她以后和丈夫离异。
② 《晨报》,英国的保守派报纸,其中上流社会的新闻占有很大篇幅。
③ "终于和他年轻的兄弟打得火热",英国贵族由长子继承产业及爵位,所以公爵的兄弟从这方面看并不是她理想的结婚对象。

八二

别说七十岁是老年吧,在七年里
　　我所看到的人海沧桑,从帝国
以至最卑微的生灵,已远远比
　　普通一世纪的变化都多得多。
我知道万事无常;但如今,连变化,
　　虽然变不出新花样,都太难测;
看来人间没有一件事能永恒,
惟一的例外是:民权党当不了政。

八三

我看到雷神般的拿破仑如何

缩小为沙特恩①。我看过公爵大人②
　（别管是谁吧）变为愚蠢的政客,
　　比他那副呆相(假如可能)还更蠢。
　但现在,我该升旗扬帆,朝新的
　　题目行驶了。我见过,而且颇寒心:
　看国王先是被嘘,以后又被哄③,
　至于哪件事较好,我也不太懂。

八四

我看过乡绅们穷得不名一文;
　我看过琼娜·苏斯考特④;我看过
下议院变成了敛赋税的圈套⑤;
　我看过小丑戴上了王冠治国;
我看过已故王后的一段惨史;
　我看过一个会议什么坏事都做⑥;
我看过有些民族,像负荷的驴,
一脚踢开过重的负担——上层阶级⑦。

---

① 沙特恩,罗马神话中的农神,以后转化为希腊神话中的克罗诺斯。克罗诺斯是泰坦族巨人之一,他推翻其父而主宰宇宙。据说他吞食自己的儿子,以防他们造反;其妻瑞阿以石头顶替宙斯让他去吃,宙斯因此得救,并推翻克罗诺斯而成为宇宙的主宰。
② 公爵大人,指惠灵吞公爵,他在滑铁卢战后成为英国政界的要角。
③ "帝王先是被嘘,以后又被哄",指乔治四世。
④ 琼娜·苏斯考特,见第三章九五节注。
⑤ "下议院变成了敛赋税的圈套",英国议会屡次通过法案,增收新税,加重人民负担,这暴露了其所谓"民主政治"的虚伪性。
⑥ "会议什么坏事都做",指一八二二年"神圣同盟"国家在瓦罗那所开的会议,会议决定镇压西班牙革命。
⑦ "有些民族……一脚踢开过重的负担——上层阶级",指一八二〇年的西班牙资产阶级革命,限制了王权;和意大利烧炭党在一八二〇至二八二一年领导的反奥地利统治的革命。

八五

我看过小诗人和大块文章家,
　　和滔滔不绝的(并非永恒的)演说家;
我看过公债券和房地产交锋,
　　我看过乡绅们号丧得像娃娃;
我看过骑马的奴才践踏人民①,
　　好似踢过了一片无言的平沙;
我看过约翰牛拿麦酒换水酒②,
他似乎鄙视自己是一只笨牛。

八六

但时光不再!唐璜,别放过!别放过!
　　明天就有另一场戏,一样的快活
和短暂,又被同样的怪物吞没。
　　"生活是个坏演员"③,莎翁说;那么,
"坏蛋们,演下去吧!"切记不要管
　　你做的什么,只看你是怎么说;
要虚伪,要察言观色,别表露出
你的本人,只学人依样画葫芦。

八七

但我将怎样叙述我们的主人公

---

① "骑马的奴才践踏人民",指一八一九年八月十六日在曼彻斯特城英国骑兵对工人的大屠杀。
② "水酒",在莎士比亚《亨利第五》一剧中,有如下台词:"假如我有一千个儿子,我要教导他们做人的第一个原则就是绝不要喝水酒,而要痛饮袋酒。"
③ "生活是个坏演员……",引自莎士比亚《麦克白》五幕五场。

在那被一切人夸称(和撒谎)为
"道德的"国度中所遭遇的一切呢?
　关于某些事,我想顶好闭住嘴,
因为我不想写一本《阿塔兰提斯》①;
　不过,由此明确一下也好,诸位:
你们不是一个德性好的民族,
不用诗人说,你们也心中有数。

八八

我只写唐璜所见到和遭遇的,
　在这范围内,当然也还要遵照
社交的礼节予以适当的节制;
　请记着这篇故事不过是捏造,
绝不是讲我或我认识的亲友;
　虽说每个酸文人只要把笔调,
稍稍一转,就不免有(他否认的)影射,
但我可不会,我有话总是直说。

八九

至于他是被哪位贤明的贵夫人
　猎获到而娶了她的第几位千金,
或是娶了一位更有价值的闺秀
　(我说的价值是指陪嫁来的财运),
从事于给地球正当地增加人口,
　(这该感激你们可怕的合法婚姻!)

---

① 《阿塔兰提斯》,英国女作家玛丽·曼雷(1663—1724)所著的小说《新阿塔兰提斯》(1709)把当时的惠格党人和宫廷官吏都作了诽谤性的描述,因此曾被捕,以后无罪开释。

或者,是否由于他的殷勤太离题,
他得赔偿损失,坐上了被告席——

九〇

那还是在未来的不可知之数。
　好了,去吧,我的歌呵,稍过一阵,
我再给你装上同样多的脚韵,
　只为了让那些颠倒黑白的人
表现他们如何变本加厉地
　肆意攻击一篇崇高的作品。
这倒也好!我宁可孤立,也不愿
把我的自由思想和王座交换。

第 十 二 章①

一

若论黑暗的中世纪②,最黑暗的
　　我看该算人一生中的中世纪!
那是——我真说不出它是什么,
　　它让人徘徊在智与愚的边际,
却茫然不知自己该何去何从——
　　那时期有点像白纸落上墨迹,
字字触目惊心:而我们已不再
豪迈似当年了,头发都已半白;

二

对于青年嫌太老;若和孩子厮混,
　　或与花甲为伍呢,三十五岁又嫌
有点太年轻。我奇怪人们怎么
　　活得下去,那生活当然够厌烦:
爱情还若断若续,但结婚已太迟,
　　别种追求呢,那幻景早已暗淡。
只有金钱才真是纯洁的憧憬,
它尤其在初创时闪烁着光明。

---

① 本章写成于一八二二年十二月,和第十三、十四章同发表于一八二三年十二月。
② "黑暗的中世纪",欧洲中古时代的神权统治被资产阶级史家称为"黑暗时代"。

三

呵,黄金! 为什么说守财奴可怜?
　　惟有他们的乐趣才从不变味;
黄金辖制一切,像铁锚和缆索
　　把其他大小的乐趣都锁在一堆。
你们也许只看到一个节俭人的
　　粗茶淡饭,就暗笑他这个吝啬鬼
何以竟爱财如命;但你们可不懂
一点点干酪渣能生出多美的梦。

四

爱情令人伤神,酒色更伤身体,
　　野心剑拔弩张,赌博倾家荡产;
但积财呢,起初慢些,以后加快,
　　每一次受苦都给添上一点点,
(只要耐心等它)——它可是远胜过
　　爱情、美酒、筹码,或要人的空谈。
黄金哪! 我还是爱你而不爱纸币,
那一叠银行票子真像一团雾气。

五

是谁掌握世界的枢纽? 谁左右
　　议会,不管它倾向自由或保皇?
是谁把西班牙赤背的爱国者
　　逼得作乱? 使旧欧洲的杂志报章
一致怪叫起来? 是谁使新旧世界
　　或喜或悲的? 谁使政客打着油腔?

是拿破仑的英灵吗？不，这该问
犹太人罗斯察尔德，基督徒巴林①！

六

这些人和那真正慷慨的拉菲特②
　　才是欧洲真正的主人。每笔贷款
不仅是一宗投机生意，而且足能
　　安邦定国，或者把王位踢翻。
连共和国都难逃：哥伦比亚股票
　　已有些卖给交易所的大老板。
连你的银质的泥土呵，秘鲁③
都难免受犹太人的折扣之苦。

七

为什么说守财奴可怜？我还要
　　问问这句话：不错，他过得简朴，
但圣徒和犬儒学派④也这么过，
　　却得到赞誉；凡苦行的基督徒
也都以同样的原因被列入圣册，
　　那为什么偏责备富人的刻苦？
也许您会说：这对他太不必要，
我看他的克己倒更值得称道。

---

① 罗斯察尔德、巴林，著名银行家，他们掌有政治和经济势力。
② 杰克·拉菲特(1767—1844)，法国银行行长；当巴黎人被迫向联军捐款时，他代他们预先支付了这笔款项。
③ "连你的银质的泥土呵，秘鲁"，秘鲁富于银矿，为外国资本所掌握。
④ 犬儒学派，纪元前三一〇年由希腊哲学家仁诺所创立的哲学派别，主张严格克制热情和欲望，以达于美德和至善。

八

呵,他才是你们的真正的诗人!
　　热情,纯真,眼中闪着灵感的火,
他掂着一堆堆黄金;请想想吧,
　　仅是黄金梦就曾引诱多少国
远涉重洋! 就从那黝黑的矿井
　　金锭对他闪着光,钻石发着火,
还有翡翠的柔光给眼睛安慰,
以免守财奴看宝石看得太累。

九

大洋的两岸都是他的;从锡兰、
　　印度或遥远的中国开来的船
无一不为他卸下馨香的产品;
　　他的葡萄园像朝霞一般红艳;
他的谷子车把道路压得呻吟;
　　他的地窖可以做国王的宫殿;
但他呢,对感官之欲一概鄙弃,
只克勤克俭——做理智的上帝。

一〇

也许他心里自有伟大的计划,
　　设医院啦,盖教堂啦,或创办学府
以便死后在一座大楼的檐下
　　把他的尖削的脸子高高雕出。
也许他想要解放人类,就用那
　　把人类业已夷为牲畜的矿物;

也许他想做全国最大的富翁,
或者狂喜于自己谋算的成功。

一一

不管财迷的行为根据是不是
　这一切,或其一,或竟一无是处,
只有蠢驴才把这种"迷"叫作病。
　请看你一生所迷的那些事物,
战争、狂饮或爱情;请问这可比
　"斤斤计较臭铜钱"更令人舒服?
或更造福人类?消瘦的财迷呵!
问问浪子的儿子,谁是好爸爸?

一二

一包金币多么美!钱柜多么美!
　想想其中装的硬币、金条和现洋!
(可不是那种武士头的老金币,
　那些头和头盔的价值还抵不上
给它的薄薄镀金哩!)这是十足的
　纯金的金币呵,币面有一圈金光
围着一个呆板、庄重、妥靠的人物,
是呵,现洋本来是阿拉丁的灯烛①。

一三

"爱情呵,你统治军营,宫廷,树林,

---

① 阿拉丁的灯烛,在《一千零一夜》中,阿拉丁是一个穷苦人,因获得神灯而有了宫殿,娶了公主。

因为爱情是天堂，天堂就是爱情"，①
诗人如此歌唱。至于是否当真，
　　却很难说（诗歌一般都难以证明）。
也许那"树林"倒还沾一点边际，
　　至少它和"爱情"协韵；但是宫廷
和军营是否肯受爱情的摆布，
我可很怀疑（有如地主怀疑收租）。

一四

但假如爱情统治不了，金钱倒行；
　　金钱也统治树林，而且把它砍倒。
若没有钱，军营冷落，宫廷一空，
　　若没有钱哪，马尔萨斯都会警告②：
"千万别结婚"。所以，连爱情都不免
　　受金钱控制，像月亮控制着海潮。
至于"天堂就是爱情"呢，为何不说
蜜就是蜡？我看婚姻才是天国！

一五

除了婚姻，岂不一切爱情都遭禁？
　　虽说婚姻也该算爱情的一种，
但不知如何，人们却没有想到
　　把这两个词用一个意思贯通。
爱情可以和婚姻并存，而且该

---

① 前两行诗引自司各特《最后的歌者的歌》。
② 托玛斯·马尔萨斯（1766—1834），英国经济学家，著有反动的《论人口的原则》，认为社会贫困起因于人口增长速度超过粮食增产的速度。因此他主张穷人应被限制结婚和生儿育女。他的论点为当时统治阶级利益服务，拜伦在本诗中不止一次对他的人口理论加以嘲弄。

永远如此。结婚没有爱情倒成；
但爱情而无结婚登记却成了
可耻的罪恶,必须另给个称号。

一六

但假如说,宫廷、军营和树林里
　　所招募的不全是忠实的丈夫,
却有的居然觊觎邻人的娇妻——
　　我想这说法必是诗人的笔误。
可怪的是,它竟出自我的好友
　　司各特之手:因为他的道德风度
早已有口皆碑,我的杰弗利①最近
还向我推荐过——上句话就是样本。

一七

好吧,即使说我现在不成,至少我
　　得意过,而且是在我的少年时期；
少年得志最好,因为那时对成功
　　最感需要,它给了我所需的东西；
也别管那是什么,它已是我的了,
　　现在无须多申辩,确实,最近我已
为那成功付出了应有的代价；
但尽管如此,我还是不会后悔它。

---

① 杰弗利,见第十章十一节注。在一八二二年二月《爱丁堡评论》上,他写道:"我们并不认为 B 勋爵(指拜伦)在这些作品里有不良的意图——我们愿意开脱他说,他无意于伤风败俗或损害读者的幸福……但我们有责任指出,他所发表的大多作品在我们看来是有这种倾向的……韦弗雷小说的伟大作者(指司各特)的哲学或气质是多么恰恰相反呵!"

一八

在我那笔版权官司里,有人申辩
　　是诉诸于后世,或未出生的泥土
(这,他们以对生儿育女的信仰
　　名之为后代,或未来世界的支柱)。
在我看来,对于快要溺毙的人
　　乱抓这一根芦苇可有点靠不住;
因为很可能后代不知道他们,
犹如他们也不知后代,我相信。

一九

不相信吗?我就是后代——你也是,
　　但我们记得住谁?不到一百人。
假如再把记得的名字写出来,
　　恐怕写到一打时就会写不准。
普鲁塔克①不过给几十人作传,
　　却已使你们的史家满怀气愤:
十九世纪的米特弗真熟知希腊,
指出那古希腊人写的全是谎话。②

---

① 普鲁塔克(46—102),希腊史家,著有《对称传记》,以二十三个希腊人和二十三个罗马人的传记对比写出。这些传记为欧洲文学提供了很多历史典故和情节。
② 见米特弗的《希腊》。《真实的希腊》。此人引以为乐的是:赞颂暴君,诋毁普鲁塔克,搞一套独特的拼法,写一手古怪的文章;而奇怪的是,他的现代希腊史是任何语言里最好的希腊史,而他本人又是最好的现代史史家。既然我谈了他的毛病,那么为公平起见,我也该说说他的优点。他有学问,肯下苦功,钻研得深,脾气颇大,很偏私。我把偏私当做一个作家的优点,因为它使他写得认真。——拜伦注(威廉·米特弗〔1744—1827〕,英国历史家,著有《希腊史》。——译者)

二〇

呵,文雅的读者和泼辣的作家!
　(你们全是好人,差别只在程度。)
在这第十二章,好像有马尔萨斯
　和韦伯弗斯①把着我的手作书,
我要严肃起来。那后者的勇气
　抵过百万雄师:他解放了黑奴,
而惠灵吞奴役白人;至于那位
马尔萨斯呢,言行已自相违背②。

二一

我是严肃的:著书人都是如此。
　为什么我不该自成一家学说,
把我的一支烛光贡献给太阳?
　如今,好像全人类都苦苦思索
宪法呵,汽轮呵,这许多大问题,
　而圣贤则立说反对人讨老婆,
除非他算好了在老婆断奶时,
他有钱使那一窠娃娃饿不死。

二二

这是多么高贵!又是多么浪漫!

---

① 韦伯弗斯,见第四章一一五节注。
② "马尔萨斯呢,言行已自相违背",马尔萨斯于一八〇四年结婚,有三个子女。讹传他有十二个女儿,拜伦可能影射此事而指他言行相违背,因为他是主张限制生育的。

我认为"生殖的爱好"就是如此,
(这个词儿我杜撰得还算满意,
  虽然有一个比它更简短的字,
可惜不能登大雅之堂,而我已
  决心避免在语言上再犯过失。)
我说,我认为"生殖的爱好"应当
受到人们比较多一点的原谅。

二三

现在谈正事。我亲爱的唐璜呵!
  你是在伦敦了,那可喜的地方!
那儿有专门等待热血青年的
  各种样的恶作剧天天在酝酿。
老实说,你的忙碌并不算新鲜,
  而在这热烈角逐的游猎场上
你也不是新手;但你是在异国,
终归有些事情你还不太懂得。

二四

不管气候有什么小小的改变,
  热些或冷些,使人轻浮或冷静,
我都能对欧洲任何上流社会
  像大主教一样,发出一纸训令;
大不列颠呵,只有你却最难以
  协调一致,使缪斯也捉摸不定。
一切国家都有"狮王"可以领衔,
惟有你却只是个宏大的动物园。

二五

但我对政治已厌倦了。开始吧,
　　谈点正经事。唐璜在"堕入圈套"
这条路口上总是拿不定主意,
　　好像滑冰的人尽在冰层上跑;
玩腻了时,他就无邪地调调情,
　　因为有些美人也爱卖弄风骚,
而且以能逗到适可而止而夸口:
她们恨一切罪恶,只爱那风头。

二六

但这毕竟是少数,而且结果呢,
　　她们总是狼狈退却,异常张皇,
这足证连最纯洁的人都不免
　　在"美德"的雪白的寻欢之途上
误入歧途。于是人们惊相传告,
　　好似贝兰的驴①又说了话一样;
流言不胫而走,结尾还少不了
好心人叫一声:"阿门!谁想得到?"

二七

小莱拉有一双东方人的眼睛,
　　论举止也富于亚细亚的沉静,
她对西方的事物并不以为怪,

---

①　贝兰的驴,据《圣经》,贝兰是一位先知,他违背上帝的意旨去阻止以色列人的入侵,上帝即通过他骑的驴对他讲话。

这倒使达官和贵人很是吃惊
（他们把猎奇看做好像捕蝴蝶，
　能给自己空虚的肠胃作食品），
她那迷人的姿态,非凡的经历，
使她成了一个人人乐道的谜。

二八

女人们意见纷纷——这倒也难怪，
　异性向来如此,无论事情大小。
美人们呵,别以为我要挖苦人，
　我对你们的心意你们总知道；
虽然我如今已做了正人君子，
　我还得责备你们太能说善道；
现在,比如说,对小莱拉的教育
你们就议论纷纭,弄得满城风雨。

二九

只在一点上你们算意见一致,
　而且有道理:就是一个女儿家
假如是离乡背井,又美貌非凡,
　无疑是她一族最后的一枝花,
不管我们的朋友唐璜能否有
　五年、四年、三年或两年照顾她,
顶好把她交给一位贵妇去管,
若是那夫人已到了不惑之年。

三〇

为了负起教育这孤儿的责任,
　起初不少人表示自己够资格,
以后就展开了普遍的竞争;
　因为唐璜的地位是如此显赫,
若把教师们说成"求雇"或"自荐"
　未免失礼,但其中确有十六个
名门寡妇,十个未字人的圣贤
(她们的事迹已在中古史上流传)。

三一

还有一二悲惨的、像枯枝一样
　结不出一颗果的分居的太太,
都请求把这女孩带大或"带出"——
　这是指一个少女初次露面在
大宴会上,也就是拿给人评定:
　看她这良种马究竟如何精彩;

我可以说,那就像初酿出的蜜
(假如她有钱)被人尝时那么神气。

三二

呵,请看那些寒酸可敬的先生,
　　清贫的贵族,走投无路的公子,
望风的妈妈,小心拉拢的姊妹
　　(若是伶俐的话,她们拉拢婚事
可比郎舅表兄还更能往"千金"
　　身上撮合),都像苍蝇遇见甜食,
围着那笔财不散,有的灌米汤,
有的用华尔兹叫她晕头转向!

三三

每个姑母或表姊都有个盘算;
　　不,已婚的娇人有时会超然得
具有无私的热情,居然放开手
　　替自己的情人向阔小姐撮合。
您看,上等人的美德就是如此!
　　这还是在道德有起色的岛国。
至于那阔小姐,在烦人的关怀下,
真希望那笔家财不是属于她。

三四

有的很快地上了圈套,有的呢,
　　接二连三一口气拒绝了三打,
这可使好心的表姐又惊又气,
　　您会听到她开始甩出了闲话:

某某小姐若不是对那可怜的
　　弗瑞德有心,为什么多次收下
他的信呢?为什么还和他跳舞?
为什么昨晚像答允,今天又说不?

三五

"为什么?而且弗瑞德真是钟情呀,
　　并不是图钱——他有的也足够他花;
总有一天,她会后悔不曾抓住
　　这么一门好亲事,你等着瞧吧!
但老侯爵夫人像是有什么鬼胎,
　　明天宴会上我可要告诉奥丽雅。
话又说回来,弗瑞德也许结门亲
比她更好——你可看到她回他的信?"

三六

只见漂亮的军装,华丽的桂冠,
　　都一一被踢开,直到有那一天——
在使不知多少男人的时间、心血,
　　和娶一个阔太太的如意算盘
都落空以后,她终于也定了局,
　　不管新郎是文是武,是甜是酸,
那尴尬的、被拒绝的一群总会
看到她择人不善而感到快慰。

三七

因为有时候,女的会由于疲倦
　　而接受一个长期追求她的人,

或者(这种情况也许比较少见)
　　对一个从不追她的许了终身,
准是一个四十多岁的糊涂鳏夫
　　(想想这种事例多么令人寒心!)
中了头彩:不管他怎样得到她,
我倒不奇怪,这和抓彩本来不差。

三八

以我而论吧(又是一个"真可叹,
　　可叹它竟是真的"①现代的事例):
我竟在情场的角逐上中了选,
　　虽然论年纪我比好几个人低;
不过我倒是在快要成双以前
　　比别人更早地变得规规矩矩;
我不能否认公众仁慈的鉴定:
我的未婚妻选夫真瞎了眼睛。

三九

呵呀,请原谅我扯得太远;至少,
　　请读下去! 我每次离题,总怀有
一个道德目的,像餐前的祝福;
　　因为,好似老姑母或讨厌的朋友,
或严格的导师,或热心的教士,
　　我的缪斯想在无论什么时候
或什么地方,都劝人勿入歧途,
因此,我的彼加沙也迈着方步。

---

① "真可叹,可叹它竟是真的",引自莎士比亚《哈姆雷特》二幕二场。

四〇

然而现在,我要不道德起来了,
　现在,我要写出事情的本来面目,
而不写它的理想;因为我认为,
　除非我们能揭示事实的内幕,
我们就无从改进,美德也徒然
　只在表面上锄掘,而不能犁入
那被罪恶长期施肥的黑土层,
终至其谷物的身价还是不动。

四一

但首先,我得交待完了小莱拉,
　因为她年幼、纯洁,有如清晨,
或者用一个老比喻,有如白雪
　(雪虽然纯洁,可是不怎么温存——
许多小姐就如此,大家都知道),
　唐璜很想物色一个合适的人
来教养这孩子,因为若无管束,
对她自己来说没有多大好处。

四二

而且,他发见自己不善于为人师
　(我希望别人也有这自知之明),
宁愿在这件事上不擅作主张,
　以免管教不好时惹起人批评;
因此,当他看到有这么多老太太
　都想为驯服这小蛮子而效命,

他就找到"恶习铲除会"①去商量,
结果金光冒牌太太就被选上。

四三

她上了年纪——但一度非常年轻,
 品德也好——一直是这样,我相信;
虽然世人的嘴总是那么邪恶,
 说什么——但我的耳朵却更贞静,
那些非礼之言半个字也听不进;
 事实上,这种叽叽咕咕,人云亦云,
令我痛心之至,也最使我厌恶,
那是两脚畜生咀嚼的反刍食物。

四四

而且,我说过(因为我也曾冷眼
 观察过世相,尽管见闻不多),
除了傻子,我想谁都看得明显:
 不怕女人在青春时过得快活,
她们有了人间知识,而且感到
 误入歧途会有多可悲的后果,
因此比那些不懂热情的木头
更会现身说法,教人避免风流。

四五

一个严厉的老处女为了弥补

---

① "恶习铲除会",这是一种由上流社会成员构成的"慈善"组织,其工作是向下层阶级宣扬宗教和对苦难生活的容忍,并和群众中的进步思想相对抗。

她的心灵缺陷,会痛斥她所羡慕
　　而又不解的热情,明说是救你,
　　　而实则害你,叫你完全落了伍;
但和蔼的"过来人"却会婉言相劝,
　　请求你稍冷静一下再一马冲出;
而且会把爱情,那难解的史诗,
　　有头有尾地拿事例加以解释。

四六

至于是否如此,或她们更严格,
　　因为更懂得她们为什么要严,
我想您可以从许多家的情况
　　　看出这一点:凡是从切身经验
而非从闺训领略仕途的妈妈,
　　她教出的女儿若是拿出展览,
在那兜售处女的结婚市场上,
可远胜过铁石人管束的姑娘。

四七

我说金光冒牌太太被人议论过——
　　但谁能免呢?假如是女人,又年轻,
又漂亮?但现在流言已经匿迹,
　　她只落得"谈吐有趣"而又可亲;
她的俏皮话常被人来回兜售,
　　以后她又全心向善,悲天悯人,
使得人们都说她(至少在晚年)
是一个贤妻良母,足以示范。

四八

既德高望重,而又待人可亲,
　　她对晚辈只加以温和的规训,
每逢他们(那就是说,成天不断)
　　显出糟糕的倾向要越轨而行。
她所做的好事真不知有多少,
　　或至少,会使我的歌唱个不停;
简短说吧,这个东方的小姑娘
使她有了兴趣,而且日益增长。

四九

唐璜也讨她喜欢,因为她认为
　　他心地是好的,虽然有点放纵;
但难得的是,并非整个不可救药,
　　假如你想想他落进了谁的手中,
又怎样被抛来抛去,身不由己;
　　谁经得住这么糟蹋?但他却能,
至少没有全毁;因为从少年时期
就历经波折,他什么都经受得起。

五〇

这类波折最有益于少年;因为
　　若是它们发生在较晚的时期,
人们就会抱怨命运,而且诅咒
　　上天没有长眼睛。事事不顺利
是走向真理的第一步;谁要是
　　经历过战争、风暴、女人的脾气,

不管他活到八十或只十八岁,
那他得到的经验才算最宝贵。

五一

不管有多大好处,唐璜倒是
　很高兴看到自己的小保护人
有一位夫人可托,因为那夫人的
　最后一个女儿也早已结了婚——
这就是说,可以把妈妈教给她的
　一套本事完全移交给后来人,
像市长的游艇①,或者,假如你要
说得诗意些:像维纳斯的贝壳②。

五二

我管这类事叫"移交",因为看来
　人的本事也是一笔流动资金,
可以从小姐传给小姐,并按照
　心性或脊背的倾向如何而定:
有的善舞,有的善绘,有的喜欢
　探索玄学的深渊,还有的性情
近于音乐;以机智见长最泄气,
有的天才则倾向于爱发脾气。

---

① 市长的游艇,英国习俗:新任伦敦市长去参见国王时,必乘游艇去王宫;前任市长向后任办理移交时,游艇也在移交之列。
② 维纳斯的贝壳,据希腊神话,维纳斯诞生于海的泡沫,因此在绘画中,经常把她画在大海的贝壳上。

五三

但无论勾引男人的诱饵是什么,
 　无论它是机智,音乐,神学,坏脾气,
优美的艺术,或更美的紧身衣,
 　在我们这时代,它却是一年年地
把法宝往下传;每当有新的闺秀
 　吸引男人眼睛时,她所得的赞誉
总不外"雅致"等等,重拿来献给
无"比"的佳人——却总想"比"翼双飞。

五四

但现在,我要开始我的诗篇了。
 　这句话不算新,倒是有点可怪:
我从第一章直写到第十二章,
 　却还没有把我该写的写出来。
开头这些章只不过是乱弹琴,
 　试了试一两根弦是否能合拍;
要等我把琴键弄妥了,那时候
你们才会听到乐章的前奏。

五五

对于人们所谓的成功或失败,
 　我的缪斯可是丝毫也不在意;
这和她的宏旨无关。因为她呀,
 　是要歌唱"伟大的道德的课题"。
一开始,我认为大概二十四章
 　可以够了;但由于阿波罗的鼓励,

我想只要我的彼加沙不失足,
要慢慢地写它一百章才够数。

五六

唐璜看到了那个大言不惭的
　　号称为"大世面"的小天地;因为
它虽然最高,却也最小,像剑柄,
　　宝剑有了它才能够充分发挥
劈刺和砍杀等等一套坏本领;
　　同样,下等社会,无论东西南北,
必须听从上层阶级——它的把柄,
　　它的日和月,它的烛光和汽灯。

五七

他有很多朋友和朋友的太太,
　　这两方都依照对他友谊的多少
而照顾他;这种友谊,那就是说,
　　无论你拾起或放下都无关紧要;
它只便于使上流社会转动起来,
　　能把人夜夜聚起,只要送去门票,
而且还有化装跳舞,欢会,酒宴,
　　在第一季度,这种生活绝不讨厌。

五八

对一个年轻的单身汉,而又有钱
　　和一个好名称,做人可不太容易,
因为体面的社交场好似赌场,

它赌的我想是"皇家猎鹅骰戏"①——
那儿每个人都有不同的目标,
　一个要如愿以偿,一个另有心机;
单身的女子愿意改变她的孤单,
而太太却想替小姐承担这麻烦。

五九

我并不是说这种把戏很普遍,
　但个别的事例还是可以看到:
尽管有几位女士正直无邪得
　好似白杨树,植根于洁身自好,
但许多人的方法却是张着网
　在捕男人,像以歌迷人的女妖;
因为只要你和一位小姐谈上
六次话,你就得准备结婚服装。

六〇

也许你会得到她妈妈的来信
　说她女儿的感情受到了捉弄;
也许出其不意地来了她哥哥,
　满面髭须,虎视阔步,要你表明:
"你的意图是什么?"无论怎样吧,
　那闺秀像要和你订终身之盟;
于是在可怜她和可怜你之间,
你列上了"荡子收心"的结婚名单。

----

① "皇家猎鹅骰戏",这是一种掷骰子游戏,桌上画有许多方格,每隔四五格的格中画一只鹅,根据骰子的点数,游戏者的牌若落在鹅上,便可加倍推进。

六一

我知道有十几起婚姻就是如此,
　其中有的还属于高贵的名门;
我也听说有些青年人胆子大,
　毫不为髭须所动,竟拒不讨论
他做梦也不曾透露过的"意图",
　也不怕女人闹,因此保住独身;
结果像心碎的美人一样过得
逍遥自在,比配成对可强得多。

六二

对于初登场的新手,夜夜还有
　一种危险,虽不及结婚或爱情,
但也不能因此而不加以戒备:
　那是——我从来都不愿贬低德性,
可惜凡是坏女人总特别带有
　一种风韵,假如她们装作正经;
但我要声讨这种两栖的动物,
呵,这种既不洁白、又不红艳的荡妇。

六三

你们冷血的调情女人就是这样:
　她不愿说"是",也不说"不",只叫你在
避风的岸边来回转;直到那情海
　刮起了风暴,惹出一场心灵之灾,
她就轻蔑地看你覆没;呵,这悲伤

不知每年把多少维特①送进棺材!
可是,她还不过是和你逢场作戏,
并不算通奸,而是杂牌的东西。

六四

天哪,我又扯开了! 那就扯下去。
　其次的危险,我认为也最凶狠,
就是当一位太太竟不顾教理
　或国法,把谈情说爱弄得很认真。
在外国(少年旅行家呵,这就是你
　学来的乖!)这无碍于女人的命运;
但在古老的英国,要是一个少妇
越了轨,她可更惨于夏娃的被逐。

六五

因为这是一个报刊、诉讼和毁谤
　发达的国家。只要一对青年男女
结成了友谊,世界就要对它皱眉。
　而且还有那该死的赔款的把戏!
不料一纸判决竟为浪漫的崇拜
　作了可悲的顶点,谁碰上不晦气!
你尽可享受那慰人的原告演说,
私情的见证也无一不宴飨读者。

六六

但凡是闹笑话的都只是新手;

---

①　见《第六、七、八章序言》360 页注②。

644

一层薄薄涂上的温煦的伪善
曾经保全了成千偷情的圣手——
　那女儿国中的寡头统治集团；
这些人是宴会和舞会的嘉宾，
　而且是贵族中最骄傲的典范：
又文雅，又可爱，又贞洁，又慈悲，
　这都是由于有手腕又有趣味。

六七

唐璜不仅不感到新手的苦恼，
　而且还有一个护符，就是"厌烦"；
不，我不想用这个字，我是说他
　曾见过这么多爱情的好场面，
他的心已非稚弱可比；这就是
　我的意思。我绝无意嘲笑或针砭
那有白海岸、白颈项、蓝眼和蓝袜、
苛捐杂税、讨债和搪债的国家。

六八

少年唐璜只游历过浪漫的国土，
　只知爱情涉及生死，而不是诉讼，
而且爱情都带有一星热狂气，
　但在这儿，却见它不怎么时兴，
不，好像是半买卖，半装腔作势，
　虽说他对这道德的国度很尊敬；
而且（唉，请原谅他可怜的趣味！）
他起初并不觉得这儿的女人美。

六九

我只说"起初",因为后来渐渐地
　　他终于看出她们的花容月貌
比那些诞生在东方星辰下的
　　光洁艳丽的女人更远为爱娇。
这更证明我们不该贸然断定。
　　他人生地疏——这当然妨碍不了
他的辨识力;不过,凡生疏的东西,
你得承认:令人惊奇多于欢喜。

七〇

我虽然游历各地,却未曾有幸
　　身临黑人之邦,尼日尔,尼罗河,
或深入那不毛之地:汤勃克图
　　(那地方至今还没有地理学者
给绘出可靠的途径,因为欧洲
　　像懒牛似的在非洲大陆开拓),
但假如我是到了那儿,一定会
有人告诉我:黑的颜色是最美。

七一

确是如此。我不想说黑就是白,
　　可是我猜想,事实上白就是黑,
这一切以视觉为转移。问一问
　　盲人吧,他最会评判。也许你反对
我这新的立场,但我是正确的。
　　即便是我错了,我也绝不后退。

盲人没有日夜,黑暗围绕着他。
但你呢,也只看到可疑的火花。

七二

但我又滑入玄学的迷宫里了,
　　它扑朔迷离得好像你们治结核,
有多少夸称灵验的玄妙处方
　　好似无数飞蛾扑向将熄灭的火!
这一转念使我想起了平易的
　　物理学,想到外国美人怎么比得
我们的明珠,我们这北极的夏天!
这儿全是阳光——也有一点冰寒。

七三

或不如说,她们像贞洁的美人鱼,
　　开头是爱娇的脸,结尾呢,却是鱼。
当然也不是没有一些伶俐的人
　　对自己的愿望予以适当的注意,
但总像俄国人似的,会从热水澡
　　一下子冲进雪里①;即使越出规矩,
那心底还是规矩的。她们热一阵
感到不适,随时都准备投入悔恨。

七四

但这和她们的外表毫无关系。

---

① 众所周知,俄国人惯于从热水浴中跑出,立即跳入涅瓦河;这倒是一种实际而可喜的对比,好像对他们也无害。——拜伦注

我说过,唐璜起初并没有发现
她们怎样美,因为一个英国美人
　(也许出于怜悯)总是把娇媚半掩,
她总是悄悄地袭入你的心灵,
而不像强敌似的把它一举攻陷。
但只要进去,她就会替你保全它,
像真正的盟军那样。(不信试一下。)

七五

她不像阿剌伯的骏马那样走路,
　或像西班牙少女从弥撒跑回家;
她的衣着没有高卢人那么雅致,
　眼里也不见意大利姑娘的火花;
她的歌喉虽然清脆,却不会颤出
　那许多花腔儿(尽管我听力不差,
我在意大利也住了七年,至今
我却还不知怎样欣赏那声音)。

七六

无论是这,或其他一两件事情,
　她都不能办理得爽快而大胆,
　(这种轻率,老实说,倒着实迷人!)
　连她的微笑也笑得不很随便,
更不能一见就定局,像一般人
　所赞许的那样:省却多少麻烦!
不过,这片土壤虽然够费你周折,
若好好耕耘,你倒能加倍收获。

七七

假如她真的爱上"伟大的爱情",
　那事情倒很严重了。十有八九
她是出于任性,或者追求时髦,
　不然就是卖俏,或为了出风头,
像女孩系新腰带要自炫一下;
　要不就是想对情敌下下毒手。
还有十分之一的可能就是旋风,
因为她要做什么谁也说不清。

七八

理由很简单:假如闹出了丑剧,
　那么男女双方必致名誉扫地,
而当法律展开它精美的细节,
　一纸判决写下各方面的评语,
社会,那无瑕的细瓷,那伪君子!
　就会把他们像马来阿斯①似的
放逐到他们的罪孽的废墟中,
声誉可不是旦夕能重建的城!

七九

也许应该如此,这有助于说明
　《福音书》上一句话:"不要再犯罪,

---

① 盖阿斯·马来阿斯(纪元前157—前86),罗马征服北非的名将。以后他被政敌萨拉打败,逃至北非迦太基;当他被勒令离开时,他回答说,"去告诉执政官吧,就说你看见盖阿斯·马来阿斯成了一个逃犯坐在迦太基的废墟中。"

649

你就将得到宽恕。"但是否如此,
　　那得看圣徒们如何消除怨怼。
至于国外(当然他们不可取法),
　　一个失足的女人较易于回归
美德之怀,人们只说她走错步,
而美德对一切罪人大开门户。

八〇

至于我,这类事只有一笑置之,
　　我知道人们所以把美德高悬,
倒不是重视它,也不在乎败德,
　　最大的兴趣还是在于那"发现"。
至于贞操呢,无论律师怎样凶,
　　也无法使用律条把它捆得严;
也许逼人过甚,倒使他铁心犯罪,
这就防不胜防,不如给机会反悔。

八一

但唐璜不是诡辩家,他也没有
　　兴趣去思考人类的道德问题,
而且,在那几百个天姿国色中,
　　也没有一个让他觉得很中意。
这可以想见,他有点欢娱过度,
　　他的心已经生了坚硬的外皮;
虽说过去的艳遇不曾使他
变虚荣——他的感觉却已疲沓。

八二

他也忙于到处参观和游览,
　　看过议院,有几个晚上还坐在
它的回廊下,听那滔滔的雄辩
　　震撼着世界(是过去而非现在),
使世人都仰望北国之光,因为它
　　远远照到麝香牛吃草的寒带!①
他有几次站在王位后,但那时
葛雷②还没上台,庇特③已经去世。

八三

但在议会闭幕式上,他看到了
　　真正的自由之邦的庄严景象;
呵,一个立宪君主的宝座确是
　　最足傲的位子,虽然专制帝王
还不理解它,直到自由的演进
　　把他们教育到认清了这笔账:
并不是富丽堂皇使眼睛或心
为之倾倒——可贵的是人民的信任。

八四

在那儿,他还看到一位可称为

---

① 关于北极和北极光故乡的这种居民的描写和画像,可参见培里爵士的《西北路线海程探索记》。——拜伦注
② 查理·葛雷(1764—1845),英国首相,主张废除贩奴,同情爱尔兰的斗争。
③ 威廉·庇特(1708—1778),英国著名政治家和演说家。属惠格党。

王子中的王子①(别管现在如何),
他连鞠躬都极为迷人,又具有
　　远大的前程,真好似满园春色;
虽然他的眉头满是皇家气派,
　　他却能表现(在哪儿都很难得)
一种风度,毫无纨绔子的杂质,
从头到脚都是个完美的君子。

八五

我说过,唐璜是被最上流的
　　社交界所款待着,不过在那里
我恐怕会发生照例发生的事,
　　无论上流人多么文雅和规矩;
因为他那特别高尚的风度,
　　他非凡的才貌和温和的脾气,
自然而然会使他遭到诱惑,
虽然他极力避免那一种场合。

八六

至于何时、何地、和谁、什么起因
　　和内情如何,我不能一笔点到,
既然我的目的是感人以道德
　　(不管别人怎么说),我想有必要
不惜惹人流泪,写得淋漓尽致,
　　把读者的心神都折磨得枯槁;
我很想构制一部哀情的巨著,

---

① "王子中的王子",指早年尚未登基的乔治四世,当时惠格党曾对他寄以希望,因为他有"迷人"的外表,并表现了某些自由主义观点。

唐璜是被最上流的
社交界所款待着。

好似亚历山大要把一座山雕出。①

八七

本书序言的第十二章到此结束；
　　当正文开始时,你们将会发现
它的格局独异其趣,大不同于
　　人们在起头对它所作的预言。
目前,这通盘规划还只在腹稿中,
　　读者呵,我无法强迫你把它读完。
这是你的事;一个独立的人格
既不应招怨,也不怕受人冷落。

八八

假如说,我的预言并不总灵验,
　　读者呵,请想想你们已读到了
由人血或由大气所能酝酿的
　　最美好的战争,最险恶的风暴,
此外有最庄严的——天知道什么!
　　连高利贷者也难于要求更高。
但我最得意的(除了论述天文)
是将有一章政治经济学理论。

---

① 一个雕刻家打算把阿索斯山凿成亚历山大石像,一手握有城市,他的口袋里我想是一条河流,以及许多其他类似的花样。然而亚历山大死去了,阿索斯山还在,我相信不久它就会俯瞰一个自由人的国家。——拜伦注(阿索斯山是希腊东北部的高峰。按照普鲁塔克的记载,建议将山凿像的是一个希腊雕刻家,但亚历山大本人不同意,他说:让那山保持原样,作为波斯王瑟克西斯骄傲自大的纪念吧。——译者)

八九

这是你们当前最时兴的题目;
　　既然传统的藩篱所余已不多①,
那么,如何引导人去把它打碎,
　　就成了爱国志士忠贞的职责。
我的计划有把握使人人称道,
　　但我(哪怕为了表示独特)却不想说。
而暂时,请读读消弥国债的专家,
讲讲您对这些大思想家的看法。

---

① "传统的藩篱所余已不多",英国因连年战争,国债巨大,民不聊生,陷于财政和经济危机中,传统的办法都行不通了。

第十三章[1]

一

我现在要严肃起来——是时候了,
　因为如今"笑"已被指为太认真;
美德对罪恶的嘲笑成了罪恶,
　批评家都认为它很有害于人。
而且,悲调是崇高文体的源泉,
　虽然若是太长,它也令人发困;
因此,我的歌要庄严地高翔了,
就像古庙只剩立柱那样萧条。

二

有一位阿德玲·阿曼德维夫人
　(这是古诺尔曼的姓氏,老世家
还有保留它的:凡是漫游家谱的
　在歌特[2]的这最后园地会遇见它。)
她高贵、富有,而且美丽,即使在
　美人窝的英国也算得一枝花——
对了,英国!哪个真正的爱国志士
不认为它最宜于身心的培植?

---

[1] 写成于一八二三年二月,同年十二月发表。
[2] 哥特,见第一章九节注。

阿德玲·阿曼德维夫人

三

我不想反驳,这不是我的格调;
　　随他们的胃口吧,那必是最高超。
眼睛总之是眼睛,无论黑或蓝,
　　只要有人需求,颜色倒不重要——
连和颜悦色的都可以拿来一试,
　　为女人姿色而争吵岂不太无聊?
异性总该是美的,男人在三十前
看任何女人都应该美似天仙。

四

一旦跨进那肃穆而乏味的年纪,
　　或是那日趋安静而令人局促
和不安的角落,眼看我们的月亮
　　不再圆了,我们就有资格对事物
批评或颂扬。因为漠然之感已经
　　代替热情,使我们迈上智慧之途。
又因为无论面孔或身材都暗示:
我们已该给年轻人让出位子。

五

我知道有人很想推迟这时期,
　　他们像一切居要职的人那般
不肯让位置,但这不过是梦想,
　　因为他们已越过生命的子午线。
当然,有人尽可以用红葡萄酒
　　来灌溉他们这下坡路的干旱。

也还有债务,上下两院,州议会
等等好事,给他们带来一点安慰。

六

此外不是还有宗教、改革、和平、
　　战争、赋税,和称作"国家"的东西?
还有人人在风暴中争着导航?
　　还有地产和金融上的投机生意?
还有那使彼此沸腾的相互仇恨,
　　因为相互的爱情只是一场梦呓?
人们都匆匆爱一阵,转瞬即逝,
但"恨"这种乐趣却能长久保持。

七

有一次,那粗鲁的名贤约翰生①
　　老实承认:"他爱人能恨得坦率!"
这是晚近一千年以来或以后
　　我们能听到的最忠诚的自白。
也许那个老家伙是说着好玩,
　　至于我,我只愿意面对着戏台,
对茅屋或宫室都不加以褒贬,
好似歌德的魔鬼②,纯作壁上观。

---

① 塞缪尔·约翰生(1709—1784),英国作家。
② 歌德的魔鬼,德国诗人歌德所著《浮士德》中的魔鬼梅菲斯托菲利引导浮士德去从事感官享乐的生活,而魔鬼则以轻蔑嘲笑的态度旁观一切。

八

无论爱或恨我都力求不过分。
　但以前可不如此:以前我有时
就不免讥笑,因为不笑就不行,
　而且往往那也适合于我的诗。
我倒很想挽救世道,对人们的
　堕落不是惩罚,而是予以遏止,
可是塞万提斯①在《吉诃德》一书中
却指出那一切努力都是冬烘。

九

呵,那确是太真实而可悲的故事!
　尤其可悲的是:它竟使我们发笑;
吉诃德是正确的,他惟一的目的
　是防恶锄奸,而他得到的酬报
是众寡不敌,美德倒使他发了疯!
　他一生的遭遇是多么穷困潦倒;
但更令人灰心的是,这篇杰作
对一切深思的人所上的一课。

一〇

惯于打抱不平,替人申冤雪仇,
　或者救出弱女子,杀死了坏蛋,

---

① 塞万提斯(1547—1616),西班牙作家,所著小说《堂·吉诃德》嘲笑了骑士堂·吉诃德的侠义行为。吉诃德把一切普通事物幻想为可怕或浪漫的事物,例如以风车为强敌,向它作战等。

或是替土人推翻外族的压迫,
　或是单枪匹马和大批强人作战——
哀哉! 难道侠义胆肠竟成了滥调,
　只能被游戏文章搜出来作践?
只成了滑稽,不管那美名多难得?
难道苏格拉底也是心智的吉诃德?

一一

塞万提斯把西班牙的骑士风
　笑掉了。一笑而把本国的元气
摧毁无遗。自从那以后,西班牙
　很少英雄了。固然,小说有魅力,
不料世界竟被它的光彩所夺,
　而忘了本。由此足见那本传奇
害莫大焉。无论它怎样名扬天下,
那是以祖国的沉沦作了代价。

一二

我又犯了老毛病——胡扯了一通,
　而忘记阿德玲·阿曼德维夫人;
她是唐璜所遇到的最致命的
　一位佳丽,虽然她并没有坏心,
只不过命运和热情张开了网
　把他们网住(我们总是拿命运
作为意志的借口),试问谁能躲开?
人生本来是个谜,我可不会猜。

一三

我只把这故事照传闻写下来,
　　不敢妄作结论:"岂余所能想象!"①
好了,现在我要叙述这一对人:
　　美丽的阿德玲在那繁华场上
像一只蜂王,集中了一切甜蜜,
　　使男人议论纷纷,女人一声不响。
这后一桩事谁都认为是奇迹,
　　只有那一回,还不见有第二起。

一四

她是贞洁的,使诽谤无计可施;
　　又嫁了一个她相当爱的丈夫,
他在国务的会议上不无名望,
　　十足的英国气派,冷静而严肃;
虽然有时也有火气,却骄傲于
　　他的太太和他自己。谁也挑不出
他们的不是来,那关系够稳定:
女的安于美德,男的安于骄矜。

一五

事情是这样:由于外交的事务,
　　唐璜和他为履行各自的职责,
常常有机会密切接触。虽然他

---

① "岂余所能想象!"原文引自罗马剧作家特伦斯的《安得里亚》一幕二场。译文有出入,原文是:"我是德瓦,不是伊狄普",意思是我不能猜神秘的谜。

为人谨严,不轻易被外表所惑,
但唐璜的少年才华,沉稳耐性,
　把他骄傲的心也稍稍变温和,
这就形成了尊重的基础;最后,
他们变成了礼貌所谓的朋友。

一六

就这样,骄傲和冷漠使亨利勋爵
　成为十分慎重的人,他从不轻易
判断人好坏,但若一旦有了主见,
　不管对错,也不管对朋友或仇敌,
这尊贵的意见就骄傲得顽固,
　谁也别想把它的锋芒扭转毫厘;
爱也好,恨也好,都无需别人指教,
因为爵爷早已高兴如此决定了。

一七

所以,他的友谊,以至他的厌恶,
　总是有道理,这道理又更证实
他的先见之明;在喜怒好恶上
　他绝不收回成命,就好像波斯
和玛代人的法律。他的感情中
　也没有隔日热的那种怪趋势:
它使人忽冷忽热,难测悲与喜,
这至今还是人心灵上的疟疾。

663

一八

"成功怎能取决于人呢!① 你只须
　好自为之,你会有超乎你该得的收获。"
我可以保证:你的收获不会少,
　只要你机警,能随时见风使舵;
压力太大的时候就悄悄让步,
　至于良心,要紧的是它能伸缩,
因为它和拳击师或骏马一样,
多受一些委屈也无关痛痒。

一九

亨利勋爵也喜欢对人摆架子,
　像许多大大小小的人物一样:
连地位最低的都能找到下手
　(至少他们自觉如此)打打官腔。
因为"自尊"这种东西重得累人,
　谁都难以把它搁在心头独享,
必须慷慨地拿出来与人分摊,
这就是叫自己骑马,别人担担。

二〇

在门第、官衔和家财上,他和唐璜

---

① "成功怎能取决于人呢!"引自爱迪生的史剧《凯图》一幕二场。但接下去的一句话与原文反意,原文是:
　　成功怎能取决于人呢! 但我们
　　　好自为之,辛普罗尼,必有所获。
拜伦改为:"但如你好自为之……该得的收获。"

是旗鼓相当,他说不出怎样特出;
而年岁呢,他在时间上倒占了先,
　至于国籍,他觉得这也互不悬殊:
因为英国人智勇双全,而且还有
　自由的论坛,使万邦都自叹不如。
亨利勋爵就是个伟大的论客,
议会里没有谁比他还叫座。

二一

这都是他的优点,接着他认为——
　这是他的自负,却也毫无恶意,——
他做过大臣,对宫廷的玄奥
　真是了如指掌,很少有人能企及;
这一套学问特别在多事之秋
　使他大放异彩,他常爱把这秘密
炫示于人,因为他的确兼容并包,
永远是爱国之士,有时是官僚。

二二

他喜欢这文雅的西班牙人的
　不苟言笑,甚至敬重他的驯良,
因为,别看他年轻,却会委婉地
　表示同意,或反驳得不卑不亢。
他懂得这世界,不愿把人的小过
　看成大恶(那往往也由于土壤
肥沃所致),如果是莠草只发一次;——
因为若越过初次,那就很难制止。

665

二三

他和他谈到马德里、君士坦丁堡
　　和一些遥远的地方,并慨叹着
那些民族不是对人俯首听命,
　　就是自行其是,看来有些奇特;
他们也谈马,亨利的骑术很好,
　　像大多数英国人,他以此为乐;
而唐璜也真不愧是西班牙人,
驯起马来像暴君驾驭俄国人。

二四

就这样,他们渐渐熟识,经常在
　　贵族的筵席或外交宴会上见面,
唐璜和朝野两党都很有交情,
　　就像共济会的老会友左右逢源①。
亨利对他的才干毫没有疑问,
　　他的举止也表示母教的不凡:
一切人都愿意请他到家里做客,
因为他出身既好,教养又难得。

二五

在某某广场……我们不想提街名
　　而贻害于人:因为社会太爱挑错,
易于把作家的好话当做歹话听,

---

① 共济会,在欧洲存在了许多世纪的一种秘密帮会组织,在中世纪时首先由石匠组成,有秘密的讯号及验证等。其特殊的仪式渊源于所罗门寺庙的兴建。

并在他从没料到的地方去揣测
他必是对过去、现在,或将要变为
　一段丑闻的风流艳事有所影射;
因此,我要事先宣告,以杜诽谤,
亨利勋爵的府邸是在某某广场。

二六

我还该指出一个虔诚的理由
　为什么要使那广场或街道匿名,
因为我还没经过一个社交季节,
　而不见某某门第极高贵的家庭
由于心灵的小小叛变而闹地震,
　流言可太爱拾这类话柄来助兴:
我惟恐万一不慎跌入它的陷阱,
除非我知道最贞洁的广场才行。

二七

确实,我也许该选用皮卡的里①——
　那连一点小罪过都没有的地方,
但我也自有用意,别管是否明智,
　要把那纯洁的圣地按下不讲。
因此,我就不提街名等等,除非我
　确知有一处挑不出一点怪现象,
比如说,一个冰清玉洁的贞女庙,
它在——但我的伦敦地图已找不到。

---

① 皮卡的里,伦敦一条豪华的街,贵族的区域。"皮卡的娄"一字的意思是"罪过"。
　皮卡的里近似此字。

二八

那么,就在某某广场,在亨利的
　府邸中,唐璜成了贵宾或至宝,
像许多贵族子弟那样受欢迎:
　他们有的只能以"才气"向人示傲,
有的以"财富",这当然到处通行,
　或竟只有"时髦",这确实是有了
最好的介绍信,而且穿得讲究,
常常就代表那其余的他都有。

二九

所罗门曾说过①:(或有人替他说,
　　反正那是语重心长,老成持重)
"谋士济济一堂,则可得而安矣。"
　　确实,这我们每天都能得到明证,
在上下两院,在法庭,在舌战之际,
　　那集体的智慧是多么栩栩生动!
英国今天所以如此幸福、富裕,
这是我们惟一能猜出的道理。

三〇

但既然对于男人,安全是在于
　　有众多谋士;同样,对女性来说,
男友越多,越不易使美德瞌睡;
　　即使它有所动摇,但对象太多,
选择起来也就更难;这正好似
　　在礁石间行船反而不易沉没。
尽管有些人的自尊很受损失,
要想安全,最好有一群花花公子。

三一

但阿德玲对于这样一种屏障
　　感觉毫无必要,因为那就显不出
美德或良好教育的货真价实。
　　她高贵的心灵才是她的支柱,

----

① 所罗门,纪元前十世纪以色列国王,以智慧著称,有许多格言和警句归托于他。

她凭它能给人类以正确的评价。
至于调情,她还不屑于那一步:
没有它,她也能受到人们的包围,
何况它又像家常便饭那么无味。

三二

她对一切人都守礼而不卖弄,
　对有些人则给予特别的关切:
这近乎一种奉承,但又奉承得
　如此得体,不会使少妇或小姐
事后留下一点可非议的地方;
　这是一种温和的同情,给那些
忧郁的正经人或一向被认为
正经人的可悲荣誉带来点安慰。

三三

那荣誉无论怎样说,大多时候
　都是一种凄凉而乏味的累赘;
请看看那有口皆碑的君子吧,
　可怜他们竟给赞誉当了傀儡——
被赞誉害成了行尸!再请看看
　那最被推崇的好人:晚霞的余辉
成了桂冠上的光轮,而从那光轮
你看到什么?——只有镀金的阴云。

三四

自然,在阿德玲的待人接物中
　还有一种雍容而冷静的矜持,

它从不会越过防线而透露出
　　天性所要表现的东西；这好似
一个满清官吏从不夸什么好，
　　至少，他的做派不会向人表示
他所见的事物使他兴高采烈；
也许我们从中国学来了这些——

三五

也许是从荷拉斯，照他的主张：
　　"不羡慕"就是所谓"快乐的艺术"；
关于这种艺术，可是人各一词，
　　却还不见有十拿九稳的道路。
不过，还是慎重为佳；无论如何，
　　淡漠总不致令人苦恼或失足。
在上流社会，不能自持的热情
不是别的，只表示道德不清醒。

三六

但阿德玲可不是淡漠的，因为
　　（用一句滥调说吧！）在覆雪之下
一座火山更容易把它的熔岩
　　保持得住——等等。还要我说吗？
算了！我最恨把一个腻人的比喻
　　说到尽头：所以，叫那"火山"去吧！
不幸的火山不知被我和别人
翻动多少次，弄得烟雾好不窒闷！

三七

我一转念又来了另一个比喻：
　　你觉得比作一瓶香槟怎么样？
一瓶美酒被冻成葡萄味的冰，
　　好像那仙品没剩下几滴琼浆；
可是就在瓶心，呵呀，好不珍贵！
　　却有一盅之多的酒汁在荡漾。
那醇酽馥郁，连最强烈的葡萄
最饱满的时候也给不出这味道。

三八

因为那是整瓶酒提出的精华。
　　因此，即使最冷的面容，那底下
也可能藏有精而又精的仙品，
　　这已屡见不鲜——但我只是指她；
是从她我引申出来一个德训：
　　（在德训上，缪斯总是多方设法）
你们那些冷若冰霜的人更可贵，
只要你能把那该死的冰层凿碎。

三九

但她们虽然很好，终究不过是
　　通向心灵之印度的西北航线，
而北极至今还不能为人所知，
　　尽管有不少好船都去探过险

（只有培利①的努力稍有些眉目），
　　　　可是绅士们很容易碰上浅滩；
　　万一北极到处是冰，无法通过，
　　　　那你就白走一程，或竟连船覆没。

四〇

　　年轻的新手在异性的海洋中
　　　　也许最好安排一个平顺的航程；
　　那不是新手的呢，也应该想到
　　　　是靠港的时候了，别等时光用
　　灰旗向他召唤；人事有如波流，
　　　　最可怕是把你卷入"过去"一词中，
　　那时生命剩了残丝，只能飘悬
　　在继承人的期待和痛风之间。

四一

　　但天意不可违；而老天的乐趣
　　　　有时很蛮横——但这可暂且不管；
　　这世界大体说来，值得人肯定：
　　　　万物皆仁（哪怕为了自寻慰安）。
　　至于那波斯人的邪魔歪道的
　　　　"善恶并存"学说②，不过给人徒然
　　增加了疑团，像其他教理一样，
　　不是迷惑信心，就是硬把它按上。

---

① 威廉·培利(1790—1855)，英国北极探险家，著有《西北路线海程探索记》。当时英国在寻找一条西北航线，即经北极而达中国及印度。
② "波斯人的……'善恶并存'学说"，指波斯拜火教的创始者左罗阿斯特(约纪元前六世纪)，他认为世上并存着两种精灵，一是善或光明，一是恶或黑暗，它们在人身上斗争着。

四二

英国的冬季在七月结束,八月
　　再开始,——现在正是它刚刚度过。
好个马车夫的乐园！车轮在飞,
　　大路不分东南西北,跑满了车;
驿马只嫌不快,谁顾惜它？人都
　　顾自己,或自己的儿子;那就是说,
担心儿子在大学里所拉的债
比他求得的学识还多一大块。

四三

伦敦的冬季到七月为止,有时
　　也许稍晚些。我不会在这方面
再犯错误,不管有什么别的过失
　　堆在我的双肩上;现在我敢断言,
我的缪斯是气象学的晴雨表,
　　因为议会就是我们的水银管,
无论激进派怎样攻击它的法律,
它的会期却是我们惟一的皇历。

四四

当水银柱降到零度时——呵,请看
　　那无数的马车、轿车、跟班和行李！
车轮滚滚,从加尔顿宫飞往苏荷,
　　谁要能租到马匹是多么快意！

税卡大道扬着尘土,而罗敦路①
　　则在这灿烂时代的豪华风里
沉睡了:当车夫把马套在车前,
店主正拿着大叠账单而长叹。

四五

连他们带账单——盛景的一对搭档——
　　都得后会有期,等待那虚无的一天。
唉唉！对于收不到现款的人,还有
　　什么希望？"希望"就成了他的财产,
不然就是一张慷慨的长期支票,
　　是当礼物给的,但等不到你兑现,
就能又得到一张！——只好大打折扣
到处叫卖,活该是敲竹杠的报酬。

四六

但这不足挂齿。我的爵爷正坐在
　　夫人的身旁打瞌睡,任马车飞奔。
飞吧！飞吧！"换马来!"成了口头禅,
　　马换得真快,好像结婚后的心。
殷勤的店主亲自把新马套上,
　　车夫也没有理由小瞧他的赏金。
最后,在水洗过的车轮滑行以前,
驿站的马夫也请求留下点纪念。

---

① 罗敦路,伦敦的皇家马路,由皇宫通往皇家的树林。

四七

这给过后,那位管家,就是居于
　老爷之下的老爷,登上了后座;
还有我的夫人的使女,又狡猾
　又爱打扮,可是正经得连诗歌
都难以描述,——"阔人旅行就如此!"
　(请原谅,我有时把外国的糟粕
顺口溜出:要不是有幸到过国外,
谁会引经据典,一切都看不来?)

四八

伦敦的冬天和乡村的夏季
　都快完了。这也许很令人惋惜:
当大自然披上了美丽的服装,
　人们却埋首在挥汗的城市里
倾听着既无趣、又不智的辩论,
　直到夜莺的歌渐渐趋于沉寂,
那时爱国人士才把故园记起——
但九月前绝不打猎,除了野鸡。

四九

我的激昂的长篇演说讲完了。
　风流云散:那两倍二千人的世界
已经消失在他们所谓的"孤独"中,
　那就是说,还有三十仆人可检阅,
还有宾客,和天天压得叫苦的
　餐桌,数目也同样多,或更多些。

谁说古老的英国待客不够好？
那只是由数量缩为质量罢了。

五〇

这时,亨利爵士和夫人阿德玲
　　像他们的侪辈一样也下乡了,
他们回到一座很幽雅的大厦,
　　一座哥特式的、上千年的古堡。
他们的家系最久远,被时光老人
　　踏过的英雄美人真不知有多少;
还有和这家系一样古的橡树,
　　每一棵都是一个祖先的坟墓。

五一

对他们的度假,每张报纸都载有
　　一段报道:近代闻人就有这光彩,
只可惜好名气不比广告更持久,
　　或者和广告一样隔日就换下来,
因为墨迹还未干,那名声就已
　　不响亮了。《晨报》的消息登得最快:
"本报特讯:亨利·阿曼德维勋爵
今偕夫人共赴乡间别墅小歇。

五二

"据记者探悉:我们好客的主人
　　值此秋高气爽,将邀请高贵宾客
共聚于别墅中;据可靠方面传:
　　D公爵即拟拨冗在那里度过

游猎的季节,此外尚有不少显贵
　　和社交界的名流都将为座上客。
其中有一位特别显贵的外宾,
　　据说是俄国秘密谈判的使臣。"

五三

因此,我们可以看到——因为谁能
　　怀疑《晨报》?它的报道好似经文,
凡虔信它的人都能为它赌誓,——
　　我们这好热闹的俄籍西班牙人
借助东道主的光辉,也注定了
　　要和那些勇于饕餮的一起扬名。
说也奇怪:上次战争时,报纸上
登载宴饮者远多于报导伤亡,

五四

例如"本星期四有盛宴,出席者
　　勋爵甲、乙、丙"等,还有官衔、勋位,
吃一餐的扬名不下于打胜仗,
　　而就在这消息下面,在同栏内,
是法尔茅斯讯:"驻防在本地的
　　众所周知的骁勇善战的联队,
在最近一役中不幸伤亡不小,
据悉缺额业经补齐,——详见公报。"

678

五五

这一对贵人朝诺尔曼寺院①驰去——
　　那曾是一座很古、很古的寺院,
现在成为更古的巨厦,杂陈着
　　哥特的风格和雕饰,很是稀见;
建筑师都认为能和它匹敌的
　　已经无几了:只可惜低洼一点,
修道僧都喜欢有座山作靠背,
好保护他们的信心不受风吹。

五六

它坐落在一个明媚的山谷里,
　　高坡一片树林,有一棵老橡树
像卡拉塔克②号召他的人马似的
　　举起巨大的手臂,把天雷都拦住。
从它的枝叶下,每到天明就看见
　　欢乐地跃出一群斑斓的梅花鹿
被一只多角的雄鹿带着奔下坡,
去啜饮那夜莺般歌唱的小河。

五七

在府邸之前是一个澄碧的湖,

---

① 诺尔曼寺院,由此节至七二节关于诺尔曼寺院的描写,实即对拜伦的府邸纽斯泰德寺院的追忆。它是十二世纪兴建的一座寺院,一五三九年宗教改革时僧人被逐,财产被没收,国王把它赠予拜伦的祖先约翰·拜伦。拜伦在一八一七年把它售卖了。

② 卡拉塔克,纪元一世纪的英国西部首领,曾抵抗罗马军队,失败被俘。

湖水清澈,宽阔而深,是由一条
　河水灌注的,因为它急流到这儿
变为和缓,就漫延为一片湖沼。
野禽都栖息在湖边的芦苇丛
　和灌木中,在那水上孵着小鸟;
树木顺坡而下,直达到湖水边,
把它碧绿的容颜倒映在湖面。

五八

河水在出口形成了湍急的瀑布,
　那儿水花澎湃,波涛闪闪倾泻,
发出清脆的回声;以后又仿佛
　哄顺的孩子,只有轻柔的蹀躞,
沿山谷荡漾流去。这小河有时
　在树林中纡回隐没,有时闪耀,
有时碧澄澄,有时又蓝得发暗,
全看天空投下的光影的深浅。

五九

在附近,还有一座哥特式教堂
　留下的庄严遗迹:它令人想起
罗马管辖它的时代;一座拱门
　曾荫蔽过多少条走廊,但都已
无迹可寻了——真是艺术的损失!
　只有拱门还阴郁地俯瞰大地;
连铁石的心肠望着它也不免
为时光或风雨的剥蚀而兴感。

六〇

在一个神龛里,靠近顶端原有
　　十二个使徒的石像,庄严并立,
但这些都毁了,不是毁于僧侣
　　坍台之时,而毁于查理败亡之役①,
那时每一座建筑都成了堡垒,——
　　这在朝代更替史上并不足为奇;
英勇的武士苦战一番,只因为
有人天下坐不好,却又不肯退位。

六一

在更高的一座神龛内,却单单
　　留下圣处女、那天之子的圣母,
不知由什么巧合没遭到破坏,
　　她幸福地怀抱着婴儿而环顾;
也许由于迷信:她足下的地方
　　变成了人所不敢侵犯的圣土。
但不管怎样,任何庙堂的遗址
只要稍有圣物,就给人以灵思。

六二

在墙壁中央,开着一扇大窗户,
　　已经没有那彩色万千的玻璃,

---

① 查理败亡之役,英王查理一世与议会为敌,因此爆发了清教徒革命,进行了四年内战(1642—1646),查理终于被俘并被处死,一六四九年英国成为共和国,并以克伦威尔为执政官。

玄奥的光线一度透过它流下,
　　好像随太阳闪来天使的羽翼;
但如今,它空旷而荒凉,只听到
　　风吹过窗格的声音忽高忽低,
伴以夜枭的号叫;而那唱诗班
却已和赞歌一起熄灭了火焰。

六三

但在月光如水时,当一阵夜风
　　来自天外,就能听见幽怨之吟
不像是人间所有的,却很悠扬,
　　郁郁地随风吹过巨大的拱门,
在那儿回旋一阵就趋于沉寂。
　　有人认为那只是遥远的回音,
是夜风带来的瀑布的繁响,
碰上了谐音的古墙,更加回荡。

六四

还有人认为,这也许是由凋残
　　而引起的天地之灵气,给这片
荒墟带来了委婉动人的声音,
　　悄悄掠过楼塔和树林的顶尖
(不过尚不及埃及的门农石像①,
　　它一遇到晨曦就有乐音轻颤);
这原因究竟是什么,我也不知道;

---

① 门农石像,门农是希腊神话中晨曦女神之子,在特洛伊战争中被阿其里斯所杀。晨曦女神每天早晨哀伤他的死亡。在埃及,阿门诺菲斯三世的两座巨大石像被称为门农石像,其一在日出时发出奇怪的声音,这可能是因沙石受热而扩展之故。

682

我听过它,也许是听得太多了。①

六五

院落里有一座哥特风的喷泉,
　它很匀称,只是雕刻有些古怪,
那石刻的人像在假面舞会上,
　有的像圣徒,有的丑得像妖怪。
清泉从大理石的嘴里喷射出,
　成为万点明星,朝池中落下来,
又打起了无数水泡,好似人间
空虚的荣华,和更空虚的忧烦。

六六

府邸本身庞大而又古色古香,
　它比别处更具有寺院的风格:
修道院的回廊还是坚固如旧,
　禅房和斋堂,我想,也差不许多;
一间精巧的小礼拜堂也仍然
　没有损坏,点缀着大厦的景色;
其余的都重建、改建或者拆毁,
更带有男爵、而非僧侣的气味。

六七

异常广阔的大厅、居室和长廊,

---

① 这不是故弄玄虚,指出地点或郡县也无用,反正我听过,单独听过,也和人们(他们不会再听到了)一起听过。当然,这可以用某种自然或偶然的原因来解释,但那是一种奇怪的声音,和我听过的任何声音都不同(而我曾从废墟或岩洞等处听过很多地上和地下的声音)。——拜伦注

再加以不合艺术法规的配合，
足能叫识家摇头；但作为整体，
　　无论每一部分看来怎样奇特，
总的印象却是壮观的，至少对
　　那些心灵上长眼睛的人来说；
我们看巨人就是看他的身材，
最初并不管他哪里生得古怪。

六八

钢铁包住的男爵，下一代就熔化了盔甲，
　　换成穿锦衣的受勋的伯爵，
都保存得好好的，从墙壁往下望；
　　上辈的玛丽夫人再现为迷人的小姐
披着美丽的发卷；满身珠光宝气、
　　穿长裙的伯爵夫人也排了一列；
还有彼得·黎里①爵士的一些美女
衣不蔽体，叫人可以看个快意。

六九

穿着官服的凛然可畏的法官
　　也在壁上，他们那眉头不很像
能使被告人相信大人的判决
　　是依赖公理，而不是袒护豪强；
还有没留下一篇宣讲的主教，
　　还有那首席检察官们的凶相，
令人（假如我们判断不错的话）
只想到严刑，而不是人身保障法。

---

　①　彼得·黎里（1618—1680），英国画家，善于画贵族和美女。

七〇

铁器时代的将军们(那是在铅弹
　　还没有流行以前)有的披盔甲,
有的戴假发,英武得像马尔勃洛①,
　　魁梧得足抵我们瘦小的人一打;
还有执银杖,或佩金钥匙的侍卫,
　　以及猎人,他的骏马画布容不下;
偶尔也有一二高尚的忧国之士,
毕生都没有得到他企望的位置。

七一

假如你看厌了这门第的荣耀,
　　总还少不了艺术品来一新耳目;
一幅卡娄·杜尔契或蒂申的画,
　　或萨尔瓦多的荒凉的山野景物,
阿尔般诺②的舞蹈儿童,或凡内③的
　　一片海景,不然就是一些殉道徒
受难的故事,那是斯帕纽雷托④
以濡满血泪的笔构制的杰作。

---

① 马尔勃洛,见第三章九〇节注。
② 卡娄·杜尔契(1616—1686),维切里奥·蒂申(1477—1576),罗沙·萨尔瓦多(1615—1673),弗兰切斯科·阿尔般诺(1578—1660),都是意大利画家。
③ 克劳德·凡内(1714—1789),法国画家。
④ 斯帕纽雷托(1588—1652),西班牙画家。

七二

这儿有一幅洛林①的明媚的风景,
  那儿朗勃兰②使幽暗也大为生色;
还有沉郁的加拉瓦乔以更为
  沉郁的色调绘出消瘦的苦行者;
哦!但请看这儿,敦尼埃③邀请你
  宴飨着更好的事物(的确不错):
他那大肚酒杯叫我很想喝一口
莱茵河的香喷喷的白葡萄酒。

七三

读者呵,但愿您会读,而且懂得
  只认识字或阅读并不就构成
一个读者;那以外还必须加上
  您和我都缺的一些美德才行。
第一是,要从头读起(虽然这是
  够难办到的);第二呢,持之以恒;
第三,不要从结尾开始;但假使
已做错了,那就读到篇首为止。

七四

不过,读者,您最近确实很耐心,

---

① 克劳德·洛林(1600—1682),法国画家。
② 朗勃兰(1607—1669),荷兰画家。密凯兰吉娄·加拉瓦乔(1573—1610),意大利画家。
③ 大卫·敦尼埃(1610—1690),荷兰画家。

而我呢,不惜凑韵,也放肆起来,
竟把文章的格局如此大为铺张,
　　太阳神也许以为我是在叫卖。
不过,自古就有荷马的"船只清单"①,
　　可见诗人对这一行业都很喜爱;
当然,一个近代人应该知所检点,
　　因此我就不再提那家具和杯盘。

七五

成熟的秋天来了,随它而来的
　　是一群嘉宾,来享受秋之甘蜜。
谷子割完了,领地的野味很多,
　　猎犬到处嗅,猎人穿着土布衣
拍打着灌莽;他瞄准好似山猫,
　　袋子越装越满,多神奇的技艺!
呵,棕色的鹧鸪!呵,彩色的山雉!
　　但小心偷猎:这不是农夫的游戏!②

七六

在英国的秋天,可惜没有藤架
　　沿着小道铺展开酒神的花冠——
你看不见红色的葡萄结着彩,
　　像诗歌所赞美的南方的岸沿;
但她却有能买到的最美味的
　　各种红白色葡萄酒,或浓或淡。

---

①　荷马的"船只清单",荷马史诗《伊里亚特》第二章中对进攻特洛伊的希腊船只有较长的叙述。
②　"但小心偷猎……",在英国,地主的土地上不准旁人打猎,偷猎者依法惩办。

假如英国自叹贫瘠,她该知道:
最好的葡萄园是在她的地窖。

七七

假如说,她不能像南国的秋天
　　那么宁静而温和地趋于衰亡——
温和得好像又要使大地回春,
　　而不像肃杀的冬天就要登场;
她却也有无穷的户内的乐趣:
　　炉火熊熊,一年中最早的春光,
而室外还有一片成熟的景象,
　　虽然失之于绿,却得之于金黄。

七八

至于她柔弱的田园生活——连猎狩
　　也是号角声多于猎犬,但却也
活泼生动,足能使一位修道高僧
　　放下念珠,来加入这快乐的游猎。
甚至宁录都会离开杜拉①平原,
　　换上美尔顿短装②,来追射一些。
若嫌野猪不多,她却豢养不少
讨厌的家伙,可作射猎的目标。

七九

府邸中贵宾云集,先提女性吧:
　　首先是公爵夫人费兹甫尔克,
怪别扭伯爵夫人,包打听夫人,
　　糊涂夫人;风头健小姐,爱饶舌
小姐,羽纱小姐,麦克·紧身小姐,
　　和犹太夫人,阔银行家的老婆;
此外还有可敬的睡不醒太太,
她看来像白羊,却比黑羊还坏;③

八〇

还有许多贵族夫人,说不出名堂,

---

① 在亚述。——拜伦注(宁录是《旧约·创世记》第十章中所记载的人物,据说是"世上英雄之首。他在耶和华面前是个英勇的猎户"。——译者)
② 美尔顿,英国著名打猎的地方。
③ 黑羊,在英国,一家或一群人中的败类被称为"黑羊"。

但有地位,是社会的精华和渣滓;
她们像滤过的水,纯洁而虔敬,
　　个个出类拔萃于芸芸众生之外;
或者像印成钞票的纸,别管那是
　　怎样印的吧,这张通行证就掩盖
其人及其事迹;因为社交场上
虽然敬畏神明,却也宽宏大量。

八一

那就是说,宽大到一定的限度,
　　这限度在哪儿,却最难以标点。
体面是上流社会运转的承轴,
　　谁对谁都应该稍留一些情面。
若是对美狄亚说:①"滚开吧,女巫!"②
　　未免失礼,那叫伊阿宋多么难堪!
荷拉斯和帕尔其③都这么认为:
又讨人喜欢,又有利,何乐而不为?

八二

我不能确切指出他们的准则,
　　那是非标准多少有些像抓彩;
我曾见到一个德行好的女人
　　只因为被合谋排挤就坍了台;
又有一位太太德行平平而胆子很大,
　　略施小计就把地位争了回来,

---

① 美狄亚,见第一章八六节注。
② "滚开吧,女巫!"引自莎士比亚《麦克白》二幕三场。
③ 帕尔其,见第四章六节注。

于是又成了高悬天界的天狼星，
带着无损的讪笑跳出了陷阱。

八三

我看见的真难以尽述，——但还是
　　谈谈我们享田园之乐的那些人。
被邀的宾客大约有三十三位
　　最高级人物——一代风流中的婆罗门。
我前面提到的都不是头号人物，
　　只不过俯拾了几位凑凑脚韵。
夹在其中的，好像两三点斑污，
　　还有几位爱尔兰的离乡地主。

八四

有位打保票，那法学界的干将，
　　他只在议院和法庭才大打出手，
的确，要是被邀请到别的地方，
　　他的兴趣倒在于议论而非战斗。
还有年轻的押韵诗人，刚刚问世，
　　也要作为明星在文坛照耀六周；
还有庞罗勋爵①，自由思想的权威，
　　和约翰·海碗爵士，伟大的酒鬼。

八五

还有蛮横公爵，他是一个——公爵，
　　呵，每一寸都是；还有一打贵族

---

① 庞罗，见第九章一八节注。拜伦戏以此命名"自由思想的权威"。

个个像是查理曼大帝所封的,
　　论才智和相貌,绝不会被耳目
把他们误认为属于平民一流;
　　还有厚颜六姊妹,呵,六颗明珠!
整个是歌魂和感情,那忧郁的心
不在于修道院,而是向往结婚。

八六

有四位可敬的先生,他们的可敬
　　大多在头衔以内,而不在那以外;
有一位勇敢的骑士,智多星男爵①,
　　最近被法国和命运飘过了海,
他的无害的天才主要是娱人,
　　但俱乐部却发现"笑"也很有害,
因为他逗人的魔力实在太大,
连骰子好像也迷上他的俏皮话。

八七

有一位狄克·多疑,是个玄学家,
　　喜欢哲学,和一餐丰盛的酒肉;
还有三角先生,自命数学大师,
　　和亨利·银杯爵士,赛马的能手。
有一位大言不惭的教理严神父,
　　他不恨罪恶,只是罪人的对头;
有一位姓普兰塔金内特的贵族,
真是无一不精,更善于和人打赌。

---

① 智多星男爵,可能指法国人蒙通男爵(1768—1843),他是社交明星,谈吐机智,善于赌博,因躲避拿破仑而逃亡到英国两年(1812—1814)。

八八

有一位杰克·粗话,近卫军的巨人,
　　和火面将军①,战场上功名赫赫,
战术和击剑都精,北美战争中,
　　他杀的美国佬不及他吃的多。
有一位恶作剧的法官铁心人,
　　十分会应付他的严肃的职责:
当一个罪人来听候他给判罪,
　　倒能有法官的玩笑作为安慰。

八九

上流社会好似棋盘,上面也有
　　什么国王,王后,主教,骗子,小卒,
它本来是一场戏,不过那傀儡
　　是自己牵线,全是自愿去充数。
我的缪斯呵,你怎么像只蝴蝶
　　有翅而无刺,尽在半空中飞舞
而不着边际?——假如你是只黄蜂,
　　恐怕就有不少的罪恶要喊痛。

九〇

我还忘了提——而这是不该忘的:
　　有一位演说家,是最近议会上
闪现的新星,他作了篇很正式、

---

① 火面将军,可能指乔治·普瑞沃斯特(1767—1816),英国驻北美总督。在第二次美洲战争中作战不力,他在应该派兵驰援时反而下令士兵做饭,因而受讥。

很流利的演说,这是他在论坛上
　　初露锋芒,报上至今还在谈论
　　　他一鸣惊人,予人深刻的印象,
　　可以列入那天天出现的杰作:
　　"这是空前的最佳的初次演说。"

九一

他骄傲于"听他说!"和他的选票,
　也骄傲于他口齿的初次失贞,
还骄傲于他的渊博(刚够征引),
　西西罗①的荣耀使他乐而忘本。
他既有好记性能复诵人的话,
　又能妙语双关,或讲一段趣闻,
有这么多才气和更多的厚颜,
这位"邦国之骄傲"于是来到乡间。

九二

还有两位才子,真是有口皆碑:
　苏格兰的强弩,爱尔兰的长弓,②
他们都是律师和有教养的人。
　强弩的谈吐更见斧凿之功;
而长弓呢,他的丰富的想象
　有如骏马之势,善于飞跃跳纵,

---

① 西西罗(纪元前106—前43),罗马共和派政治家,因失败而被杀。他是著名的演说家,他的演说和书信成为拉丁散文的典范。
② 苏格兰的强弩、爱尔兰的长弓,前者指托玛斯·厄斯金(1750—1823),英国大法官,善于雄辩,曾为潘恩的《人权》一书辩护。后者指约翰·古兰(见第十一章七七节注)。"拉长弓"有"说大话"之意。

但有时也许碰上土豆而失足①,
强弩的妙语则好像摘自凯图②。

九三

强弩像一只新调好键的竖琴,
　　但长弓却好像风琴那样豪放,
它能和天风共鸣而发出乐音,
　　不管那声音是低沉还是高昂。
强弩的谈吐你一个字也难改,
　　长弓的辞藻却不总是很恰当:
总之,这两个才子都各有神通,
一个头脑精炼,一个心灵天成。

九四

在一个乡间别墅里,如果你说
　　这些人聚起来有些不伦不类,
请想想吧,每一类都有个标本,
　　远胜过同庸才谈心的索然无味。
唉,喜剧的时代已去! 康格利夫③
　　和莫里哀④的蠢材在今天的社会
都已消失在太光烫的外表中,
世风和服装一样,到处已无不同。

---

① "碰上土豆而失足",土豆是爱尔兰贫苦的人民大众的主要食粮。
② 凯图,见第六章七节注。他是一个演说家,用词率直而简洁。
③ 威廉·康格利夫(1670—1720),英国喜剧作家,他在作品里嘲笑了英国上流社会。
④ 莫里哀(1622—1673),法国喜剧作家,他嘲笑了贵族和资产阶级。

九五

荒谬的怪物都深文周纳起来,
　　可笑倒是可笑,但却索然寡味;
连各色人等也都不见原色了,
　　愚蠢已没有果实可贡献,因为
尽管愚人很多,他们都很平庸,
　　值不得拉出来献宝;整个社会
都冠冕堂皇,其中只有两大族:
一族讨人厌,另一族感到厌恶。

九六

但我们从农夫变为拾谷穗的了,
　　只要见到真理的谷粒就捡拾。
亲爱的读者!我这样东拾西捡,
　　真像可怜的露斯①,而您是波阿斯。
我还想再引用《圣经》的典故,然而
　　《圣经》不许这样做。在我少年时,
有位亚当太太②的话深得我的心:
"在教堂外谈论经文就是渎神!"③

---

① 露斯,据《圣经》载,露斯是一贫苦无依的寡妇,在富人波阿斯的田地上捡麦穗,以后被波阿斯收留。
② 亚当太太,英国小说家菲尔丁《约瑟夫·安德鲁斯》(1742)中的人物。
③ "亚当太太回答亚当先生说,在教堂外谈论经文就是渎神。"这一教义是对她的丈夫——在书本上能见到的最好的基督徒——提示的。(见《约瑟夫·安德鲁斯》四卷十一章)——拜伦注

九七

在这卑微的时代,我们只好尽力
  就糟糠来拾,尽管磨不出谷粉。
我还忘了提一位口若悬河的
  猫咪俱乐部会员①,健谈的圣人,
他在袖珍记事本里,每天早上,
  都打好稿以备晚间一鸣惊人。
可怜的家伙!为了妙语煞费心机,
却不知有多少烦恼在等待你!

九八

首先,他必须把谈话曲曲折折
  引到他巧妙的掌握里来;再者,
他不能放过一个机会,更不能
  让听众们对他稍减一分情热;
而必须得寸进尺——使满座轰动,
  如果可能的话。第三,不能畏缩!
万一有聪明人来反驳,他必须
抢那句压场白,才显得最有理。

九九

亨利勋爵和夫人是东道主,
  我们前面提到的人都是宾客。

---

① 猫咪俱乐部,十八世纪初在伦敦成立的惠格党人的俱乐部,许多文坛和政界名人聚于此。原文为 Kit-Cat(行囊之猫),原是一种羊肉馅饼,因俱乐部会员爱吃它,故以此命名俱乐部。

他们的餐桌足能够引诱鬼魂
　为这更丰盛的佳肴越过冥河。
我不想细细介绍炖肉或烤肉,
　历史已证实那是人生之至乐;
饥饿的罪人呵!——自从夏娃吃了
苹果后,有什么比饮食更重要?

一〇〇

请看那"流着奶与蜜之地"①如何
　引诱饥饿的以色列人去到迦南,
以后我们又添上爱财,总起来
　就是惟一的乐趣给人以慰安。
韶光易逝!我们的日子不再明媚,
　情妇和食客也会使我们厌倦;
可是,哎哟,芬芳的金钱!谁愿意,
即使老得对你无用时,失去你?

一〇一

男士们都及早起了床去射击,
　或行猎:这原是人人爱的消遣,
自幼就迷它,仅次于吃和游戏,
　到中年更爱它,为的缩短时间,
因为 Ennui 也是英国的土特产,
　我们虽无以名之,却拿打呵欠
来代替语言,让法国人去翻译
那连睡眠也无法减轻的倦意。

---

① "流着奶与蜜之地",引自《圣经·出埃及记》。摩西率领困苦的以色列人从埃及迁往迦南(今巴勒斯坦)等"流着奶与蜜之地"。

一○二

老年人在藏书室里随意浏览,
　不是翻书,就是把画批评一番,
或者在花园悲天悯人地散步,
　或者对暖房的缺点加以非难,
或者骑一匹跳得不高的老马,
　或者从晨报找一篇讲词来念,
或者只是眼巴巴地望着怀表,
六十岁还盼着六点钟的来到。

一○三

但没有人不惬意。集合的时刻
　是由餐铃宣告的;而在这以前,
时间都是由自己支配:或孤独,
　或谈心,全看你愿意怎样承担
日子的重负。没有人知道应该
　如何打发它。你起床,听由尊便,
梳妆多久,以及要在何时何地
或如何进早餐,这都随您的意。

一○四

女士们呢,每天清早,有的浓抹,
　有的稍稍苍白。天晴她们散步,
或骑马;阴雨时则看书,讲故事,
　唱歌,或练一练国外时兴的舞,
或把帽子照最新的样式改装,
　或讨论不久会流行什么装束,

或者用十二张纸写一封短笺,
使对手又成了对她负债的人。

一〇五

因为有人情侣不在,各有朋友。
　呵,世上有什么能比女人的信!
连天堂都难比,因为它无尽休。
　我最爱异性来鸿的弦外之音,
它仿佛教义,从不把意图直说,
　而像尤利西斯的口哨在招引
多隆①时那么狡猾;你若是作答,
可当心你在信上说的什么话!

一〇六

还有打弹子,牌戏,然而不赌钱,
　体面人在家里掷骰子可不行;
严寒的天气不宜于远出游猎,
　有河水的话划船,有冰则溜冰。
还有钓鱼,呵,一种寂寞的嗜好!
　别管华尔敦②怎样赞美这逸兴;
残忍为乐的怪老头呵,但愿有

---

① 尤利西斯,见第三章二三节注。多隆是特洛伊的间谍,夜晚他偷至希腊营地,被尤利西斯诱杀。
② 艾赛克·华尔敦(1593—1683),英国作家,著有《完善的钓鱼人》,其中谈到钓鱼的乐趣和钓鱼法。

鳟鱼来钓你,也钩住你的咽喉。①

一〇七

到晚上就来了宴会和美酒,
　　有文学味的闲谈,有双人合唱
发出非凡的声音(至今我的心
　　或是头,还为那回忆中的音响
而震痛)。四位厚颜小姐会高兴
　　赏一赏光,而两位年轻的姑娘
更爱弹琴——因为除了琴声之美,
她们还有秀颈和粉臂的妩媚。

一〇八

有时一场舞会(不在游猎之日,
　　因为那时男士们都有些疲倦)
显示着旋舞中的窈窕的身腰;
　　还有那早已打好腹稿的闲谈;

---

① 这至少会教给他懂得人道。在小说家中间,颇为流行的是引证这个多情的野人以表示他们对无邪的消遣和古歌的爱好;可是他却教人怎样缝蛤蟆,怎样切蛙腿以为试验,当然还有钓鱼的技艺——这是最冷酷、最愚蠢的所谓消遣。他们尽可以谈大自然的美,但钓鱼人所想的只是一盘鱼而已。他没有空闲把目光从河水移开,一条鱼的上钩比周围的景色对他重要得多。而且,鱼在雨天最易上钩。捕鲸鱼、鲨鱼和金枪鱼都有些高贵而危险的因素,甚至网鱼和拖网等等也比较人道而有益。可是钓鱼呵!——凡钓鱼的人不会是好人。
"钓鱼的人是我所知道的最好的人之一,他富于人情,心思灵巧,宽厚优美不下于世上的其他人。确实,他用染有颜色的螺蠃钓鱼,还够不上使用华尔敦的奢侈的办法。"
一位朋友在读过我的手稿后添了上述的话。——请听听另一方吧。我把他的话留在这儿,以平衡我的看法。——拜伦注

还有调情——不越礼数,只对应该
　　或不该羡慕的魅力加以赞叹;
猎人们又在室内谈着打狐狸,
然后冷静撤退,——十点钟就休息。

一〇九

政客们自找一个角落去议论
　　天下大事,并给全球做了安排;
智者专等他们权术中的破绽,
　　好把他的一句俏皮话插进来;
唉,卖弄聪明的人真坐卧不安!
　　刹那的好事可能使他们苦挨
几年之久,这才有幸使它出笼,
即便如此,还许碰上蠢材而扫兴。

一一〇

但在我们这欢会中,人人都是
　　雍容,高贵,文雅,冰冷难以接近,
好似大理石雕出的雅典石像。
　　现在已没有威斯登式的乡绅①,
而我们的苏菲亚们可能美貌
　　胜过古昔,却不那么咄咄逼人;
我们也没有高明的骗子,像汤姆·琼斯,
只有刻板如石头的正人君子。

---

① 威斯登,见菲尔丁小说《汤姆·琼斯》(1749)。他是一个粗率的、爱发脾气的乡绅。他禁止女儿苏菲亚和汤姆·琼斯相爱,但苏菲亚违背了他的意愿,潜逃至伦敦去寻找琼斯。

———

他们这聚会散得早,那就是说
　　不过午夜——那就是伦敦的中午;
在乡下,女士们总是在月落前,
　　较早地驾返自己的香闺歇宿。
呵,但愿每一朵玫瑰睡得安恬,
　　很快地就把原有的娇色恢复!
香腮安寝得适时,使鲜艳倍增,
能省一些胭脂费——至少省几冬。

第十四章[①]

一

要是我们能对宇宙有所悟解,
　或从自己的内心获得一点良知,
人类也许会知迷而返,但那就
　使许多精彩的哲学受到损失。
哲学体系也是一个吞没一个,
　很像大神沙特恩[②]吃掉他的儿子,
尽管他的好老伴把儿子换成
　石头给他吃,他也吃得一点不剩。

二

但哲学却和泰坦族的吃法相反,
　它是子嗣把父母当早点,虽然
消化起来不容易。请问谁能够
　对任何问题都坚守自己的信念?
你考察古昔各大家,选中一个
　你认为最好的,就信守而不变;
其实呢,人的知觉最是不可靠,
　但除了它,你还有什么凭据可找?

[①] 本章写成于一八二三年二至三月,同年十二月发表。
[②] 沙特恩,见第十一章八三节注。

三

而我呢,一无所知;我什么也不
　　否定、承认、拒绝,或蔑视;至于你,
除了知道生而必死,还有什么?
　　其实连生死大事,到头来也许
都是假的,可能会有那么一天,
　　生命无所谓老幼,都复返无极。
呵,人都对所谓的"死"哀哭,但人生
有三分之一就消磨在睡眠中。

四

在一天疲劳后,我们最渴盼的
　　就是一场无梦的睡眠;但同时
这泥坯又多畏惧沉寂的泥土!
　　连自杀的算在内:他总算一次
而非分期还了债,(债主都讨厌
　　这种拖拖拉拉还债的老方式!)
但他所以急于要使呼吸结束,
多半是怕死,而不是对生厌恶。

五

因为死亡就在他的前后左右;
　　从畏惧反而产生了一种勇气,
使他不顾一切,豁出去看一看
　　那究竟是什么;这好像是当你
站在群山丛中,下临万丈深渊,
　　你望着悬崖峭壁而不禁颤栗,

但我担保你绝不会俯视一分钟
而没有可怕地想到要往下冲。

六

当然你没有冲,而是吓得脸发白,
　走开了。但想想你当时的思想!
回顾一下就会使你如何战栗!
　因为在你的心深处有一种倾向
要去探寻那"不可知",不管它是
　真理或虚妄,你却秘密地渴望
一跳而了之——到哪里?不知道,
也就因此你要跳,或者站住脚。

七

但提这做什么?您会问。没有什么,
　亲爱的读者,这不过是胡思乱想;
我要讲它的惟一理由是:这就是
　我的风格。不管场合是不是恰当,
我只要写出我脑中浮现的东西;
　这篇叙事诗本来就是基于幻想
所搭的空中楼阁,用意不在叙述,
而在用家常话串起日常的感触。

八

您也许知道,伟大的培根[1]说过:
　"扔起一根草,就可以知道风向。"

---

[1] 培根,见第三章九二节注。此处引言取自他的《博物志》。

诗歌正是这样的一根草,由诗人
　　一气呵成,随着心灵的光而飘荡。
它是扶摇在生死之间的纸鸢,
　　是前进的灵魂投在后面的影像;
我的诗好似肥皂泡,但不为赞誉
而吹出,它只算得儿童的嬉戏。

九

世界呈现在我眼前——或在眼底,
　　因为我已看过了它的一部分,
足够使我留在脑中念念不忘;
　　我也发出够多的激情使世人
(我们的朋友)快慰地加以谴责,
　　因为他们惟恐盛名没有缺损;
问题在于我年轻时太出名了,
直到我又写诗把它完全搞糟。

一〇

我不但惹起了这个世界的喧腾,
　　还激怒了凡尘以外——那些教士们,
他们让天雷在我头上轰隆劈下,
　　用虔敬的声音诬蔑了我一阵。
可是我仍禁不住每周胡写一篇,
　　使旧读者厌腻,却不见新的上门。
年轻时,我写作是因为情思蓬勃,
而现在,因为我觉得它日渐枯涩。

一一

但是"何必发表?"——如果惹人厌恶,
  名或利的报酬可就不能获得。
我要问:你们为什么要打纸牌,
  饮酒或读书?为了好消磨时刻。
而我的消遣就是要追索一下
  我所看见或想到的,忧郁或欢乐,
我把我所写的掷在时流之中,
任它浮沉,——至少我做了我的梦。

一二

我想,假如我对成功确有把握,
  我就适可而止,绝不多写一行。
可是不知我是奋斗得不足呢,
  还是过分:写来写去,日久天长,
弄得身败名裂,依然难舍缪斯。
  这感情不易表述,但绝非伪装。
在牌戏中,就有两种乐趣由你
任择其一:或者失败,或者胜利。

一三

而且,我的缪斯并不是从事虚构,
  她所搜集的全来自事实的宝藏;
当然她歌唱时也要有所克制,
  但那总是世情和人海的沧桑。
这就是为什么她左右不得人缘,
  因为太真,初看来不会令人舒畅;

假如她仅仅是为了追求赞誉,
她大可换个故事讲,那倒更省力。

一四

爱情,战争,风暴,——不可谓不曲折了!
　再加以不求雕琢,文章反而清新,
它既有对那片荒原——上流社会——
　投的一瞥,又有各色人物的陪衬,
假如你嫌没有别的,这儿至少是
　无论在写法和储材上都够充分。
虽然这节诗该用来裱糊皮包,
但这些诗章确实会广为行销。

一五

我现在为了要在后面郑重说教
　而着手描述的这一隅繁华社会,
至今还没有人写过,理由很简单:
　因为尽管它看来悦目而显贵,
它所有的珠光宝气,锦衣貂裘,
　却是千篇一律,令人感到乏味,
仿佛这一套历来是祖孙相承,
写进诗歌里不太会令人感动。

一六

引人注目者多,有价值的却少,
　能感人和流芳百世者则毫无;
一切弊病都粉饰得漂漂亮亮,
　连他们的罪恶也脱不掉庸俗。

虚伪的热情,索然寡味的机智,
　　没有天性以"真"使其表现突出;
只有一种单调而圆滑的性格,
假如某些人有所谓"性格"可说。

一七

的确,有时候,像被检阅的士兵,
　　他们操练完,高高兴兴退了场,
可是一旦要点名,就又惴惴然
　　来归队,依旧摆出从前的模样;
无疑,那是很精彩的化装表演,
　　不过赞赏一眼后,再看这景象
你就感到乏味——至少对我这样,
呵,这充满欢娱和无聊的天堂!

一八

当我们谈完恋爱,过完了赌瘾,
　　打扮过,投过票,出过风头,等等,
和公子哥欢宴过,听过议员演说,
　　也看过美女在婚姻市场上相争
把回头浪子驯为败兴的丈夫,——
　　这时呵,我们还有什么以遣余生,
除了厌腻或讨人厌?过时的青年!
早就成了绊脚石,却还赖在人间。

一九

我时常听到有人抱怨说:没有谁
　　把我们的社交界写得绘声绘色,

据说这是因为作家都是门外汉，
　　只凭贿赂府邸的看门人而取得
一鳞半爪奇谈怪论和流言蜚语，
　　便据此嘲笑上流社会的不道德；
而且他们的书都有共通的文体，
那就是婢女口传的夫人的私语。

二○

然而在今天，这话不算确实，因为
　　作家已成了社交界有力的成员。
我看他们甚至和军官平分春色，
　　特别是年轻作家，这是理所当然。
那么，为什么作为内幕显要之一，
　　他们还不能把它写得蔚然可观，
使上流人物的一切真相毕露？
那，事实是——没有什么值得一书。

二一

我深知个中奥妙，这些虽然是
　　微不足道，我可是在其中充过数；
我宁愿描写后宫、战争、海船遭难，
　　和哀情史，也总比描写社交世故
容易得多。此外，我还有不想写的
　　一些理由，但在这儿也不必啰嗦。
荷拉斯讨厌泄漏谷神秘密的人，
这就是说，有些事俗人不可与闻。

二二

所以我要撇开那事物的精华——
　　它降格传播得像共济会的历史①；
这传闻与事实的差距，就好像
　　培利航海记②之于金羊毛故事③。
我故意不让人把一切饱览无余，
　　好使我的歌保持神秘的调子；
而且有些妙人妙事，无论怎样，
也不会博得外行人的欣赏。

二三

唉，天下不断倾覆！而女人自从
　　使世界沉沦后，（从此以后，史家
就不再讲礼貌，而是求实博录）
　　至今还没有完全放弃这做法。
传统的奴隶呵！你们身不由己，
　　做对了，自我牺牲；错了，则受罚；
生育是你们的刑罚，有如男人
要用刀刮脸，作为罪过的处分。

---

① 共济会的历史，见十三章二四节注。共济会的历史因久远和隐蔽而不易考实，故有不切实的传闻。
② 培利航海记，见十三章三九节注。
③ 金羊毛故事，即希腊神话中，杰孙率领阿葛大船去寻找金羊毛的海上旅行。（见第一章八六节注）这是虚构的故事，而培利的北极航行则是真实的事。拜伦把这种对比，比喻关于上流社会的传闻和真实之间的差距。

二四

那真是天天受罪,其痛苦的总和
　　和女人分娩的阵痛也大致相等。
不过,关于女人,谁能深切理解
　　她们特殊的处境的真正苦痛?
男人即使同情女人,也多半是
　　出于自私,更多出于疑心重重。
女人的爱情、德性、美貌和教育,
都为的做好主妇和生儿育女。

二五

这办法倒很好,而且不能再好了;
　　可是天知道,行起来还是有困难。
女人自出生起就被世情纠缠,
　　谁是敌,谁是友,真是难以分辨!
她的镣铐的镀金很快地磨光了,
　　以后——但请问问女人吧:她情愿
(当然这要等到她三十岁以后)
做女人还是男人?学童还是皇后?

二六

"系于裙带"是一句难堪的指责,
　　连奉行这本经的人都不肯认账,
仿佛他是避之不及和无可奈何;
　　但既然我们是从裙下来到世上,
又在生命的驿车上颠颠簸簸,
　　我就很尊敬裙子:你看它多么像

一种神秘而庄严的东西,不管它
是红是褐,是斜纹布还是细纱。

二七

在我年轻的时候,我不但尊敬
　　而且异常崇拜那贞静的帷幕;
它像守财奴在守着一宗财宝,
　　越是想掩遮,越令人神魂飘忽;
那好似黄金鞘裹住大马士革剑,
　　或是被红漆神秘封住的情书,
它最能医治心病:因为谁能面对
一幅长裙和裸露的脚跟而皱眉?

二八

比如说,在沉郁而寂静的夏天,
　　阴霾不雨,吹着阵阵非洲的风,
大海翻着浪花,景色一片幽暗,
　　而河上的波涛也愤怒地汹涌;
天空看来是极为苍老的灰色,
　　只令人心中感到严峻而沉重——
这时,如果瞥见一个漂亮女人,
哪怕村姑也好,会是多么爽神!

二九

我把我们的男女主人公都留在
　　一种不依赖天时的美好时序中,
完全摆脱了黄道十二宫的影响,
　　虽然那个中的情致很难以吟咏。

因为那里的太阳,星辰,发光的天体,
　和一切令人景仰的,例如高峰,
都常常是枯燥无味得像债主——
不管是来自天上的,或来自商户。

三〇

户内的生活不够诗意;而户外
　不是阴雨,浓雾,就是雨雪飞旋,
要从这诌出田园诗来可不容易;
　但尽管如此,诗人还是勉为其难,
不论难题大小,他总得一一应对,
　以求完成作业,或者是胡乱交卷;
就好像是精灵碰上了一堆物质,
水火都得应付,不免若有所失。

三一

但在这方面,唐璜却像个圣人,
　对各种各样的人都有求必应,
他过得很满意,一点怨言也没有,
　无论在军营,海船,茅屋或宫廷,
他能和人同甘共苦,随遇而安,
　因为他天生有一颗沉着的心。
同样,对女人他也能百般应付,
而毫无一般花花公子的虚浮。

三二

一个异邦人对猎狐这种消遣
　会感到新奇,而且也加倍危险:

715

很可能你这不速之客先跌倒,
　　反而引得对手把你嘲弄一番;
但唐璜在早年就会在原野巡猎,
　　好像复仇的阿剌伯人那样勇敢,
他会使座下的马感到是谁在骑,
不管它是猎马,租马,或久经大敌。

三三

而今,在这片新场地,他的骑术
　　更精彩了:只见他越过篱墙、沟渠
和栏杆,既不踌躇,也很少失足,
　　只有嗅不到猎物时才感到烦气。
的确,他违反了一些游猎的法规,
　　但年轻人怎样圣明,也难免于
有一时糊涂,比如说,踩着了猎狗,
有一回还越过了几位乡绅的头。

三四

但总的说来,他受到一致的钦佩,
　　无论他,无论马,都落得安然无恙;
士绅们无不赞叹这异邦的才干,
　　粗汉子叫道:"见鬼!谁想到是这样?"
过来的打猎老将更是赞不绝口,
　　因为想到自己当年如何逞强;
就是最高明的猎手也只好苦笑,
承认他作为助手还颇有几着。

三五

他的战利品不是矛、盾和锦旗,
  而是跃进,兴奋,有时是一些狐尾;
不过我得承认,——虽然我的爱国心
  使我在这方面很替英国人惭愧,——
他从本心说,倒和契斯特菲尔德①
  差不多,因为那儒雅的人有一回
在翻山越谷,不顾一切追猎以后,
转天就对"第二次"完全失去兴头。

三六

他还有一点和其他的猎人不同:
  不管怎样远途游猎,劳累了一天,
也不管起得多早,——那往往是在
  公鸡唤出腊月懒懒的白昼以前,——
唐璜在晚餐后,总能聆听女人的
  轻柔而流利的谈吐而不打呵欠,
这很讨女人喜欢,因为有了知音,
至于是圣徒还是罪人倒不要紧。

三七

而且他精神奕奕,一点不疏忽,
  遇到精彩的议论就露露身手,
人说到什么,他都会推波助澜,

---

① 菲利普·契斯特菲尔德(1694—1773),英国贵族和政治家,著有书信集,其中教子以处世之道。

对时兴的题目更是听个没够;
他或严肃,或轻浮,但绝不沉闷,
　　又只心笑而嘴不笑——这个滑头!
即使你说错了,你也绝不揭发;
总之,没有人比他更会听人谈话。

三八

而且会跳舞;呵,凡异邦人都比
　　稳重的英国人更会在哑剧上
情词滔滔!——我是说,他跳得很好:
　　既有劲头,又有板眼,不越规章,
这对于跳拍子当然很是必要;
　　他的舞步也不兴卖弄和夸张,
他绝不像一个芭蕾舞的舞师
那样做派,而是跳得像个君子。

三九

他的步子很老实,贞静如处女,
　　他的体态舞起来流露着雅致,
像轻捷的卡米拉①一踮脚而过,
　　丝毫不显得费力,而是很自持;
他还很懂音乐,那鉴别力足能
　　使乐评家的怪见解无计可施。
呵,他的舞步典雅而丝毫不紊,
他看来多像波雷罗舞②的化身;

---

① 卡米拉,在罗马神话中,她是月神狄安娜的轻捷的侍女。
② 波雷罗舞,一种西班牙舞,波雷罗是这种舞的创始者。

四〇

或者像归多①名画的朝霞女神
　　在晨曦之前飘飞（只为那幅画
就值得专程赴罗马,虽然那名城
　　已没有古帝国的残留的精华）;
他的进退婉转自如,带有一种
　　理想的优美,很少见到,更无法
加以描绘;因为文字没有颜色,
使诗人和散文家也束手无策。

四一

无怪他成了宠儿了,简直是个
　　羽毛丰满的小爱神,大受赞赏;
有一点娇惯了,但不十分显著,
　　至少他的意马心猿已被掩藏。
手腕真不错,女人都爱凑近他,
　　不管她是贞洁,或是有点放荡。
费兹甫尔克公爵夫人爱惹是非,
开始给他尝一点调情的滋味。

四二

她是个体态丰腴的金发美人,
　　在那最高的、最高的社交场上,
曾出过几冬风头,使人人颠倒,

---

① 伦尼·归多(1575—1642),意大利画家。罗马宫中有他的一幅壁画,画着朝霞女神在太阳神的车驾前散着鲜花。

可说的风流韵事不少,但我想
还是不说为佳,因为牵涉太多;
　　而且传闻也许有失真的地方。
她最近的把戏是要摆个阵式,
好网一网普兰塔金内特爵士。

四三

这位高贵的老爷对公爵夫人
　　和唐璜的调情开始有点怫然,
但这种小小的越轨不过是女界
　　应享的自由,情夫该看开一点。
男人要给脸色,可是自找倒霉!
　　那只会促成很不愉快的局面,
但这局面对某些人却是难免,
假如他们专靠打女人的算盘。

四四

内线人始而微笑,继而私语,讥诮,
　　小姐们翘翘下巴,太太们都皱眉;
有的希望事情别闹到不堪设想,
　　有的没料到竟有这种女流之辈;
有的不相信那些传闻竟是真的,
　　有的大惑不解,有的显得很智慧,
还有几位带着真正的怜悯,惋惜
可怜的普兰塔金内特的遭遇。

720

可怜的普兰塔金内特爵士。

四五

但奇怪的是,没有谁提到公爵,
  度以常情,这对他总有点关系;
确实,他不在这儿,而且据谣传,
  他对他夫人的所为及其时与地
都漠不关心;要是连他都能容忍,
  谁还有资格挑剔她的逢场作戏?
无疑,公爵夫妇是最好的婚配,
因为彼此不碰头,所以从不吵嘴。

四六

唉,我怎么说了这么一句伤心话!
  阿德玲夫人,我的狄安娜女神,
心里燃烧着对美德的抽象热情,
  开始认为公爵夫人做得过分,
竟耍出这么坏的一着,使得她
  深为遗憾,只好一面不太殷勤,
一面阴沉地瞧着女友的缺点,
对于这,大多朋友都特具敏感。

四七

呵,在这邪恶的世界上,有什么
  比得上同情?它最美是表现在
心灵和脸上,再配以悠扬的长叹,
  像给甜蜜的友谊扎上了丝带。
若没有朋友怀着好心来寻索
  我们的不是,人类还有什么博爱?

只有他会安慰你:"凡事需三思!
唉,你要是早听我的话,何至于此!"

四八

约伯有两个朋友①给他以忠告,
　　但一个就够了,假如你在困窘中;
天时不利,朋友绝不会安然导航,
　　治病不成,却是索价高昂的医生。
所以,别为朋友疏远而牢骚吧,
　　他们本来像树叶,经不住秋风。
等境况好转时,用不着你去找,
　　在咖啡店里就能结一批知交。②

四九

但这不是我的信条;假如它是,
　　倒免去我几番心痛;不过我宁愿
痛一痛,也不愿意缩在硬壳里,
　　像甲鱼似的避开风浪的凶险。
因为人对于世界上什么能忍受

---

① "约伯有两个朋友",关于约伯,见第一章一六二节注。约伯在受病毒所苦时,他的三个朋友劝他忏悔和承认莫须有的罪过,但他们都受到约伯的驳斥。"约伯的朋友"即指表面上同情他,实则责备他自取其咎的人们。这种朋友给人带来的烦恼多于安慰。

② 我想是斯威夫特或荷拉斯·华尔波尔的信中曾提到,有人惋惜失去了一个朋友,一位广交游的人告诉他:"当我失去一个朋友时,我就到圣杰姆士咖啡店去另找一个。"我记得曾听到过一则同样的逸事。W.D爵士是一位大赌博家。有一天他来到他所属的俱乐部,看来面容沮丧。"你怎么了,威廉爵士?"好诙谐的黑尔问他。"唉,"威廉爵士回答,"我刚刚丢失了可怜的D夫人。""丢失了!(在英文中,与'赌输了!'同义——译者)怎么输的?是打牌还是掷骰子?"——拜伦注

或不能忍受,顶好自己有所体验;
这能给敏感的人增加辨识力,
以免把他的海洋往筛子上倒去。

五〇

在一切可怕而又可憎的哀声中,
　比夜枭的号丧,比午夜的凄风
更阴森的,是那句"我早对你说过!"
　发自友人的事后的先见之明。
他们不告诉你现在该怎么办,
　只是曾预言你终将一事无成;
固然你是稍违了"良好的成规",
　却有一长串掌故为你作安慰。

五一

阿德玲夫人是安详而又严峻,
　这不只限于对她女友的感情,
除非公爵夫人能够改弦易辙,
　她相信后世不会给她以美名;
唐璜也遭到了这严厉的评判,
　不过对他,还有一丝纯洁的怜悯,
他的不谙世道,以及他的年轻
（比她小六周）引起了她的同情。

五二

她在年龄上占了四十天便宜——
　呵,她的岁数可没有一点谎骗,
谁都可以去查阅贵族姓名录,

那里有生辰年月,不怕你计算,——
这使她有权以慈母之心来关怀
　一个年轻的绅士是否交游不善;
虽然她还不到主动求婚的闰年①,
(被时光催老的女人才叫可怜!)

五三

她可以推断是在三十岁以内——
　就算是二十七吧,因为对年纪
和美德都夸口的人,很少超过
　这个岁数,过了也要重新数起。
唉,时光!为什么你跑在人前面?
　你看,你的镰刀已经毫无效力!
修理一下吧,磨光些,慢点收割,
免得你在人前越来越受冷落。

五四

但阿德玲离那种成熟的年龄
　还远得很,(那熟味无论多么好,
也是苦涩的)她只是凭着经验
　而变贤明的,因为她饱经世道,
一如我曾指出——但我忘了页数,
　唉唉,我的缪斯最恨前后参考;
总之,从那个二十七里减去六,
您看,她在岁数上总算很富有。

---

① 闰年,闰年是女人可以向男人求婚的年头,这在英国、法国和意大利是古老的风俗,并得到法律的认可。

五五

她十六岁就在社交界露了面,
　众口交誉,不知颠倒了多少人,
十七岁时,在那灿烂的海洋中,
　还是这新跃出的维纳斯女神
风靡世界;到十八岁,虽然还有
　一大群求爱者把整个的心灵
献在她脚前,她却已答应成全
另一个亚当——去创造他的"乐园"。

五六

那以后,她灿烂地度过了三冬,
　受着赞叹和膜拜,却一丝不苟,
连最灵的预言家都大惑不解,
　因为她外表看来还是很风流;
可是从这完美无疵的玉人身上
　连一些碎石屑他们都敲不到手。
婚后她还从百忙之中抽出时间
生了一个儿子——又有一次小产。

五七

那照耀伦敦之夜的社交明星
　成了围绕她的痴迷的萤火虫,
但他们没有一种刺能刺伤她:
　她的格调比花花公子要高一等;
也许她想找个心灵的倾慕者?
　但不管愿望如何,她做得端正;

无情也好,骄傲也好,贞德也好,
只要女人正经,原因倒不重要。

五八

我最恨追寻动机,一如我讨厌
　　主人手中老是拿着一瓶红酒,
特别是当座上政治谈得火热,
　　使宾客们的喉咙都干得难受。
我恨它,一如我恨风卷沙似的、
　　在路旁扬起灰尘的一群牲口;
我也最恨桂冠诗人写的歌颂,
或一场争论,或是媚臣的"赞同"。

五九

对事情挖根刨底很是煞风景,
　　因为那根底总是和泥土相联,
只要有一枝青绿可喜,谁管它
　　是不是橡子生的?至少我不管。
谁要把一切行为都穷本追源,
　　那种乐趣可是要引来心酸;
但在目前,这一切都无暇多提,
请看奥森斯恩的隽语就可以。①

---

① 这位著名的首相听到儿子说,使他感到吃惊的是,政治上的大事想不到竟肇因于微末细节,便答道:"我的孩子,由此你可以看到,世界上的王国都是由多少的智慧治理着。"——拜伦注(奥森斯恩〔1583—1654〕,瑞典首相。——译者)

六〇

阿德玲夫人怀着善良的心愿，
　想给公爵夫人和那位外交官
免去一场精彩的戏（因为她看到
　唐璜大概不会拒绝被牵着表演，
异邦人哪里知道，男女的失足
　在英国可和那不幸而无陪审团
赐福的国度不同！这儿一纸判决
　足能把你那弱点毕生都根绝）；

六一

阿德玲夫人想了一些好办法，
　她认为，经过她一番运筹帷幄
就能使这不幸的错误收住脚，
　不过，她想的未免单纯得过火：
无邪的人连火坑都敢往下跳，
　在社交场上，他们更是猛冲得
体会不到夫人所设的指路标，
（本来它的妙处就在于不露马脚！）

六二

她倒不是担心那最坏的一着：
　因为公爵是位有耐性的丈夫，
不至于一时冲动而闹出笑话，
　给离婚法庭的那上诉的一族
再添上一名；她担心的首先是
　公爵夫人的魔力不太好应付，

其次是怕她和普兰塔金内特
吵起架来(他看来确实在恼火)。

六三

谁都知道公爵夫人最会耍心机,
　　在情场上不惜采取卑鄙的手段,
她是那种纠缠不清的狐狸精,
　　对姘头撒起娇来可没有个完;
要是无事可吵,她也会找个碴儿,
　　叫你每天快快活活地不得安闲。
她是忽冷忽热,迷得人不好受,
而且最糟的是,决不把你放手;

六四

足能把年轻人弄得神魂颠倒,
　　或者终于把他变成一个维特①。
所以,难怪好心人最担心男友
　　受到女人的这种贞洁的笼络:
倒不如干脆结婚,或者死也好,
　　何必拿一颗心任女人去折磨?
三思而后行吧!在热劲冲头前,
想想你这桃花运是否真合算!

六五

起初,她出于热诚(那颗心确实
　　不懂得弄玄虚,至少自居清高)

---

① 维特,见《第六、七、八章序言》360页注②。

不时地把她的丈夫拉到一边,
　　叫他劝劝唐璜。亨利带着微笑
听他的夫人如何真心地打算
　　要把唐璜救出那美人的圈套。
但他呢,像个政治家,或像先知,
他的回答使她摸不清怎么回事。

六六

他始而说,"他除了皇家的机要,
　　别人的闲事一概不想去干预。"
继而说,"他不愿从表面看问题,
　　要判断这种事必须要有根据。"
三则呢,"唐璜的主意比胡子多,
　　他绝不至于被裙带牵住鼻子。"
第四是,这是不必重复的格言:
"给人以忠告从来结不了善缘。"

六七

因此,无疑是要把上一句格言
　　证实一下,他劝他的夫人最好
听局中人的自便,别多管闲事,
　　至少不要让人感觉她越俎代庖;
他说年轻人很少自愿做苦修僧,
　　唐璜的青春毛病自有时间治疗,
何况阻挠不成,会使人更受吸引——
但这时,差人送来了一封公文;

六八

亨利勋爵是所谓的枢密顾问,
　因此要办公事必须去到书斋,
一批档案有待于将来的史家
　详细记述他怎样削减了国债;
这全部内容我不便予以披露,
　因为我还不知道呢,请别见怪;
但我将把它作为简短的附录
在本诗之后和索引之前公布。

六九

在走开之前,他又添了一两句
　小小的指点,和烂熟的亲热话,
那是由交际场铸出的流通币,
　虽已陈旧,却还没有更好的可花。
接着他打开函件,匆匆看两眼
　就走出,又顺便在门口吻吻她,
但那种吻不像是给年轻的妻,
倒像吻着老姐姐那么不在意。

七〇

他是个冷淡、善良而正直的人,
　骄傲于他的门第和他的一切,
在国务会议上算得一个好大臣,
　那仪表又适于率领百官的行列,
在为帝王祝寿时,佩上金星绶带,
　高大而庄严,使圣上看得心悦。

这才是宫廷重臣的典范!若是我
做了皇帝,也要给他这个官做。

七一

但从整个看来,他有一点缺陷,
　　至于缺的什么,我也说不出来,
可能是美丽的女人所称的灵魂——
　　肯定不是肉体;因为他的身材
匀称得像白杨,笔挺得像杆子,
　　人能有这种相貌实在很精彩;
无论是遇到战争或谈情说爱,
他都使自己保持着垂直状态。

七二

不过我说过,他仍然有一点缺陷,

一种难说明的"我不知道是什么";
我所知道的只是:也许在古代
　　就是这引出了荷马的《伊利亚特》,
使海伦①离开了那斯巴达人的床
　　而去到特洛伊的。其实就大体说,
墨涅拉俄斯远优于那个鞑靼人,
　　但有些女人就这样背叛了我们。

七三

这真是一件使人们纳闷的事,
　　也许我们得像泰利西阿②那般,
亲身由男变为女,或由女变男,
　　才能知道异性愿意怎样被爱恋。
感官之乐暂时把我们联系起来,
　　而多情的心灵则毫无所感,
若把这两者合在一处,
　　那半人半兽的怪物谁也难于驾驭。

七四

异性总是在追求一种使心灵
　　面面都惬意的东西;唉,这真难!
怎样能填满那心灵之空虚呢?
　　问题就在此:这正是女人的缺陷。
脆弱的小船没有一张航海图,

---

① 海伦,《伊里亚特》中的人物。见第四章七八节注。
② 泰利西阿,据希腊神话,泰利西阿是一牧人,因踩蛇变为女,七年后再踩蛇而变为男。因此,当大神尤比特及其妻约诺关于男女爱情谁享乐较多一问题有争论时,他们即找泰利西阿去评判。

只凭风浪东吹西吹,漂流向前。
而在饱经震动后,她们靠了岸,
可怪的是,那多半是岩石一片。

七五

据说有一种花叫"闲情爱意花"①,
　　它开在莎翁的永不谢的亭园中
(我也不愿把他那伟大的描述
　　加以歪曲,以致冒犯他的天灵;
除非被韵律逼得我走投无路,
　　不得已而把他的一花一草触动)。
我很想学卢梭的榜样,叫一声:
"那是长春花!"②但这儿的花不同。

七六

有了!我懂得了!莎翁所说的花
　　并非指爱情是闲散得不带劲;
而是说在爱情中,闲散是一个
　　好帮手:我这样猜也不无原因,
因为"忙碌"一直是一个坏媒婆,
　　你们的忙人难得有机会谈心;
在今天,忙于淘金的阿葛③船员
已不再把美狄亚载运到家园。

---

① "闲情爱意花",见莎士比亚《仲夏夜之梦》二幕一场。
② "那是长春花!"引自法国作家卢梭的小说《新爱洛绮丝》(1761)。
③ 阿葛,见第一章八六节注。

七七

荷拉斯说过:"闲散的人有福了"①,
　　诗人的这句话我却不敢同意;
他还有句话:"由交游而知其人"②,
　　也许更合乎劝人为善的旨趣;
不过,连那句话有时也太过分,
　　除非良师益友能长久不分离;
所以,我甘冒大不韪,这样提出:
不管贵贱,有事做的才最幸福!

七八

亚当宁可舍弃乐园而来种地,
　　夏娃呢,则用无花果叶缝衣裳——
这是教会从知识之树所接受的
　　最早的知识,至少我理解是这样。
自从那以后,也无需旁征博引,
　　男人,尤其是女人的大多数悲伤
都是起因于没有把一些时间
好好利用,以备后日安享余年。

七九

因此上流人士的生活往往是
　　可怕的空虚,一串欢乐的痛苦,
每个人得变着花样折磨自己。

---

① "闲散的人有福了",引自荷拉斯的抒情诗。
② "由交游而知其人",拉丁谚语,不是荷拉斯的话。

由诗人去歌颂"满足"吧!而"满足"
若是翻译出来,就是腻得败兴,
　　因而产生了感情的不幸事故:
忧郁症呵,蓝袜子呵,言情小说
被依样画葫芦地搬进了生活。

八〇

我敢赌誓,我读过的言情小说
　　从来不如我亲见的风流韵事,
假如我把目击的都写了出来,
　　世人也不会相信是实有其事;
我倒也没有这么打算,我知道
　　有些细节顶好不要公之于世,
特别是当它看来有点像说谎;
所以,我讲的只是概括的情况。

八一

"一只牡蛎也会单恋呢。"①为什么?
　　因为它总闷在壳里无事可做,
有时在海底寂寞地叹一口气,
　　和关在禅房的修道僧差不多。
谈到修道僧,唉,他们虔敬的心
　　总觉得和懒散的生涯不适合;
因此,用天主教教义培养的蔬菜之类
总是特别容易退化枯萎。

----

①　"一只牡蛎也会单恋呢",引自谢立丹戏剧《批评者》第三幕。

736

八二

韦伯弗斯呵!你黑世界的救星!
　　你的功绩真是笔墨难以形容;
阿非利加的华盛顿!你以一击
　　使一个巨大的魔影无影无踪。
不过还有一件小事要麻烦你
　　找个好日子动动手,也好纠正
那另一半世界的世道人心;
　　你解放了黑奴——但请关住白人!

八三

关起那秃顶的暴徒亚历山大!
　　把那"神圣的三位"①当黑奴卖掉!
要教给他们"己所不欲,勿施于人",
　　问问他们当奴隶是什么味道?
把每个高贵的玩火英雄关起来,
　　他们吞火不收费(因为给钱太少);
关起——不,不关国王,要关御花园,
不然又要浪费我们几百万元!

八四

关起全世界吧,但把疯人放出来,
　　其结果呢,你也许会吃惊地看到
世道照常运行,和如今自称为

---

① "神圣的三位",指"神圣同盟"俄、普、奥三国的国君。俄国沙皇亚历山大一世即其中之一。他们是镇压各国革命运动的刽子手。

头脑健全的人治理得不差分毫。
只要人类有丝毫理性,我就可以
　　证明这话绝不是胡诌;但在得到
那样的杠杆以前,唉!我只好也
像阿基米德①,掀不动这个世界。

八五

我们温和的阿德玲有一个缺点:
　　她的心虽然是一座华丽的大厦,
却空虚;她的品行所以白璧无瑕,
　　因为她还没看到什么能占据它。
一颗摇摆不定的心可容易触礁,
　　当然啦,它不及坚强的心有办法,
但若是后者自取灭亡,那就会
使内部像地震一样,整个坍毁。

八六

她爱她的夫君,至少自觉如此;
　　但那种爱情是她有意的努力,
好像推石上山,凡是感情逆着
　　本性而为时,那总是一种苦役。
但夫妇间没有吵嘴或者风波,
　　她没有什么可以抱怨或挑剔;
他们的结合使大家无不称颂,
又安恬又高贵——只是有些冰冷。

---

① 阿基米德(纪元前287—前212),西西里数学家。他有一句名言:"给我一个支点,我就可以掀动地球。"

八七

他们的年龄差别不大,但脾气
　　却很不同,不过他们从不冲突,
就像同属一个星系的两颗星,
　　或者像罗纳河水流过莱蒙湖①:
只见河水汇合湖水而又有别,
　　它自成一条蓝色的急流冲入
那安详、沉静、平滑如镜的湖面,
静得像要把河水这孩子催眠。

八八

如今,既已对什么发生了兴趣,
　　无论她怎样骗自己没有心病——
说她的用意是最崇高、最无私,
　　热烈的关注可是危险的事情。
好感的程度不是人能预料的,
　　而且它越来越多地涌进她心中,
特别是起初她对他的心意很淡,
那印象就更涌来得毫无忌惮。

八九

到了这时候,她又有双重性格
　　在作祟:这魔鬼也有双重命名:
对于英雄呵,帝王呵,航海家呵,
　　若是成功了的话,就叫它"坚定",

---

①　莱蒙湖,在瑞士,即日内瓦湖。

但也可能当做"顽固"加以斥责,
　　假如那人物已没有福星照命。
连道德评定家也难以定规
这种玄虚的品德的正确范围。

九〇

假如拿破仑胜了滑铁卢之役,
　　那就是"坚定";但如今他是"顽固"。
难道这一切全凭事态来抉择?
　　究竟怎样做是对,怎样是错误?
假如人能辨明它,我倒想请教
　　贤明的读者把这界线给划出。
我现在只不过是谈到阿德玲,
因为她也算得一个巾帼英雄。

九一

她不理解她的心,我又怎么能?
　　我想,她那时并没有爱上唐璜;
若果爱的话,她也有足够的毅力
　　避开这陌生的冲动而安然无恙。
她对他只是感到普通的同情
　　(我不想说那是真的还是假装),
因为她认为这异邦人身临险境:
这是他们的朋友,又陌生而年轻!

九二

她是他的朋友,至少自觉如此,
　　这里绝不掺杂那友情的喜剧——

风流的柏拉图主义;可叹有人
　　从法国或德国学会了男女交谊,
就常常被它引到"纯洁的"一吻!
　　但阿德玲可不致像那些士女
那么糊涂:她只尽女人的本性
保持一种男人对男人的友情。

九三

毫无疑问,异性之间具有吸力,
　　好似在亲族间,一种骨子里隐晦
而表面纯洁的感情植根于血缘,
　　使这种亲昵关系更和谐而优美。
老实说,若是能不受情欲的干扰,
　　而你的心意也完全被对方领会,
那世上真没有什么比得过女友,
又何必非要谈情说爱,自找罪受?

九四

爱情本身就含有"无常"的因素,
　　唉,论它的本质怎能不是这样?
凡激烈的事物总是转瞬即逝,
　　这也可见于一切自然的现象。
最狂暴的事物怎么能稳固呢?
　　谁想看电闪不断地闪在头上?
我想,爱情的名称就足以说明:
既是"温柔的感情",就不能坚定。

九五

唉,据我了解,凡情海的过来人
　都对自己的钟情有些儿悔恨,
这也难怪,本来就是这种情热
　把所罗门也变为可笑的蠢人。
我也听到某些太太有口皆碑,
　真是贤妇的典范(别忘了婚姻
可以使生活最苦涩或最甘美),
却至少使两个人一辈子受罪。

九六

我也看到有些女友(说来奇特,
　然而当真:有机会我可以证明),
不管你命途多舛,哪怕在海外,
　她们却忠贞不渝,远胜过爱情;
当我受到迫害时,她们并没有
　疏远我,也不为流言蜚语所动;
不管社会这毒蛇怎样响蛇尾,
她们仍为我而战斗,至今不辍。

九七

至于唐璜和那贞洁的阿德玲
　在哪一种意义上做成了朋友,
我想最好留待以后再去探究;
　而目前,我倒高兴找一个借口
把这事悬起(因为这样效果好),
　叫担心的读者急得抓耳搔首。

这是最好的办法使书和女人
好像装上诱饵,到处勾引神魂。

九八

至于他们是骑马呢,散步呢,还是
　　学习西班牙文以便阅读《吉诃德》,
结果使其他的乐趣退避三舍,
　　以及他们的谈话是所谓的"亲热",
还是高雅的呢,这都得下回分解,
　　也就是要留待第十五章再说。
那时我多半要写些中肯的话,
　　使读者知道我也自有我的才华。

九九

最重要的是,我请求所有的人
　　先不要对后来的事妄加揣测,
那样只会对这位美人和唐璜
　　生出误解来,特别是对于后者。
在这篇讽刺的史诗中,我决心
　　以比过去更严肃的态度写作。
目前还看不出阿德玲和唐璜
　　会沉沦,假如会,那可是场灾殃。

一〇〇

但大事起于细因:您可会想到
　　在我们年轻的时候,那种能把
男人和女人带到毁灭之边沿的
　　危险的感情,起因竟如此浮泛?

谁想得到就是它,居然也促成
　　一段浪漫的儿女情长的佳话?
您绝猜不出,我敢拿百万打赌:
那都是由一场台球戏而引出!

一○一

多奇怪! 但千真万确;因为现实
　　总是很离奇的,荒诞甚于小说。
要是真能把它写出来,小说界
　　将大放异彩! 而世界也会显得
迥异其趣,你会看到多少美德
　　和罪恶对换位置! 旧世界的景色
原不逊于新世界,只要有哥伦布
能给指出人心背面的新大陆。

一○二

那时就会发现在人的心灵上
　　净是荒凉的沙漠和黝黑的洞!
显要的人物都以自私为中心,
　　他心灵的北极更有多少冰层!
十之八九都是吃人的野兽,
　　反而把王国掌握在他们手中!
假如凡事都有它正确的名目,
恺撒也必会把"荣誉"当做耻辱。

第 十 五 章[①]

一

唉！——我把该接续的话竟忘记了；
　　但不管下面我要说的是什么，
总不失为前瞻或回顾，也和那
　　失踪的游思不招自来差不多。
我们的生活脱不掉一声感叹：
　　或"唉！"以示悲苦，或"噢！"以示快乐，
或者"哈哈"一笑，接着打个呵欠，
　　不然就是"呸！"——也许这倒最自然。

二

但事情倒更像一阵昏迷，
　　或一声痛哭——多少是热情的征象，
和厌腻恰恰相反，因为一旦腻了，
　　我们希望的泡沫就破灭在大海上。
啊，大海用水画出了永恒的轮廓，
　　或者永恒的缩影（我是这么想）；
它能使我们感到心灵的喜悦，
　　因为看到了那不可及的境界。

[①] 写成于一八二三年三月，于一八二四年三月发表。

三

而这一切都胜过闷气不吭声,
　让一口怨气留在腑肺间变腐,
脸上永远戴着若无其事的面具,
　把天性变成了矫揉造作的艺术。
没有人敢于明说什么是最好
　或最坏;"虚伪"总是把一角留出
为她自己;因此,荒诞不经的事
反而到处通行,很少受到驳斥。

四

唉,谁能明说呢？或者,不必明说,
　谁能不记得自己热情的受挫？
连以酒浇愁、忘记一切的醉鬼
　次晨对镜,还是看到一个愁魔。
他白白在忘川里浮游了一阵,
　却无法把他的心悸或悲哀沉没;
他手中的红宝石酒杯饮到底,
给他留下了时漏最坏的沙粒。

五

而至于爱情,噢,爱情！——我们又得
　提一提阿德玲·阿曼德维夫人,
这好听的名字谁不愿意读它？
　无怪我的诗笔也频增了谐韵。
在芦苇的叹息中有一种天籁,
　在溪水的奔流中有切切低吟,

只要你知音,万物都含有音乐,
地球不过是天体的一个音阶。

六

可敬的阿德玲夫人谁都景仰,
　　现在却有点不太可敬的危险;
因为异性大多是意志不坚定,
　　唉!事实如此,我竟也无法偏袒。
她们像斟出来的酒,大不同于
　　瓶上的标签;这是我妄自论断,
绝不打赌:而有时候,女人和酒
都乱掺和,除非是年代悠久。

七

但阿德玲是一种最纯的佳酿,
　　或从未掺和的美酒,而且看来
灿烂得像新铸出的拿破仑币,
　　或者像嵌金的钻石那么光彩,
这一页使"时光"不敢印上岁月,
　　因此"自然"也可能不向她索债
(惟有这个债主才真正好运气:
凡是欠它的没有一个还不起)。

八

死神呵!债主中最逼人的债主!
　　你天天在叩门,起初敲得还轻,
好像小商人来到了豪门富户,
　　想借暗道遇上神气的负债人,

可是常碰钉子,终于不耐烦了,
　　就气急败坏地把门敲个不停;
假如放进来,你就分文不可少,
不付现钱,也得给银行的支票。

九

无论你拿去什么,请暂且留下
　　可怜的美色吧!她是稀世之宝,
固然有时她偷偷地有违闺范,
　　但岂不因此你更该稍存厚道?
瘦骨嶙峋的饕餮者呵!你掠去
　　多少邦国,也该稍稍讲究礼貌:
所以,请压一压女人的一般小病,
尽管抓走英雄吧,随老天高兴。

一〇

美丽的阿德玲既然感到兴趣
　　(如人们所说),就会变得更坦率,
因为她不像某些人一见倾心,
　　高贵的教养使她不屑于表白
这种感情(这一点现在不必提),
　　她只无邪地把头和心献出来
以充实她认为是纯洁的情谊,
要是对方也值得她这番心意。

一一

唐璜过去的历史也曾被"谣言",
　　那活的公报,加以歪曲地传播;

她虽有耳闻，但女人对这些过失
　　可比严厉的男人较为心平气和。
而且，自到英国以后，他的行为
　　更端正了，也更见出男人的气魄。
因为他和阿尔西拜阿底斯①一样
　　无论到哪里，都学会了适应情况。

一二

他看来好像不急于勾引女人，
　　因此那仪态就更是潇洒风流；
没有一点矫揉造作，顾影自怜，
　　或纨绔子弟情场卖弄的派头；
自我炫耀终于使人一览无余，
　　他绝不以爱神自居，像在夸口：
"谁能拒绝我的魅力？"这成全了
花花公子，可并不是做人之道。

一三

人们错了——那样做是不对头的；
　　假如他们说实话，就可以证明。
但不管对或错，唐璜可不这样，
　　事实上呢，他有他独特的作风：
很诚恳——你绝不会怀疑这一点，
　　至少当你对面听着他的话声。
魔鬼怎样也找不出一支利箭

---

① 阿尔西拜阿底斯，纪元前五世纪的希腊将军和政治家。据普鲁塔克记载，他改变行为比变色龙变色还容易。在斯巴达，他爱好锻炼身体，饮食简朴，生活谨严。在亚细亚，则喜爱奢侈，寻欢作乐。

能比甜蜜的音调更钻人心坎。

一四

他天生温存,一开口就能扫除
　你的疑心;虽然他并不是胆小,
他注意的是把自己保护起来,
　而不是让你提防他的什么花招。
也许我这么说并不十分正确:
"谦虚"本身就是它自己的酬报,
和美德一样;只要不是自命不凡,
那将来的好处这里可说不完。

一五

他安详,教养好,明朗而不张扬,
　能奉承人而又不显得是奉承;
对在场人的弱点看得很精细,
　但在谈吐中绝不透露这一层。
遇见骄傲的人他也毫不示弱,
　但做得礼貌,让对方知道他胸中
有数而已:他不愿和人争长短,
既不居人下,也不对人使气焰。

一六

那就是说,对男人如此;对女人,
　他就凭她们任意想他是什么,
好在她们的想象力十分丰富,
　只要外貌的轮廓大致看得过,
她们就给涂满了色彩,——其实呢,

智者一语即足。无论什么景色，
一经她们的幻想渲染，那必然
要比拉菲尔①的"变容图"更灿烂。

一七

阿德玲看人不能够入骨三分，
　　却爱以想象的色彩给人涂上；
好人常常可爱地犯这类错误，
　　连智者也难免：这已屡见不爽。
经验固然是大哲学家，但他的
　　处世术说穿了实在不怎么样。
受迫害的圣贤常常自以为智，
竟叫人忘记有蠢人存在于世。

一八

伟大的洛克②、培根和苏格拉底呵，
　　我说的可对？还有你，神圣的基督！③
你的命运岂不就是被人类误解，
　　你纯净的教义成了万恶的掩护？
你救的世界只落得给盲从的人
　　来糟蹋，这可算酬报了你的劳苦？

---

① 拉菲尔(1483—1520)，意大利画家。他画有许多圣母像。
② 约翰·洛克(1632—1704)，英国哲学家。
③ 既然这时代应该避免模棱两可，我要说我所谓"更神圣的人"是指基督(译文中已照此译出。——译者)。如果能说上帝是人，或人是上帝，那么他是二者兼备。我从未责备他的教义，而是责备对它的滥用。甘宁先生有一天引证基督教来为黑奴制辩护，而韦伯弗斯先生无言以答。难道基督是为了使黑人受难才被钉上十字架的吗？如果是这样，他最好生为黑白混血儿，以便给两种肤色以同样的自由权或至少是同样得救的机会。——拜伦注

这种可悲的事例真是一言难尽,
只好请各族人民扪扪自己的心。

一九

我在景色万千的生命大海上,
　　只择了一个卑微的海峤栖身,
我不大注意人们所谓的荣誉,
　　而是着眼于用什么材料填进
这篇故事里,也不管是否合辙,
　　我从不搜索枯肠,作半日苦吟;
我的絮叨就好像是我在骑马
或散步时,和任何人的随意谈话。

二〇

我不知道在这种乱弹的诗中
　　是否能表现多少新颖的诗才;
但它却颇有谈锋,可以使读者
　　每次消磨一小时还感到愉快。
无论如何,在这篇毫无规律的
　　韵律中,你不会看到一点媚态;
我只凭意兴之所至,写出那
浮现在我脑中的旧事或新话。

二一

"马索总想把话说得面面俱到,
　　但有时说得好,有时说得平常,

有时说坏。"①第一点凡人办不到；
　　说好话倒需要，不管你是悲伤
还是快乐；说平常话则大不易，
　　至于坏话呢，那是我们天天讲，
也天天听的，——把这一切合起来，
就是我的缪斯想端给您的大菜。

二二

一个卑微的希望！——但谦卑本是
　　我之所长，一如骄傲是我的短处。
我要扯下去了：我原想把这篇诗
　　写得很短，但如今确难以揣度
它要泛滥到哪儿。无疑地，如果我
　　想迎合批评家的口味，或者欢呼
任何一种专制的夕阳，那我就会
大大删节，——但我生来偏爱反对。

二三

而且总是爱和弱者站在一边；
　　因此我确信：在今天颐指气使
骄傲不可一世的人，如果垮台，
　　因为"每只狗都有得意的日子"，
虽说起初不免惹我嘲笑一番，
　　我终必又要转个向，重新誓师，
一变而为极忠诚的保皇党人，
因为民主派做皇上也遭我恨。

----

① 开头的引语取自罗马诗人马希尔的警句。

二四

我想我会当一个像样的丈夫,
　　若不是我被人看出过于优柔;
我想我会矢志做一个修道僧,
　　若不是被我特有的迷信所掣肘;
我本不该苦苦地来舞文弄墨,
　　让韵律碰破了我和普利申的头①,
更不该扮起诗人这个丑模样,
若不是有人叫我别搞这一行②。

二五

但随它去吧。我要歌唱的是骑士
　　和淑女,照这时代所显示的那样;
初看来,这似乎无须由朗吉那斯③
　　或亚里士多德给以翱翔的翅膀,
问题只在于要以自然的彩色
　　来描绘出不自然的习俗和风尚,
当然还要不失其正当的比例,
并且使特殊具有普遍的意义。

二六

不同的是:在古代,人造成风尚,

---

① "碰破了……普利申的头",指违背文法法规。普利申是六世纪的著名文法家。
② "若不是有人叫我别搞这一行",一八〇八年《爱丁堡评论》上登载布鲁阿姆对拜伦最早的诗集《闲散时刻》的评论,其中说到要劝拜伦"从此放弃写诗而把他的巨大的才能和巨大的机缘用于较好的地方"。
③ 朗吉那斯,见第一章四二节注。他和亚里士多德是欧洲公认的诗学大师。

而今是风尚成了造人的模子,
全社会像一群被管束的绵羊,
　人人都得被剪毛,谁能免于此?
这当然会使作家们感到寒心,
　因为他们或则被迫重写一次
那已被前人精彩写出的古昔,
或者就拟今,写着乏味的表皮。

二七

我们将据此尽力而为,——前进吧,
　缪斯!如果不能高飞,就拍翅膀;
庄严不了,就耍花腔或板起脸,
　像要人所发的文告就是那样。
我们总会找到值得探讨的东西,
　须知哥伦布的船也并不堂皇:
他凭着小桅船而发现新世界,
那时美洲不过是原始的林野。

二八

好心的阿德玲越来越感觉到
　唐璜的优点和他危险的处境;
总之,她对他有着强烈的关怀,
　也许是由于一种新鲜的感情,
也许由于唐璜的天真的做派,
　可叹天真最容易被作派勾引!
她开始思索拯救唐璜的办法,
因为女人行事从不中途作罢。

二九

她对忠告颇为热衷,就像有的人
　　经常把它白送,同时也无偿收进,
尽管这种货物有时代价极高,
　　它的市场价格仍旧是"毫不感恩"。
她把唐璜的事情想了两三遍,
　　最后决定:对道德最好的环境
就是结婚;这个议案一经通过,
她就正式劝告唐璜娶个老婆。

三〇

唐璜对这意见极为尊重,他说:
　　"男大当婚,女大当嫁"本极合理,
不过,在目前,有鉴于他的情况,
　　对这种事情还不能操之过急。
因为从他来说,还不见有一个
　　意中的人,也不见有谁对他中意。
而且,每当他找到一位可以成婚,
却不幸发现,她已经早嫁了人。

三一

女人对做媒这件事最爱插手,
　　首先当然为自己找一个婆家,
以后就忙女儿,弟妹,远亲和近邻,
　　好像把书本都得依次排上架。
其次呢,就要张罗一般的婚姻
　　(股份公司敛财也是这般做法);

当然这不算是罪过,恰恰相反,
她们的动机正是防患于未然。

三二

我还没有见到一个贞洁女人
　（当然未婚的小姐,不嫁的情妇,
或已婚而反对结婚的人除外）
　不是经常在脑中描绘着一幕
两位一体的结婚生活的戏剧,
　而且结合得极严,无论在床铺
或餐桌,好似戏台要严守三一律①,
　虽然结果不是闹剧就是哑剧。

三三

这种家庭往往有一些座上客,
　如不是独生子,就是一笔财产
惟一的继承人,或是名门之后,
　无论严肃的乔治,快活的约翰,
正虑后继无人,那高贵的世系
　眼看要完,除非用婚姻来扭转
这情况以及他们的道德;而况
　主人又有一批现成的待字姑娘。

三四

从这一批里他们会细加选择,——
　有的要阔小姐,有的要模样俊,

---

①　三一律,见第一章一二〇节注。

有的要一个看得过的女歌者,
　　有的要能操持家务的就称心;
有的碰上了无法拒绝的猎手,
　　她惟一的成就就是她的战利品;
又有的只为女的亲戚是权贵,
还有的因为她为人无可厚非。

三五

在美洲,拉勃开辟了一个和谐村,
　　他的和谐村却禁止男女结婚,①
(可怪那村子蓬蓬勃勃,毫无差错,
　　人的"性之所好"的天然的放任,
受到了可悲的"入不敷出"的遏止,
　　因为它按照物产多少而添丁;
为什么把婚姻甩掉才叫"和谐"?
这准会问得那神父无以自解。

三六

因为他所以要婚姻与和谐离异,
　　不是嘲笑和谐,就必是讽刺婚姻,

---

① 这个德国人在美洲的特殊而兴旺的殖民点并不像"震教徒"似的完全排斥婚姻,而是限制它以防止在一段岁月内的出生率超过定额。这种出生(据赫尔姆先生说)一般地"像农夫的羊群一样,多半是成小群的在同一个月份里来到"。这些和谐派(此名来源于他们的村名)据传是非常兴旺、笃信而安详的人。可参见近来论美洲的著作。——拜伦注(这里说的德国人是乔治·拉勃,他后来移居美国,于一八〇三年在宾夕法尼亚州创立了一个宗教团体,叫"和谐派",由德国移民组成,他们所居住的地方就命名为"和谐村"。拜伦在此注中提到的"震教派"原是英国贵格会的人,后来也移居美国,于一七七六年由安·李和另外八个人在离纽约不远的地方建立了一个震教派的村落。在拜伦写此诗的一八二〇年,震教派又扩充到印第安纳州一带。他们是主张独身禁欲的。——译者)

不知他是否在德国学的这一套,
　据说他那教派的道理可是很深,
比我们这儿的都更纯洁而虔敬,
　虽然是我们这些教门繁殖更甚。
我反对他的名称,而不是那教规,
尽管我奇怪它怎能持久而不辍。

三七

但和拉勃相反,也不管马尔萨斯,
　我们却有些热心赞助生育的太太,
她们是婚姻艺术的教授,对"繁殖"的
　雅致的一面无不加以热情的关怀,——
老实说,这儿繁殖的速度真是拼命,
　以至那产品的半数都想移往国外!
这都是热情和马铃薯所造的孽,
就是它们难住了我们的经济学!

三八

阿德玲有没有读过马尔萨斯?
　我不知道;但愿她读过。他的书
是第十一诫,那意思我理解是:
　"汝勿婚配",除非是配上了富户。
当然我并不想讨论他的见解,
　也无意推敲这大作家的意图:
但无疑,他叫人走上禁欲之途,
或者要把男女结婚变为算术。

三九

也许,阿德玲认为唐璜能养家,
　　或能另起炉灶,假如夫妻反目。
本来这种事情是在两可之间,
　　经常是:新郎"新"不了几天工夫,
总会在结婚之舞中稍稍后退
　　(这对画家倒是个新鲜的题目
堪与霍尔本①的《死亡之舞》并列:
本来这两种舞没有什么差别);

四〇

但阿德玲已在自己的脑中决定
　　给唐璜结了婚:这对女人倒足够;
可是和谁呢?和贤明的书虫小姐?
　　生硬小姐?缺陷小姐?不然和风头
小姐,男人通小姐,或金褥两姊妹?
　　但她觉得唐璜应有较好的配偶,
当然这些婚配也都说得过去,
只要上好发条,也会像表走下去。

四一

有一位池塘小姐是个独生娇女,
　　平静如夏日的海,真是女性楷模!
她像凝乳一样安详,——但若撇一下,
　　多半会有酸奶和水翻上泡沫,

---

① 霍尔本(1497—1543),德国画家。

而且底下仿佛蓝绉绉,但这又
　　算了什么?只有恋爱才暴烈如火!
而婚姻的岁月总应该极力安详,
何况它患结核,正好以牛奶调养。

四二

有一位招惹人的暴发户小姐,
　　又阔又泼辣,打扮得非常俊俏,
她倾心于一颗金星或蓝绶带,
　　但不知是否英国的公爵极稀少,
还是她没有弹对意中人的心弦,
　　我们的贵族一个也没有被抓到;
结果她迷上了一个外国小兄弟,
是俄国还是土耳其——这倒没关系。

四三

此外还有——但我何必提个没完,
　　若是没有一位能够拿来撮合?
不过,确实有位仙灵般的小姐,
　　出身高贵,又比一般贵人好得多;
那是奥罗拉·瑞比,一颗新的星,
　　人世有她来照耀只嫌太生色:
这真是一块未经雕琢的美玉,
或含苞未放的玫瑰,鲜艳无比。

四四

她富有而高贵,然而是个孤儿,
　　一直受着善良的保护人的扶养,

但她的脸上仍带着孤凄的神态:
　　唉,骨肉究非等闲! 那已被死亡
剥夺的亲人和感情哪里去找?
　　可叹我们活下来只为伴着凄凉
在举目无亲的高楼里慢慢枯凋,
而我们的至亲之情已埋在荒郊。

四五

她年纪弱小,容貌更显得幼稚,
　　然而在她那忧郁的、像天使般
闪耀的目光里,却有一种庄严,
　　她焕发着青春,深沉而又光灿;
仿佛她处于时间之外,在怜悯
　　人的衰亡,为人的堕落而悲叹,
又仿佛她是坐在伊甸的门旁①,
为了别人的不能复返而哀伤。

四六

她还是个天主教徒,虔诚,严峻,
　　尽她温柔的心所允许的程度;
那衰落的信仰受到她加倍支持,
　　也许正是因为它衰落的缘故。
她的祖先曾骄傲于他们的业绩
　　名震万邦,而且从不使自己匍匐
在异教之前;她既然是最后一枝,
这种门风和信仰她也严谨保持。

----

① 伊甸,《圣经》中亚当和夏娃在被逐以前居住的乐园。

那是奥罗拉·瑞比,一颗新的星。

四七

她看着一个她不太懂的世界,
 　　因为她原不想懂它;和花一样,
她静静地生长,沉默而又孤独,
 　　在自己的园地里过得很安详。
人们对她的爱慕混合着敬畏,
 　　她的心灵好似殿堂中的女王,
远离人群;它坚强得足以自持,
可怪这么小小年纪就能如此!

四八

事情竟是这么巧:在阿德玲的
 　　芳名录中,奥罗拉恰好被漏掉,
实则无论以门第或财富而言,
 　　她在那群丽人中都名列前茅;
她的美似乎也不该成为问题,
 　　我想人们看了她的容貌,
更会觉得她的优点齐备,
值得绅士们来把良缘匹配。

四九

这种漏掉就像泰勃瑞阿不准
 　　布鲁塔斯的胸像在仪仗队中

出现一样①,使唐璜不由得奇怪,
　　他就半真半笑地提到这一层。
而阿德玲对这问题的回答呢,
　　带着厌恶、至少是高傲的神情:
她不懂"那个冷淡、呆板的娃娃
有什么优点能叫唐璜看中她。"

五〇

唐璜说:"她比较合适,因为和他
　　信仰相同,也是一个天主教徒;
他相信他的母亲将会很难受,
　　教皇也会把他驱逐出教,假如——"
但阿德玲这时打断他,她好像
　　特别自诩能有独特见解灌输
给别人似的,又把自己的高见
照旧一字不移地说了一遍。

五一

为什么不呢? 一个有理的理由
　　假如是好的,重复一下不会变坏;
假如是坏的,最好的方法是把它
　　不断申述:言简意赅才使你失败!
而不厌其烦地说个没完,就准能
　　说服一切人(连政治家也不例外),

---

① "泰勃瑞阿不准布鲁塔斯的胸像……",史家泰西塔斯的《罗马编年史》中记载:在为布鲁塔斯的姐妹朱尼亚和凯西阿斯的妻子(布鲁塔斯和凯西阿斯是谋杀凯撒大帝的人)举行送葬仪式时,泰勃瑞阿皇帝不准布鲁塔斯和凯西阿斯的胸像在亲属遗像的仪仗队中出现,因而使得这两个人更显眼了——因其不在而显眼了。

765

这也就是说,叫人听得太心烦。
但只要达到目的,何必管手段?

五二

为什么阿德玲竟然有点偏激,——
　　这的确是偏激,——对一个纯洁得
无可怪罪的人,而且论体态、面貌,
　　又如此妩媚的人,竟有点冒火?
唉,这对我真是一个难解的谜,
　　因为阿德玲的天性本来很洒脱;
但天性总是天性,它任性起来,
我可没有办法能一一解释开。

五三

也许她不喜欢奥罗拉的冷静:
　　本来,对浮华世界的这些泡沫
像她这么年轻就该赞赏不已;
　　世人,也包括女人,我们可以说,
感到最难忍受的,莫过于发现,
　　他们的天才受到如此的冷漠,
像恺撒对待安东尼①;因为有少数人
却以认真的态度来看他们。

五四

　　她不是羡慕——阿德玲一点也不,

---

① "像恺撒对待安东尼",在莎士比亚《麦克白》剧中,有一段话说:"在他的手下,我的天才受到申斥;据说马克·安东尼的天才也曾被恺撒申斥。"(《麦克白》三幕一场)

她的地位,她的心,使这不可能;
也不是轻蔑——请想吧,她的缺点
　　顶大不过是叫人抓不着把柄;
也不是嫉妒,我想——但我们最好
　　别把人类的这种鬼火来追踪:
她也不是——唉,我本不必这么啰嗦,
但说"不是"比说"是"要容易得多。

五五

奥罗拉想不到自己成了话题,
　　虽说她当时也正在那里做客;
那场合真好像是锦绣青春的
　　灿烂之川,而她就是其中的一波,
虽然美丽和纯洁无污,也必流逝,
　　在起浪处也会被时光照得闪烁。
假如她知道这事,她会淡然一笑,
因为她稚气太多——同时又太少。

五六

阿德玲的光艳和凌人的气派
　　没有迷住她的眼睛;在她来看,
她的华彩不过是萤火,而她要
　　朝星空去追寻更崇高的光线。
只有唐璜她还猜不透,因为她
　　对于方外的世界还不会占算;
不过,她也没有被这流星的光
所炫惑,因为她从不惑于表相。

五七

至于他的名声呢,因为他确有
　　那往往能叫女人上当的名声:
那是一团光荣之火,由半损的
　　美德和完整的罪恶混合而成;
错误越出了常规才叫人神往,
　　愚蠢打扮得光彩也引人入胜:
但她的蜡上并没有留这些印痕,
她的冷峭或自持是如此惊人!

五八

唐璜从没有见过这样的性格——
　　她不凡,但不像他那失去的海黛,
她们在各自的世界里闪着光辉;
　　那海岛的姑娘生于孤寂的大海,
她完全是自然之子,天生热情
　　甚于沸腾的海,却也赤诚、可爱;
但奥罗拉的特点完全不是这些,
她们像鲜花和宝石那样有别。

五九

在弄出这么一个伟大的比喻后,
　　我想我们可以把故事叙述一下,
正如司各特所说的:"我已吹响了
　　进军之号了!"①呵,司各特! 他的才华

---

① "我已吹响了进军之号了!"引自司各特的《最后的歌者之歌》。

令人望尘莫及! 他所描写的武士、
　农奴、贵族、人,拔艺超群,生动如画,
他能像莎翁或伏尔泰那样传神,
　至少他已使两者之一后继有人。

六〇

我说过,我要以我的不才之笔
　来浮光掠影地写一写虚荣场,
不管世人爱不爱读,我的作品
　绝不因求售而轻饶那浮华世相;
唉,谁知我的缪斯由于这幅画
　得罪多少人!本来开始我就想
大概会如此:现在果然群情愤愤,
可是我仍不失为像样的诗人。

六一

阿德玲和唐璜的会议或议会
　(因为它很像近来议会的收尾)
既融洽而又有一点甜中带酸,
　这只怪阿德玲的心意太乖背;
但在这情况好转或恶化以前,
　银铃响了!倒不是宣告"晚餐齐备",
而是指那餐前半小时,请人更衣,
虽然女人穿的少得无法再脱去。

六二

伟大的业绩要在餐桌上进行:
　人们以大盘为盔甲,挥动着刀叉

进行战斗;但自从荷马史诗后
　(其中宴会的描写不比其他差),
哪个缪斯能够给现代的筵席
　开一个菜单?老实说,在那些汤呀,
作料呀,清炖呀之中所藏的神秘
远多于女巫、娼妇或医师的玄机。

六三

有一种美味的"好主妇汤",天知道
　哪儿来的名字!还有一种比目鱼
可以使塞得太饱的人换换口味,
　吃完再调换培里柔式的火鸡;
还有——唉,瞧我这个俗人!我怎能
　把这讲究吃的一节诗敷衍过去?
还有鲂鱼,可以配包弗味的汤,
之后拿猪排换胃口,那就更辉煌!

六四

但是我得把一切好味都塞进
　一大堆杂拌:因为假使我写得
拖拖拉拉,恐怕我的缪斯难免
　比人所抱怨于她的更为啰嗦。
但她虽然爱享乐,我必须指出:
　口腹之娱倒不是她的大罪过;
这故事的确也需要端些茶点,
好给人提提神,以免她太疲倦。

六五

孔台味的野禽,外加几片萨门鱼,
　　再配以日内瓦的酱油,和鹿肉腰,
还有酒——呵,能再把阿蒙之子①喝死,
　　像他那种人我希望能日益减少;
还有光滑的维斯特菲利亚②火腿,
　　足能叫阿比歇斯③也颂扬那味道。
而且还有香槟酒的气泡在澎湃,
好像克柳巴④的珍珠在酒里化开。

六六

此外还有天知道什么德国菜,
　　什么西班牙菜,野禽肉的馅饼,
香辣肉,和其他我不懂的美味,
　　却都是一见就得吃,别管怎么撑;
还有些甜食小品,闲来抓一点,
　　可以缓和一下灵魂,使它安定;
还有松露味的鹧鸪肉,盖一层
"卢古拉斯的红袍"⑤(这就是名声)。

---

① 阿蒙之子,即马其顿王亚历山大,他被尊为上帝阿蒙之子。传说他酒醉而死。
② 维斯特菲利亚,德国地区名。
③ 阿比歇斯,纪元前一世纪罗马著名的美食家。至今留传下的一本食谱据说是他所作。
④ 克柳巴,纪元前一世纪的埃及女皇,以美色著称。
⑤ 一盘卢古拉斯式的菜。这个征服了东方的英雄把他的较广大的名声留在樱桃的移植上(他是第一个把樱桃传到欧洲的人)和一些美味菜的命名上。我很难说他的烹调(别把消化不良计算在内)不比他的征服对人类的贡献更大。一棵樱桃树抵过一个血腥的桂冠而有余,而何况他还力求从上面两事中赢得名声。——拜伦注

六七

英雄额前的花冠怎么比得上
　　这些肉呢？那早成了碎片或灰尘。
那凯旋门和战利品而今安在？
　　哪儿是无敌战车的胜利的进军？
呜呼！都到了胜利终必去的地方，
　　与饮食同归，再远我也不必追寻。
呵，但你们玩弄炮弹的现代英雄，
何时鹧鸪也能蒙受你们的令名？

六八

那些松露不算是太坏的陪衬，
　　特别是还跟上来"爱情的陷阱"①，
这道菜的做法可能很不一致，
　　要看每个人愿意怎样去烹饪；
若照最上乘的法规，它必须是
　　有鱼也有肉，那样味道才最精。
但即使缺甜酱，仍旧可以肯定
还不断有人啄食那个小陷阱。

六九

我的头沉迷在伟大的冥想里：
　　有多少才智在两道菜上发展！
制造消化不良的那许多公式

---

① 加上糖酱的"爱情的陷阱"是一道正式的名菜，构成第二道菜的配菜。——拜伦注

远非我目前的算术所能演算。
自从亚当以苹果当做食物后，
　　谁想得到烹饪变得如此烦难？
它竟从人性的普遍的需求中
一变而为学术，另有一套名称！

七〇

杯盘叮当作响，嘴巴嚼个不停，
　　就餐的显贵们一路吃得畅快，
太太和小姐在饮食上比较斯文，
　　东尝西品，少得连我也说不出来；
年轻人也如此，不像成年的老将
　　可以在口腹之娱上大展宏才，
而是很少想到吃，却比较留意
身旁哪个娇人儿的莺声燕语。

七一

唉，还有许多菜我都得略过去：
　　什么"野味"、"炖烤肉"、"牛肉茶"、"肉菜浆"，
这些法文字音都多么清脆悦耳，
　　我们那浊重的"烤牛排"可比不上；
在这里，连一根排骨都不便提及，
　　"肉炒卷心菜"也会破坏诗的流畅：
这些我都吃过，可惜都得放弃！
甚至不能素净地写一写"山鹬"。

七二

还有水果呵，冰激凌呵，小吃呵，

773

和一切把自然精工巧制的美食，
都是为了goût(口味)或gout(痛风)①，
　　在就餐以前，您取那法文最合适；
但在餐后，您的肠胃有时倾向于
　　证明那朴素的英文字倒更切实。
您有没有痛风病？我没有得过——
　　但可能得；您也怕得它吧，读者？

<h3 align="center">七三</h3>

呵，那朴素的橄榄，美酒的良伴，
　　难道也得在我的菜单中略掉？
是的，都得割爱了，尽管我曾在
　　西班牙、卢加②、雅典，对它极喜好；
在苏尼阿或希梅塔③的山顶上，
　　我常常有幸用它来佐食面包，
并且席地而坐，和戴奥金尼④相同：
本来我的一半哲学就以他为宗。

<h3 align="center">七四</h3>

对着这缤纷杂陈的鸡、鸭、鱼、肉
　　和蔬菜(无一不是化装的状态)，
客人都按照名次坐下，形形色色，
　　也和那些肉食一样陆离光怪；
唐璜的座次挨着"西班牙风味"，——

---

① goût——法文字"口味"(goût)和英文字"痛风"(gout)是同一拼法。这里拜伦利用了它的双关含义。
② 卢加，地名，在意大利。
③ 苏尼阿、希梅塔，希腊山名。
④ 戴奥金尼，见第七章四节注。

不是女人,我说过,而是一盘菜,
不过又和女人一样,装潢隆重,
谁要尝一尝,那也是其乐无穷。

七五

由于奇怪的巧合,他的座位恰好
　落在奥罗拉和阿德玲夫人之间,
这,对一个有心和长眼睛的男人,
　要他从容用餐我想确是很困难。
而且我们方才提到的那次会议
　也使他不易振作起来左右逢源;
因为阿德玲对他很少谈话应酬,
她那一双慧眼好像已把他看透。

七六

我有时几乎认为,眼睛能够听;
　　至少可以肯定:不怕耳朵远离开,
有些事还是瞒不了娇爱的美人,
　　我真不知道那消息她怎样得来?
这就像天体的运行无论怎样响,
　　而人类却一点听不见那样可怪:
不知异性怎能听到一大篇话?
尽管它没有用一句言语表达。

七七

奥罗拉也是半答不理,这当然
　　使一个殷勤的骑士很不舒服;
这是一切侮辱中最大的侮辱,
　　它仿佛暗示:你不屑于她一顾。
唐璜虽然并不自命为风流种,
　　但也不太喜欢受到这种摆布;
有如好好一只船竟驶入冰川,
而且还受过那么多良言相劝。

七八

对他空洞的俏皮话,她或是不答,
　　或是敷衍一两句,只是为了礼貌。
谁要是自以为得到奥罗拉青睐,
　　那是瞎想:她很少旁顾,难得微笑。
这女孩子真活见鬼!这可是由于
　　谦卑,白痴,心不在焉,还是骄傲?

天知道！但阿德玲的恶意的眼睛
却得意洋洋,表示她言而有中。

七九

她那样子好像在说:"我早说过",
　　这种得意的做法我不想推荐,
因为有时候,据我所知,它会使
　　无论朋友或情人感到很难堪,
而为了维护绅士的面子,就势必
　　要把一个玩笑以假当真去办,
以示他也会预言过去或未来,
因为谁都怕在这方面不光彩。

八〇

因此唐璜就致力于一些小殷勤,
　　虽不多,却对准了心目中的对象,
足够叫精明的女性清楚地看到,
　　他愿意多多亲热,而不喜欢冷场。
奥罗拉终于(据史家说是如此,
　　很可能不够确凿,大都凭推想)
把思想放出了它甜蜜的牢笼:
她微笑了一两回,不管是否在听。

八一

她从回答转而变为有答有问,
　　这对她倒是少见的;本来阿德玲
一直以为自己的预见很有把握,
　　现在却担心她由冰解而至调情;

据说物极必反,谁都难以阻止
　　事物由这一端朝向那一端运行。
但这里,阿德玲未免想入非非——
奥罗拉并不是调情的那一类。

八二

但唐璜有一种讨人喜欢的作风,
　　一种"骄傲的谦卑",假如这说得通;
他听女人讲话真是屏声静气,
　　仿佛那每个字都是一条法令。
他能运转于严肃和诙谐之间,
　　也懂得何时该拘谨,何时该放纵;
他还会以话引话,叫别人畅谈,
同时却让人看不出是他在引线。

八三

奥罗拉未加细察,曾把他和那伙
　　献殷勤的花花公子看成了一道,
可是她觉得,他比细语的小白脸
　　或高声卖弄的才子都更有头脑;
她开始心喜,(呵,大事常起于小节!)
　　因为唐璜对骄傲人的阿谀之道
不在于恭维,而在于俯首听命,
外加小心的异议更使人高兴。

八四

而且他长得漂亮,——这一个特点
　　是女人一致赞赏的;不过使我

遗憾的是：它却常常把夫妻们
　　引向诉讼的纠纷——这情况只得
留待法院去研究了，因为我们
　　已经闲扯了半天，不宜再多说。
大家知道：自古美貌就常常害人，
却又总比圣书给人的印象深。

八五

奥罗拉看书比看脸的时候多，
　　难得年纪这么小竟如此圣贤；
她倾慕智慧女神甚于格拉西①，
　　特别是爱看她印在书本上面。
但美德，即使紧束丝带，也不及
　　"老年"的天然的紧身褡勒得严；
连苏格拉底，嘉言懿行的范本，
也承认他喜好美（虽然很谨慎）。

八六

一个十六岁的少女正是如此
　　达到苏格拉底的审美的高度，
而且追随着他，完全出于无邪；
　　真的，假如那庄严的智慧之父
在七十高龄还对美抱有幻想，
　　那我不解何以人要说少女糊涂。
请注意：当然她爱美应不越礼，
这对我来说早已是不言而喻。

---

① 格拉西，希腊神话中司美和优雅的女神。

八七

还请注意:像伟大的考克勋爵①
　(可参见利吐顿②),每当我发表了
两个意见,而初看来它们好像
　冰炭不容时,那总是后者最好。
也许我还有第三点藏在兜里,
　若无——那就是个对不起的玩笑。
但一个作家若是前后都一致,
那怎能期望他写出现存的事实?

八八

假如人人都不免于自相矛盾,
　我怎能避免冲撞他们每一位?
甚至违背我自己?——但这是瞎说,
　我从不否定自己,将来也不会。
凡怀疑一切的什么也不会否定,
　真理之源固清,但下流就污秽,
而且要越过"矛盾"的许多运河,
以致它常常要藉"虚构"而通过。

八九

寓言,神话,诗歌,小说,都是假的,
　但只要播种在适宜的土壤里,

---

① 爱德华·考克(1552—1634),英国法学家,曾著有十一卷书解释法律条例。
② 托玛斯·利吐顿(1422—1481),英国法学家。他的法学著作和考克的著作同为英国法学权威。

它们也可以由假变真;真奇怪,
　　虚构的故事连乾坤也能转移!
据说它能使现实较易于忍受。
　　但现实是什么?谁知道它的底细?
哲学吗?不成,它否定了太多事物;
宗教呢?行,但哪个教派才算数?

九〇

显然,必是有千百万人信错了,
　　也许最后证明大家都很正确。
天保佑我们!因为我们的事业
　　总需要神圣的明灯来给照耀。
现在正是新先知出世的时候了,
　　不然就使老的再拿新启示告诫:
一千多年的意见早已磨损完,
必须由天界充实一下才灵验。

九一

又来了,为什么我偏要和玄学
　　纠缠不清?没有人比我更憎恨
任何形式的争吵了。可是不知
　　该怪我的命呢,还是我的愚蠢,
我总还是常常为了现在、过去,
　　或未来的牛角尖,碰得头发昏。
其实凡有争吵,我都两不得罪,
　　因为我信奉的教门是长老会①。

---

①　长老会,基督教的一个温和的教派。

九二

但我虽然是一个温和的教徒，
　　谦卑有如玄学家，而且公正得
像艾尔顿①审判疯人时候一样——
　　在政治上，我却坚持我的职责：
那是要约翰·牛看看下层情况。
　　每当我看到那些恶棍当权者
在违法乱纪时，我就义愤填膺，
我的心会像赫克拉②一样沸腾。

九三

但我所以要把政治呀，策略呀，
　　信仰呀，时时引为本诗的话题，
不只是因为借此可以换花样，
　　而且还打算对道德有所裨益；
因为我的宗旨是要剖析社会，
　　给这只幼稚的鹅填满了真理。
本诗既要迎合一切人的口味，
现在，我想要开始谈一谈鬼。

九四

从此我要避免无谓的争论了！

---

① 艾尔顿伯爵，英国大法官（1801—1827）；曾有上诉人要求法院组织委员会调查普茨茅斯爵士是否神经正常，他应允照办。
② 赫克拉是冰岛的一个温泉。——拜伦注（拜伦说错了，赫克拉是一座火山。——译者）

天哪,我从此绝不让任何诱惑
再"把我愚弄得难以忍受"了;
　　是的,我一定要彻底改弦易辙。
唉,人们硬说我的缪斯的议论
　　是有害的,实在令我难以琢磨;
依我看,她只是费力而不讨好,
议论越多,越没人听她那一套。

九五

冷酷无情的读者!你可见过鬼?
　　没有;但你听说过?——我懂,但请你
先别抱怨在这儿浪费时间吧,
　　因为你还未尝到后面的乐趣。
也别以为我必然嘲笑这类事,
　　或者竟想以一笑而置之不理;
那神秘的幽灵世界确非虚构,
我信鬼是存在的,而且有理由。

九六

真的?你笑了;——随你吧,我可不笑;
　　我若不是真心想笑,就笑不出。
我说我确信有鬼出没的地方——
　　那么,在哪儿?这我可不想转述;
因为我宁愿这类事被人忘掉,
　　鬼魂能使大英雄也感到恐怖。
总之,一谈到鬼,我就有些不安,

连哲学家霍布斯都惴惴然。①

九七

夜是幽暗的(我总在深夜作歌,
　　有时像一只夜枭,有时像夜莺),
智慧女神的一只鸟在我桌前
　　尽自高声飞绕,怪凄厉地歌吟;
古画的人物从墙上对我怒视,
　　呵!但愿他们别看得那么阴森。
壁炉里的火已越来越暗、越小,
这时我也觉得,我写得太晚了:

九八

因此,尽管我不惯于日午作歌
　　(那时我总有其他的事情盘算,
假如我也有所盘算的话);我说,
　　这时我不禁感到午夜的寒战;
呵呀!再谈鬼岂不要把鬼引来?
　　我想最好把它留待日午再谈。
假如您责备我不该这么迷信,
您顶好先身历其境,再说别人!

九九

在两个世界之间,生命像孤星一样

---

① 霍布斯怀疑自己有灵魂,可是对他人的灵魂却怀有敬意,以致谢绝它们来访,因为他对它们有些害怕。——拜伦注(霍布斯,英国十七世纪哲学家。——译者)

飘忽于晨昏两界,在天地的边沿。
关于我们自己我们能知道什么?
　　关于未来知道得更少!时间的狂澜
永远向前奔流不息,远远地冲走
　我们的泡沫;旧的破灭了,新的出现,
无数世代的浮沫不断激起;而帝国
排成起伏的坟墓,有如波浪滚滚而过。

第十六章①

一

古波斯留传下三件有益的事,
　　那就是拉弓,骑马,和说真实话;
这是贤明的塞鲁斯②王的遗教,
　　至今现代的青年还师法于他。
他们也都有弓,大都是两根弦③,
　　骑术之精,更是剽悍而又泼辣,
至于求真,也许不及前人高明,
但他们夸起口来可最有本领。

二

这一结果,或这一缺陷的原因——
　　"因这缺陷的结果必有其来源"④,
我在这里还没有时间去探索;
　　但我至少可以自慰于这一点,
就是在我所知道的诗神中,

---

① 本章于一八二三年五月写成,一八二四年三月发表。
② 塞鲁斯,纪元前六世纪波斯国王。据希腊史家任诺封记载,古波斯教青年三件事,即射箭、骑马和说诚实话。塞鲁斯少时就是如此教育起来的。
③ "也都有弓,大都是两根弦",谚语"一弓有两弦",指一个人有两套办法,或明一套,暗一套。
④ "因这缺陷的结果必有其来源",引自莎士比亚《哈姆雷特》二幕二场。

我的缪斯,不管怎样德行失检,
绝不浮于词藻,她表达的内容
无疑比任何作品都更为真诚。

三

上下古今她无所不谈,而且也
  毫不避讳,因此这篇诗就有了
一大堆极为稀奇古怪的议论,
  您在别的作品中绝对看不到。
确实,这里有些甜中带苦;然而
  这稍许的苦涩不会使您发牢骚,
也许倒使您诧异它是这么少,
因为我这故事确是"兼容并包"。

四

但在一切她所陈述的真事中,
  最真的该算她要讲的这段事。
我说过,那是讲闹鬼的。但这又
  怎么样?我只知道那确是事实。
你可到过天涯海角,你可到过
  一切人间居民都必须去的下世?
该住口了,所有怀疑论的侏儒,
想想你们也曾怀疑过哥伦布!

五

有人也许要引经据典,以特宾①
　或蒙茅斯·乔弗利②的史乘为例,
这些史家当然有无限的权威,
　所记的神灵显圣更无可置疑。
但圣·奥古斯丁③早于他们即已
　叫人都要虔信不可能的奇迹,
就因为它是不可能的。这样一说,
凡是力斥"不可能"的自然沉默。

六

所以,世人呵,不要吹毛求疵吧,
　要虔信,——假如不像真的,你该信;
假如是绝不可能,你决心信它,
　接受一切而不疑,这总是最聪明。
请想想(我绝不渎侮):大圣大贤
　都把较神圣的怪事叫做福音,
而且对它争论越多,它就越是
根深蒂固,凡真理岂不都如此?

---

① 特宾,八世纪查理曼大帝治下的大主教,据说关于查理曼大帝和罗兰的编年史是他所著。
② 蒙茅斯·乔弗利(1100—1154),英国主教,著有《不列颠帝王史》。
③ 圣·奥古斯丁,六世纪英国大主教。天主教神父为了卫护《圣经》和宗教奇迹,经常向教徒宣示如下说法:"这是可信的,因为是不可能的","我信仰它,因为它是不可思议的"。这类话不是奥古斯丁说的,而是出自拉丁作家特塔利安(纪元二世纪)。

788

七

我只想转述约翰生的这句话,
　　他说,根据六千年的历史证明,
一切民族都这么相信:人世间
　　不时地会显现亡故者的幽灵;
这事虽然可怪,但更可怪的是,
　　无论这一信仰如何违背理性,
它仿佛有一种更有力的支持,
随您爱怎样驳斥,就怎样驳斥。

八

晚宴已罢,夜会接近了尾声,
　　酒肴都谈论完,女人都浏览过,
高宾佳朋一个接一个地散去,
　　舞兴阑珊,歌声沉寂,连最后一个
薄薄的裙纱都不见了,就好像
　　那卷卷的白云已在天边隐没;
客厅里再也看不到锦簇辉煌,
只有残烛闪烁,和漏进的月光。

九

欢乐的一天飞散了,临到结尾
　　好似一杯香槟酒饮剩一点点,
已不见初斟时那欢腾的泡沫;
　　或像哲学体系留下一个疑团;
或者像一瓶苏打水迸发完了
　　明亮的水花,只落得气息奄奄;

或者像落在风暴后面的波浪
已失去了劲风的鼓舞的力量。

一〇

或者像一剂鸦片,给你带来的
　　是不安的睡眠或失眠,或者像——
但什么也不像,除了像它自己;
　　比喻无用——本来人心难以度量。
这好似古泰雅人的紫色王袍,
　　已没有人知道它是怎样染上
那颜色:是用胭脂虫还是贝壳?①
暴君的王袍就如此零星烂掉!

一一

为宴饮舞会而盛装是一种灾难,
　　但会后要卸装,这件事更是可悲:
我们的睡衣会像涅索斯的魔衣②
　　一披上身,心头就难免有苦涩味。
泰塔斯③曾经慨叹他白过了一天,
　　我们难忘的日与夜虽然够可贵,
(两者我都有,而且颇不易多得!)
但谁能说他过的时光大有收获?

----

① 　古代泰雅的紫色颜料是用贝壳还是胭脂虫做成的,至今还在争论中;甚至那颜色也难以确定,有人说是紫色,有人说是深红;我无话可说。——拜伦注
② 　涅索斯,见第十一章六五节注。
③ 　泰塔斯(40—81),罗马皇帝。据史家斯威托尼阿记载,他曾经常把属下的请求记在心中。有一次在进晚餐时,他感到内疚,因为这一天他没有做一件恩赐的事。

一二

唐璜在回屋就寝时,感到烦躁,
　　而且像受了损害,因为他认为:
奥罗拉的眼睛比阿德玲说的
　　(忠告往往是如此!)更晶莹、明媚;
假如他确知怎么回事,也许他
　　要把"人生于世"的哲理加以发挥——
对于一切人,这法门倒很现成,
除了急需时,——因此他只叹了一声。

一三

他叹息以后,下一步办法就是
　　面对明月:这是人间一切叹息
历来的堆栈;而此时,幸好月亮
　　清澈如水,在像英国这种天气
是很少见的。唐璜此刻的心情
　　很适于向月之女神歌吟:"哦,你!"
这是多情而不自私的呼号,
若再加以说明,就成了陈词滥调。

一四

不管是情人,诗人,骚客,天文家,
　　牧童,村夫,或任何能望月的人,
都能观月而神往,我们从这里
　　就会得到伟大的情思(但小心:
有时也受凉,除非我感觉过敏),
　　呵,多少秘密都曾诉与月之女神!

她主宰海上潮汐和人的头脑,
也主宰心灵,假如诗歌的话可靠。

一五

唐璜感到有些惆怅,他的心灵
　全坠入沉思,一点也不想睡觉;
这时,湖中波浪拍出的喋喋声
　带着午夜的一切神秘,袭进了
他所居住的那哥特式的房屋;
　在他的窗下一棵柳树的枝条
在月光下摇曳,而他倚在窗前,
看它忽而闪耀,忽而没入幽暗。

一六

不知是在桌上还是梳妆台上
　(这一点还没有弄清楚,——我所以
要交代它,因为凡是可以拿出
　事实的地方,我都要不差毫厘),
一盏灯在放明,而他呢,正倚着
　一座嵌满哥特风装饰的壁龛:
石刻,彩色玻璃,和一切被"时间"
在祖先的屋宇遗留下的装点。

一七

因为月光如水,虽然有些冷峭,
　他还是把房门敞开,借着月色
走进了一排幽暗沉郁的画廊;
　它很长,挂着许多古代的名作,

那都是骑士和淑女:男的英豪,
　女的,既然是名门,当然也贞德;
但这些死者的画像在幽光下
未免显得凄凉、阴森而可怕。

一八

那狰狞的武士,壁画上的圣徒
　在月光之下栩栩如生;而当你
为了自己脚步的微弱的回音
　而频频回顾时,从那尸灰瓮里
仿佛有声音苏醒;原来由画框
　嵌住的那些奇形怪状也惊起,
像在问:你怎么敢到这里游荡?
这儿一切都在安息,除了死亡。

一九

还有墓中美人的昔日的妩媚,
　那凄凉的微笑在星光下闪动。
在画布上,她们已埋葬的发卷
　还在飘扬,而她们的眼睛像梦
在望着我们,或像幽洞的晶石,
　令人看进去只觉得死影憧憧。
唉,一张画就是陈梦:它的金框
所镶进的人物早已变了原样。

二〇

当唐璜想到世事无常,或想到
　情人时(这两个词儿本来同义),

在那古堡中,除了他的轻叹和
　　脚步的凄凉回音外,万籁俱寂,
但忽然他听到,或者似乎听到
　　一种怪响——是老鼠? 呵,这种东西
在壁毡后或者啃咬,或者嬉戏,
那嘎嘎声会使人们毛发悚立。

二一

但那不是老鼠——咦! 是一个僧人
　　戴着念珠和头巾,穿着黑法衣,
忽而在月光下,忽而没入暗影,
　　脚步走得很重,听来却无声息。
只有他的袍服沙沙地发出轻响,
　　而行迹飘忽得像司命的妖女;
当他缓缓地走过唐璜的身边,
转脸一顾,露着晶亮的一只眼。

二二

唐璜吓得发呆;他原来听人说
　　有一个幽灵在这古老的寺院,
但像许多人一样,并不以为意:
　　这类老宅第难免招惹些谣言,
再由"迷信"的造币厂加以铸造,
　　便使鬼故事变成货币而流传;
但谁见过它? 正像纸币流通开
就不见黄金。但这可真是鬼怪?

二三

一次、两次、三次,他来回地走过,
  谁知道他是来自下界还是天上?
唐璜惊愕地注视着,说不出话,
  也动转不得,呆立得像座雕像。
他感到自己的头发根根悚立,
  又像一丛蛇麻木地盘在脸上。
他想开口说话,却不能张开嘴,
否则他要问问这高僧意欲何为。

二四

第三次走过,半晌都不见回转,
  它消失了——但到了哪儿?真纳闷:
长廊阴森森,然而也没有理由
  相信这影子是用什么奇术隐遁。
这里门户很多,照物理的定律,
  无论它高矮如何,要想出入门
并不困难;但唐璜却无法说明
那个怪影是怎样消失了身形。

二五

他呆立着,也不知多久,却恍如
  隔了一世——提心吊胆,浑身无力,
只瞪眼瞧着鬼魂出现的地方,
  又过一会才渐渐恢复了体力;
他本可把这段事当做一场梦,
  但他却醒不过来。他告诉自己

他是醒着的,便终于若有所失,
跄跄踉踉地回到自己的卧室。

二六

屋中一切还是原样:他的烛火
　　还在燃烧,而且不是蓝火,像蜡烛
通常对鬼所表现的那种同情;
　　他揉揉眼睛:它也照旧执行职务。
他拿起一张旧报纸来看:不错,
　　他能像平常一样读得很清楚。
他读了一篇攻击国王的文章,
还有一段对名牌鞋油的颂扬。

二七

这使他感到人间味;但他的手
　　在发抖,他关上门;在读了一段
我想是关于霍恩·吐克①的文章后,
　　便缓缓地脱下衣服,上床安眠。
在床上,他舒适地沉入鸭绒枕里,
　　把才见的景象尽在脑中盘算,
这虽然不是鸦片剂,但一丝倦意
逐渐加浓,于是他昏昏地睡去。

二八

他按时醒来,而且可以意料到

---

① 霍恩·吐克(1736—1812),英国作家,他多次与当局有冲突,被控以扰乱治安罪,受到罚款和监禁。

他还是想着那个怪客或幻影,
并考虑着他是否说出这件事,
　那当然会使大家嘲笑他迷信;
他想得越多,越被这问题难住,
　而这时,他的准时不误的仆人
(因为稍慢些主人就不能忍受),
敲门告诉他:到了梳妆的时候。

二九

他梳洗着,像许多青年人一样,
　他经常在这方面要考究一番;
但今晨他花的时间却比较少,
　镜子很快地就被放到了一边。
发卷没有理好,任它散在额际,
　衣服也没有照款式扣得紧严,
连他的领带的那个难解的结
都几乎有一发之差,偏了一些。

三〇

他走进餐厅以后,便呆呆坐下,
　对着茶杯和碟子尽默不作声,
也许他半晌都意识不到这饮料,
　若不是它滚烫,把他的手触疼,
这才使他惊觉而拿起了羹匙。
　谁都可以看到,他是如此怔忡,
一定发生了什么事故,——阿德玲
首先看到了,但也猜不到内情。

797

三一

她抬眼瞧他,只见他脸色苍白,
　　她也白了;于是迅速垂下眼睛,
又咕哝些什么,但是无关宏旨。
　　亨利勋爵一面吃,一面怪甜饼
黄油不多。费兹甫尔克公爵夫人
　　弄着面纱,又狠狠盯了唐璜一阵,
也一言不发。奥罗拉稍带惊讶,
以她大而黑的眼睛打量着他。

三二

但他仍是旁若无人,默不作声,
　　直到每个人都感到有些奇特。
阿德玲问他,"他是不是有病了?"
　　他吃了一惊说:"哦,是的——不,不过——
是的。"家庭医师这时恰好在场,
　　他医术很精,立刻表示可以摸摸
他的脉搏,那就可以找出根由。
但唐璜回答,"他一点病也没有。"

三三

又有病,又没病,——这回答够离奇,
　　但他的神色却显示两者都有理,
别管那回答多像是昏迷不醒。
　　好像有一种伤心病突然袭击
他的精神,虽然看来也许不严重;
　　至于其他的内情,因为他自己

仿佛隐而不言,那么可以肯定:
他所需要的大概不会是医生。

三四

亨利勋爵本来在谈论巧克力,
　还有那甜饼,也曾使他不满意,
却插了一句,说唐璜不够开心,
　这使他奇怪,因为天没有下雨。
接着他问:不知公爵大人如何?
　公爵夫人说,公爵只染有小疾,
那是一种轻微的、世袭的痛风,
使贵胄的骨节都有些不易转动。

三五

接着亨利转向唐璜,想说句话
　把他的悒郁的心情安慰一下,
他说,"从您的模样看来,也许是
　您的睡眠被黑衣僧打扰了吧?"
"什么黑衣僧?"唐璜问这句话时,
　力持镇静,或至少使他的问话
显得若无其事,但无论怎样做派,
还是阻止不了他的脸色发白。

三六

"呵,难道您没有听说过黑衣僧,
　这儿的幽灵?""我确实没有听过。"
"怎么!远远近近都传闻——但传闻
　有时失真——这故事我们以后再说。

不知是我们祖先的眼睛灵异呢,
　　还是那幽灵日久而变得很怯懦——
虽然这故事的来源不无凭证,
我们近来已很少看到那黑衣僧。

三七

"最近一次是——"但阿德玲打断他:
　　(她观察到唐璜的面容的变化,
从而认为她已经猜到:这一段
　　闹鬼的传说所牵涉的,要比他
肯承认的多得多。)"别开玩笑了!
　　要是想开心,请你换个题目吧!
因为这故事已经说了许多遍,
再说下去不见得有什么新鲜。"

三八

"开玩笑!"亨利说,"怎么啦,阿德玲,
　　你想想,就在蜜月时,我们亲自
看到了——""得,得,这都是太老的话;
　　来,让我把你的故事弹个曲子。"
她拿起琴来,优美得像狄安娜
　　拉弓似的;琴弦碰到她的手指
就活跃起来,开始发出清婉之音,
这曲子就叫"一个灰衣道僧人"。

三九

"把你写的歌词唱上吧!"亨利叫道,
　　接着他转身对宾客微微一笑:

"阿德玲也算得半个女诗人哩。"

　自然,别人为了凑趣,为了礼貌,
就要求女主人把她的三种天才
　合并献出——因为实在不比这少:
歌喉,文采,和琴艺都集于一身,
若是庸才,怎么能够齐头并进!

四〇

阿德玲爱娇地迟延了一下——呵!
　真迷人之至,这一种忸怩模样,
不知何故,凡美人都不可缺少。
　她始而低着头,把眼瞧在地上,
以后像火起苗,一下活跃起来,
　随着琴声扬起了清脆的歌唱,
她的歌喉没有花腔;这种优点
是可贵的,因为我们不常遇见。

(一)

小心,小心,谨防那黑衣僧!
　他坐在诺尔曼的石座上,
一到午夜就喃喃地诵经,
　早年的祷告还念念不忘。
当阿曼德维当了山主
　诺尔曼寺院归到他的手,
他把所有的僧人都赶出,
　但还有一个不肯被赶走。

（二）

他带着亨利王的敕令和人马，
　　来把寺院的土地变为世俗，
他一手执剑，一手拿着火把，
　　看看有谁敢对他说一声"不"；
但有一个僧人却赖着不走，
　　无拘无束，不像是血肉之躯，
你看他在教堂，你看他在门口，
　　只是一到鸡鸣就不见形迹。

（三）

不知是吉兆，不知是凶兆，
　　这兆头我也推断不出来；
他不分昼夜，只一心关照
　　阿曼德维的古老的住宅。
据说，每逢主人结婚的前夜，
　　他就在新人的床头出现，
等主人临死时，毫不爽约，
　　他也会走来——可不是悲叹。

（四）

碰到男孩出生，他就哀伤，
　　如果这老世家要出灾祸，
你准会借着惨白的月光
　　看见他穿堂越室，里外出没。
你只看到外形，看不到脸，

因为他的脸已被头巾蒙住；
但他的眼睛却像鬼灵般
　　从那黑头巾里灼灼透露。

（五）

小心,小心,谨防那黑衣僧！
　　他还在掌握着他的权威,
因为,不管世间是让谁继承,
　　这一个寺院还是他接位。
阿曼德维是白天的主人,
　　到夜间,就是黑衣僧当家,
无论酒宴多欢,也没有下臣
　　胆敢碰一碰他的天下！

（六）

你看他走过大厅,可别问话,
　　那他也不会对你说什么；
他的步履轻捷,披着黑袈裟,
　　好像露水在草尖上飘落。
谢谢主吧,为了这个黑衣僧,
　　救救他,别管他是邪、是正,
也别管他念的是什么经,
　　但愿他的灵魂早早飞升！

四一

歌声戛然而止,那颤动的琴弦
　　在手指的抚弄下也归于沉寂；

一切安静:每当一曲告终之时,
　　听众都有刹那被余音所充溢。
接着,当然,人们就要赞誉备至,
　　鼓掌也不可少,这是礼节所需;
腔调,感情和演奏都一一夸到,
使歌者忸怩得不知怎样才好。

四二

美丽的阿德玲仿佛毫不在意,
　　好像她把自己的这一项成就
只看做是无聊的时光的消遣,
　　她不过是偶一为之,以解闲愁;
有时候,她看来一点不想炫耀,
　　实则正是在炫耀,因为有时候
她会对别人演唱高傲地一笑,
意思是她若肯做,会做得更好。

四三

这好像是(让我们一边小声说,
　　请原谅这比喻太富于学究味)
愤世的戴奥金尼以更大的骄傲
　　来践踏柏拉图的骄傲:他认为
踏坏他的地毯,就会使那圣哲
　　大为痛心,或愤发哲学的感喟,
但那位"雅典之蜂"却无动于衷,

他以能妙语作答而感到高兴。①

四四

就这样,阿德玲凭着她的高兴,
　　随时都可以使外行人的"半瓶醋"
显得黯淡无光,因为表演对外行
　　是卖劲的炫耀,在她呢,则很自如;
不过越是半瓶醋,越是爱摇晃,
　　谁没有听过某小姐或某贵妇
为了愉悦宾客或母亲而卖弄?
这已是社交界司空见惯的事情。

四五

哦,那一串二人和三人合唱的
　　漫长的夜晚!那些议论和赞叹!
有多少"我的妈妈呀!"和"我的爱!"
　　还有多少美妙的"心灵的轻颤",
"允许我吧!"和发抖的"后会有期",
　　这都是最善歌的民族②的贡献;
还有葡萄牙的"你在呼唤我",

---

① 我想戴奥金尼所践踏的是一张地毯,他当时说:"我是如此践踏着柏拉图的骄傲。"而另一位答道:"你是怀着更大的骄傲呵。"但是,既然地毯本是叫人踩的,我可能记错了,那也许是袍子、挂毡或桌布,要不就是其他一件贵重的、不常为犬儒家所习用的陈设。——拜伦注(关于戴奥金尼,参阅第七章第四节和第十五章第七三节注。这一节的典故是,据说戴奥金尼践踏着柏拉图的卧榻或躺椅,并说:"该这样对待柏拉图的骄傲!"但柏拉图说:"那么该怎样对待你的骄傲呢,戴奥金尼?""雅典之蜂"指柏拉图。——译者)
② 最善歌的民族,指意大利。上列那些歌都是意大利歌曲。

805

假如你已听厌了意大利的歌。①

四六

阿德玲不但会唱巴比伦的悲歌,
　　在爱尔兰绿谷或苏格兰高原上
那些家喻户晓的民谣她也熟悉;
　　当山民们在大西洋的彼岸流浪,
一曲就能使娄恰勃②浮现在眼前:
　　呵,音乐能把他们永别的故乡
重新带到他们热情的幻景里——
阿德玲就擅于构制这样的乐曲。

四七

阿德玲也有薄薄的一层蓝色,
　　她能凑韵,更常常爱谱些乐曲;
也时而写一些警句讽刺友人,
　　这当然是社交界应有的技艺。
她蓝虽蓝,但比起目前的天蓝,
　　她的颜色还远远地望尘莫及。

---

① 我记得有一个外省城市的市长夫人对于外国的这类表演有些厌腻,竟粗暴地打断了一群颇有领会力的听众的掌声(我是说对音乐颇有领会力,因为那唱词不但深奥难解,——那还是在缔结和约的前些年,我在上大学,人们还没有都出国旅行,——而且被表演者弄得面目全非),我是说,这位市长夫人打断掌声喊道:"你们这些意大利玩意儿见鬼去吧!至于我,我只爱听一支简单的民歌!"罗西尼还得多加努力才能有一天使大多数人形成类似上述的意见。谁想得到他成了莫扎特的继承者?不过,我说这话是带着几分踌躇的,因为我一般地说是意大利音乐的子民和忠诚的爱好者,对罗西尼的大部分作品也是如此。但我们可以像《威克菲尔德牧师》中的绘画鉴赏家那样说一句:"假如画家肯多下功夫,这幅画可以画得更好些。"——拜伦注

② 娄恰勃,苏格兰的山区。

她差劲得竟把蒲伯称为伟大诗人①，
而且更糟的是：还恬然这么承认。

四八

奥罗拉呢——既然我们在谈趣味，
　　而趣味如今又是一只寒暑表，
我们都凭它的度数把人归类——
　　应该说，她好似莎士比亚的女角。
那超越这尘世荒原的理想境界
　　更吸引她的心，她心灵的深奥
能使她以整个感情拥抱幻想，
那幻想深挚而沉默，和太空一样。

四九

但那尊贵而不高雅的公爵夫人，
　　那丰满的青春女神费兹甫尔克
却不同：她的情思，假如她有的话，
　　是在脸上，而且满是诱人的货色。
你还能看到，那里有一些小小的
　　恶作剧的成分，但这不算什么，
女人都有这种可爱的脾性，否则
男人都乐得忘乎所以，那还了得？

五〇

我从来没有听说她有什么诗兴，

---

① 亚历山大·蒲伯，见第一章二〇五节注。他是新古典主义诗人，以后华兹华斯的浪漫主义派别兴起，对蒲伯的唯理的诗有贬词。但他为拜伦所推崇。

虽说有一回她翻看过《巴斯指南》①
和海莱的《胜利》②,这她认为太凄惨,
　　因为据她说:她读得非常心烦,
那诗人倒是有预见,竟讲出了
　　她自己在婚后经历的种种苦难。
但在一切诗歌中,她最赏识的
　　是献给她的填韵诗,或商籁体。

五一

阿德玲为什么那一天要演唱
　　这么一支歌,既然她已经猜出
这题目只能刺激唐璜的神经?
　　关于这,倒真难解释她的意图;
也许她只想用笑一笑的办法
　　使他摆脱掉那莫须有的恐怖,
也许她是想给他加重那心病,
至于究竟为什么,我也说不清。

五二

不过眼前的效果倒是很好的,
　　它使唐璜恢复了应有的仪态:
对于社交场上这是必不可少,
　　除非你想独出一格,古里古怪;
不管那格调是嘲笑还是虔敬,

---

① 《巴斯指南》,克里斯托弗·安斯蒂著,一七六六年发表。巴斯是英国地名,其地有温泉。
② 威廉·海莱(1745—1820),英国诗人。他写的《性情的胜利》和《音乐的胜利》两诗曾受到拜伦的讥讽。

你顶好做得恰当,不要弄出来
一种新奇的装模作样的神情,
那当然使至尊的女界不高兴。

五三

因此唐璜就开始打起精神来,
　不多作解释,由沉默转为诙谐,
并在闹鬼的题目上妙语一通;
　公爵夫人呢,抓住了这个关节
也讲一些类似的笑话来凑趣;
　但她说,这神秘的僧人真费解,
不知他对这一家的婚丧大事
还做了些什么稀奇古怪的事。

五四

关于这,再多也没有可说的了;
　这类事本来大都如此:有的人
把它看做迷信,胆小一些的呢,
　认为这离奇的传说不无可信。
等各方面的意见都发挥完了,
　人们就转向唐璜,狠狠地追问
他的意见(有人认为他见了鬼
而不说),但唐璜却答得很隐晦。

费兹甫尔克公爵夫人

五五

不知不觉过了正午,时间已是
　　一点钟了,客厅的人开始走散;
有的自寻消遣,有的无所事事,
　　有的奇怪天太早,有的嫌太晚。
在勋爵的领地上就要有一场
　　猎犬的赛会,很值得前往参观。
还有一匹纯种的赛马等春天
要比赛,有几位绅士也跑去看。

五六

有一个画商带来了一幅名画,
　　是蒂申的珍品,保证是原作;
因为是无价之宝,货主不想卖,
　　尽管王子们都争着要他售脱。
陛下本人也还过价钱,但认为
　　他肯惠于收纳的贡金不够多
(这收纳当然使臣民非常感激),
因为现在所课的税实在太低。

五七

因为亨利勋爵是一位鉴识家——
　　和艺人(如果不是和艺术)很友好,
所以画商带着最纯洁的雅兴
　　(真的,假如他的开销能够减少,
他情愿馈赠而不愿出售),同时
　　认为勋爵的赏识是一种荣耀,

他携来这幅杰作不是为卖它,
而是请他鉴定——那从来不会差。

五八

有一位现代的哥特人,我是指
 一个通天塔的泥瓦匠——建筑家,
他被唤来察看这灰色的古墙,
 把寺院里里外外都推敲一下,
以便找出那些年久失修之处,
 而结果,他拿给勋爵一个计划:
那是要兴建最端正的新建筑
而拆毁旧的,他管这叫做"修复"。

五九

至于价钱呢,那真是等于白送,
 不过五个数,而这低微的价格
对于如此坚固而庄严的大厦,
 你很快就会承认:确是很值得。
而且亨利勋爵的高尚的趣味
 将和建筑并成为万代的楷模
受人景仰,因为这是以英国的钱
大胆地表现了哥特风的野蛮。①

---

① "以罗马的勇敢和威尼斯的铜修筑"是威尼斯防亚得里亚海海堤上的题词。这海堤是威尼斯共和国人民的成果,题词我相信是帝王的,由拿破仑一世题写。现在到了继续给他这一称号的时候了,因为不久以后会有拿破仑二世,"世界的新希望",假如他活下去的话;但愿他不致像他父亲那样毁灭了这个希望。但无论如何,他将比低能儿们好得多。在他前面展开一片荣誉的园地,但愿他知道如何去耕种它。——拜伦注(此处拜伦寄希望于拿破仑之子莱赫斯塔德公爵〔1811—1832〕。低能儿们指法国波旁王朝的帝王们。——译者)

六〇

有两个律师忙于替亨利勋爵
　　抵押一个田庄,用它另置新产;
还有一桩地租的讼事和一桩
　　什一税的——这当然最使人红眼,
足够使"宗教"恼火得挂出战表,
　　也使缙绅撕破脸和教会作战;
还有得奖的猪和牛需要照看,
因为亨利一向以务农而自炫。

六一

有两个偷猎者被钢套捉住了,
　　就要关进牢狱,他们的疗养院;
有一个穿红袍戴头巾的姑娘,
　　(唉,这种装束我最不愿意看见!
因为——因为在少年时,我不幸而——
　　但幸而那以后,我很少交教区钱。)
那红外衣呵!它严峻地一脱去,
就给人以,唉!大腹便便的难题。

六二

瓶子里装着的纺轴是一个谜,
　　谁知道怎样把它装进和拿出来?
因此,目前这类似的自然现象,
　　我想留给愿意解谜的人去猜。
我只想说:亨利勋爵是个法官,
　　那个警察名叫察得严,他就在

813

拘票的威风下，捉来了这一个
胆敢闯进"天性"领域的偷猎者。

六三

当然，治安法官必须明察秋毫，
　　由田野、禽兽，以至全国的道德，
都得由他严为监护，以免使那
　　没有特许的人也越轨来取乐。
在世事中，除了什一税和地租，
　　也许这两件最难以令人掌握：
保管鹧鸪和保管漂亮的小妞，
连最严格的法官都感到棘手。

六四

目前这个罪犯脸色非常之白，
　　好像涂了太多的粉；乡下姑娘
天然是红润的，只有贵族夫人
　　（至少刚起床时）才白得带有病相。
可怜的人！也许她耻于示弱吧，
　　因为她是生于乡间，没有教养，
所以对自己的失德只知脸发青，
只有高贵的夫人才擅于羞红。

六五

她那黑亮、低垂而狡猾的眼睛
　　凝聚了一大颗泪珠在眼角上，
这可怜虫直想用手把它抹去，
　　因为她并不想装作万分心伤，

用自己的委屈来邀别人同情,
　　也不想强横得比专横者还强;
她只是受罪地站在那儿抖颤,
耐心地等待着别人把她审判。

六六

当然闲杂人等都在各处待命,
　　绝不会挨近夫人文雅的"沙龙";
律师是在书房里,那得奖的猪、
　　庄稼汉和偷猎的人都在院中;
从城里唤来的建筑师和画商
　　也都各有所在,正忙得兴冲冲,
就像将军在营帐中忙于捷报,
他们也为自己的杰作而骄傲。

六七

但那可怜的村姑却在大厅中,
　　而察得严,本教区妇德的护神
(他最恨清淡的啤酒),正发挥着
　　一大杯双料啤酒的道德议论。
她边听边等待着"法理"给她以
　　仁慈的注意,就是说,要她供认:
谁是(对于大多数处女,这提法
实在够难为情的)——孩子的爸爸。

六八

你看,这儿有够多的公私事务,
　　连狗带马,都要亨利勋爵来管;

815

在楼下,他还得介入另一场忙碌,
　　那是为乡亲准备的一场盛宴。
因为按照习俗,凡是郡中首户
　　都要按照自己的爵位和财产
举办"乡亲会",虽不算广延宾客,
却是欢迎远近的人都来吃喝。

六九

那就是说,每过一两个星期,
　　凡地方的缙绅,不论有无爵位,
都可以不必等请帖而自己来
　　(我们对"普遍的邀请"是如此体会),
大大方方在丰盛的餐桌旁坐下,
　　尽量享受着名酒、清谈和美味;
而且,作为两道菜之间的联系,
总会谈到过去和未来的选举。

七〇

亨利勋爵是个出色的竞选人,
　　为了拉票,他像老鼠无孔不钻;
但在本郡里,他却有一个劲敌,
　　一位空头支票伯爵和他竞选,
那伯爵的儿子,可敬的浑水摸鱼
　　是另外一个利益集团的成员
(那就是说,也是为自己的利益,
只不过在偏度上稍有些差异)。

七一

所以,他在本郡处处用心周旋,
　有的施以小惠,有的给以情面:
对无论什么人都是有求必应,
　而且到处应下了一大堆诺言,
这总合起来实在是一个包袱,
　幸而他倒松心,从不加以盘算;
反正有的兑现,有的说也白说,
总之,诺言的价值到处差不多。

七二

他是自由和自由业主的朋友,
　但同时,他也唱着官方的赞歌,
他觉得他正是这两端的折衷,
　既有爱国之志,也被皇恩所迫
在政府中无功受禄,"尸位素餐"
　(对政敌的指责,他这么自谦说),
他早认为可以撤消这闲差事,
但若连它都撤销,法律也得要废止!

七三

据他"卤莽地承认"(这样的辞藻
　是普通英文吗?——不,只在议会中
你才能听到它。)如今世风日下,
　标新立异的风气比上一代更盛。
他不愿走党争之途而博得喝彩,
　只是为了公益才有意忍辱负重;

至于他目前的官职,他只想说,
他得到的疲劳比实惠多得多。

七四

老天知道,还有朋辈也都知道:
　　逍遥的生活一直为他所推崇,
但他怎能在多事之秋舍弃了
　　他的皇上,陷人民于水火之中?
可恨煽动者流正在手执屠刀
　　要把那些使国王、贵族和民众
联结在一起的纽带一一砍断,
呵,诅咒他们制造的社会紊乱!

七五

若是有一天由于国务的需要
　　使他高居要津,他将勉为其难,
直到知难引退或被免职为止,
　　只要使别人受益,他也就心安;
但假如一国而没有重臣的地位,
　　那举国上下更要感到惶惶然,
谁来治理它呢?也许你觉得行,
他却以做英国人而引为荣幸。

七六

他是不求于人的,呵,当然薪俸
　　不足以维持"独立人格"的官员
比他差得多,正如士兵和妓女
　　若论他们各自范围内的才干,

自然比那不是专营此业的人
　　更能在屠杀和卖淫上炫耀一番。
同样,高官对下属总爱摆气派,
连他的门房对乞丐也不例外。

七七

这一切(除了上一节)都是亨利
　　说过或想过的,我不必再多叙。
因为,谁没有去听过竞选演说?
　　或从"独立的"官方竞选人那里
私下得到过一些小小的音讯?
　　关于这,适可而止吧!不必再提。
而且餐铃响了,人们都做了祷告,
我的诗也该把这饭前的祷告写到——

七八

但已太迟了,我只得赶快加餐。
　　那是一场盛宴,像古老的英国
所常常夸耀的,因为一盘好菜
　　即使看一眼也是人生的至乐。
但目前不过是乡亲会的公宴,
　　客满而乏味,菜冷而人气却热;
饮食丰盛,礼节周到,言语寡欢,
每个人似乎拘泥得坐立不安。

七九

亲热的乡绅们都装作斯文,
　　爵爷和夫人们倨傲而谦虚,

连侍役也不知该怎样递菜,
　　有的本不愿过于低声下气,
只需昂首站在柜架旁;不过,
　　和主人一样,他们也生怕失礼;
因为只要侍奉得有违层次,
无论主仆就都会失去位置。

八〇

这里有些大胆而敏捷的猎手,
　　他们的猎犬绝不失误或蹒跚;
还有百发百中的九月的射手,
　　最早起床,却又总是归来最晚,
一直在残梗间把鹧鸪追个够;
　　还有来自教会的肥硕的成员,
专撮合上等姻缘和收什一税,
很少唱圣诗,流行歌却不离嘴。

八一

还有些爱打诨逗趣的乡下佬,
　　也有从城市流放的时髦人物,
唉,他们被迫离开石路来踏青,
　　又得九点起床,而不是拖到中午。
你看,我在那一天竟如此荣幸,
　　有位法力无边的天国的使徒
彼得·精力牧师①,正好挨着我坐,
他的谈笑几乎把我的耳鼓震破。

---

① 彼得·精力,指西德尼·史密斯(1771—1845),以著《彼得·普利姆里的书简》而闻名于世。

八二

我曾在伦敦看见他风采焕发,
　那时他职位很低,却很受赏识,
他在教长的席间能妙语惊人,
　这使他爬得很快,由助理牧师
(上帝呵!你的道路是多么神奇!
　谁想到你的恩赐有时很固执?)
一变而主持沼泽的林肯教区,
这既是一个肥缺,又无事可虑。

八三

他的传道是诙谐,诙谐是传道,
　但这用于沼地发疟疾的人们
简直是对牛弹琴;唉,这么好的
　妙语双关和逗趣,却不见有人
听得微笑或打开小本子速记,
　可怜的牧师只好变得本本分分。
有时他必须滑稽地尖声怪叫,
才能引得密密的人群粗声大笑。

八四

有一支歌说:王后和乞丐不同,
　至少在过去,王后比乞丐优越;
虽然如今,她比乞丐更受虐待①,
　但这是国家大事,我不想论列。

---

① "虽然如今,她比乞丐更受虐待",见第五章六一节注。

教皇不是主教,这我们都知道,
　　金盘玉盏和陶器也很有区别;
英国牛排不比斯巴达的肉汤——
　　虽然两国都是伟大英雄的故乡。

八五

但在自然间,各种事物的差异
　　无论怎样巨大,也比不上乡间
和城市的悬殊的程度,而城市
　　实在值得某些人深深地留恋;
因为他们自己没有什么财源,
　　只把精力和情思都用于盘算
某种利欲或野心的小小计划,
而这两者都可以无边地扩大。

八六

但是前进吧!淡淡的情谊由于
　　宴会过大和过久而疲惫不堪,
虽然小小吃一顿会使人对人
　　亲切得多,也使维纳斯精神饱满。
因为我们从课本上就知道她
　　和酒神、谷神一向有不解之缘,
这两位神给了她香槟和蘑菇,
她饮食有节,但不吃可受不住。

八七

乡亲会的聚餐很是枯燥无味,
　　唐璜随人坐下,也不管什么所在。

在乱哄哄的人群中只觉茫然,
　　好像是被钉在座上,木然发呆。
尽管刀叉乱响,像演开了武戏,
　　这一切似乎他都感觉不出来;
直到有人呻吟一声,对他表示
　　(两次他都没注意)要一片鱼翅。

八八

这是第三次请求他劳一劳驾,
　　他吃了一惊;这时才看到四周
人们由微笑变为讪笑,他的脸
　　红了不止一遍,因为智者只有
被愚人嘲笑时才最手足失措;
　　他立刻从盘子狠狠挖一块肉
来报答邻座的祈祷。不料太急,
他给了他的竟是半条比目鱼。

八九

这倒不是一个很糟糕的错误,
　　那申请人似乎对什么都喜爱,
但其他人看见盘中剩了不到
　　三分之一,当然感到很是不快;
他们奇怪,像这么一个荒唐鬼
　　亨利勋爵在席上居然也忍耐;
这个,以及他不知燕麦跌价多少,
使亨利勋爵丧失了三张选票。

九〇

他们实则该同情,而不是见怪,
　　但谁想到唐璜在昨夜见了鬼,
那一种前奏和目前的这一幕
　　殷实的乡绅大吃大嚼的宴会
实在有些不衬,使人不禁疑问:
　　(这个问题也许显得不伦不类)
不知这种肉体怎么能有灵魂?
或者,灵魂怎么能有这种肉身?

九一

这些乡绅和乡绅太太的注视
　　或微笑,固然使唐璜手足失措
(他们理当对他的呆板失神
　　感到诧异,尤其他们听人说过,
他在异性中间特别擅于酬应;
　　别看乡下孤陋寡闻,关于这个
却无人不知,因为勋爵的府邸
无论任何小事都是邻居的话题),

九二

但最使他迷惘的是:他的眼睛
　　恰好和奥罗拉的碰在了一道,
而且她的面颊闪过一丝笑意。
　　在平素绷着脸的人,若是一笑,
那目的很明显;但在奥罗拉身上
　　无论用心的人怎样擅于推敲

女人的笑靥,他也无法从其中
看出有什么花招、希望或爱情。

九三

那只不过是一个沉思的微笑,
　　它所表示的有怜悯,也有惊愕,
唐璜难为情得红了脸,这当然
　　不够随机应变,不像一个智者。
他可忘了:既已得到她的瞩目,
　　那就等于把城外的堡垒攻破;
本来他老于此道,不会不明白,
只怪昨晚的鬼已把他的神智击败。

九四

糟糕的是,她并不跟着他脸红,
　　也不显得难为情——倒恰恰相反:
她的神色如常,沉静而非严峻,
　　以后虽不看他,却也不垂下眼,
只有些苍白——是不是由于关切?
　　我也难说,但她的脸从不太艳,
顶多是稍稍红润,那也很清朗,
就像太阳照耀下的一片海洋。

九五

但阿德玲呢,这一天却被"声望"
　　占住了手;她对那些大嚼鸡、鱼
和野味的人又关切,又使出媚态,
　　在尊严之中谦虚而彬彬有礼;

825

这种含混的态度谁都少不了
　　（特别当六年的选任快要到期），
只要谁想辅助一下夫君或子侄
平平安安划过那"改选"的礁石。

九六

虽然这么做来最得计,而且是
　　司空见惯的,可是当唐璜看到
阿德玲的那种辉煌的表演时,
　　（好像她是在团团旋转地舞蹈,
只偶尔从她那斜眼的一瞥中,
　　能看到她的深心里是充满了
多少轻蔑和厌倦!）他开始怀疑:
不知这个阿德玲是不是真的?

九七

她把每种角色都依次表演得
　　极为成功,挨个应付,花样繁多,——
人们常常认为这是虚情假意,
　　当然错了;其实这正是所谓"灵活"①;
它是造作不出的,而必须发自
　　人的性情。它表面上虚伪,不错;
但它很真诚,因为凡是为近亲
而努力做的一切,哪能不用心?

---

① 在法文是 Mobilité(多变)。我不知道"灵活"是否英文,它表现的特性似更为外国所有,虽然有时在我们这里也可大量见到。它可以解释为对目前事物的过分敏感,同时又未丧失对往事的记忆;这种特性尽管显然往往有益于其持有者,但却是一种极痛苦而不幸的气质。——拜伦注

九八

这种本领成全了你们的演员,
　艺术家,小说家,和某一些英雄,
诗人,舞星,演说家,外交家也在内,
　因为这些行业只要灵巧就成。
大圣大贤从来不为它所沾染,
　它对于理财家应该也没有用,
不过,近来财政大臣也都努力
使数字摆脱计算,而变为比喻。

九九

他们是数学领域里的诗人,
　虽然还没有证明二加二得五
(这在他们很可以略显显身手),
　但若翻一翻他们的收支账目,
你会看到,他们能叫四等于三,
　因此我们的亏空永无法弥补,
只见储备基金把一切都吞没,
然而国债呢,却还是日益增多!

一〇〇

正当阿德玲装腔作势地应酬,
　美丽的费兹甫尔克却很安逸。
她的教养使她不会当面笑人,
　但只消她那蓝眼睛一扫,就可以
把一切人的丑态都收集起来,
　时髦的蜜蜂都是如此采着蜜!

然后积为笑谈,把人捉弄一番,
这就是她目前的仁慈的消遣。

— 〇 —

然而,一天毕竟有终了的时候,
　晚会临到尾声,咖啡已经端来。
各家的马车一来到,太太起身
　照乡间的款式请过安,便走开,
她们的老爷也随着鞠躬如也
　(这礼节很是陈腐),就跟着太太
登上车。人人对酒席都很满意,
　但女主人阿德玲最受到赞誉。

一〇二

有的人说她美,有的夸她大方,
　她对人既有礼貌而又有热情,
她的态度处处表示真心实意,
　那眉目之间洋溢着满腔热忱。
是呀,这才不愧为名门的太太,
　谁也不能嫉妒人家富贵的命。
还有她那服装,又素雅又秀丽!
她穿起来偏又那么潇洒适体。

一〇三

乡亲的夸奖对于甜蜜的阿德玲
　实在是受之无愧:因为她也正以
一篇感人的谈话公正地补偿了
　她这一天的殷勤和温柔的词句。

刚才的宾客都被痛贬了一番,
　　无一能幸免,包括最远的亲戚,
不是粗俗之至,就是太太可憎,
　　她们的发辫竟梳得像一把猪鬃!

一〇四

的确,她话语不多,而是其他人
　　将那言外之意发挥成了讽刺;
不过她每一开口,都必入骨三分,
　　好像阿狄生寓贬于褒①的文辞。
她的妙语烘托了每个笑话,
　　有如音乐配合了闹剧的调子。
呵,背后卫护友朋是多么快活!
我只请朋友们——不要替我开脱。

一〇五

对离客的这一场精彩的舌攻
　　使人人兴奋,但也有两人除外:
一个是纯洁而安静的奥罗拉,
　　另一个是唐璜:他本来有口才,
说起俏皮话来从不甘落人后,
　　但现在却默默静坐,无精打采,
不管别人挖苦得多饶有兴趣,
他也绝不添来一句冷言热语。

---

① 约瑟夫·阿狄生(1672—1719),英国作家,以散文著称。诗人亚历山大·蒲伯有两句诗说他"能以赞扬杀人","自己不笑,却能叫别人笑"。

一〇六

确实,他看到了奥罗拉的神态
　　似乎赞许他的沉默;但她也许
把他的无言看做是"嘴下留情"
　　(这是我们应给予缺席友人的,
但很少兑现),至于是否如此呢,
　　她也不想深究。他只是坐在那里,
好像出神得什么也没有看见,
除了看见前面所提的那一点。

一〇七

那个鬼至少有这么一种好处,
　　就是把他变得和鬼一样安静;
而结果呢,也许倒使他获得了
　　一个最值得重视的人的尊敬。
至少奥罗拉使他重又燃起来
　　那他近来失去或僵化的感情;
这种感情或许是理想的,但是
它如此神圣,我想也必然真实。

一〇八

呵,那崇高的感情,无限的希望!
　　谁不爱自己逝去的美好时光?
那时我们对所谓社会和世道
　　还茫茫然,无知得和天使一样,
而美人的一瞥给我们的快乐
　　远超过未来的一切荣誉和赞扬;

声誉能迷住壮年,却不能吸引
那已投入别人胸间的一颗心!

一〇九

谁不曾为自己美丽的维纳斯
　　而叹息过,只要他有记忆或心灵?
唉,岁月变迁,想不到爱之女神
　　也由盛而衰,难得受今人尊敬,
我们只尊称你"生育的维纳斯",
　　而忍受你的种种诡诈和欺凌,
只有阿那克瑞翁能那么心宽,
以他永恒的歌歌颂爱的利箭。

一一〇

唐璜怀着悒郁的心情,悠悠然
　　像起伏在阴阳两界间的波浪,
在午夜就寝的时候,他也回到
　　自己的房间,却只是黯然神伤;
呵,不是罂粟,而是悲哀的垂柳
　　摇摆在他的床前。他独自默想——
那真是又凄凉、又甜蜜的滋味,
足以使俗人嗤笑,叫稚子落泪。

一一一

今夜和昨夜一样,他脱下衣服,
　　换上睡衣,几乎是什么也不穿,
因为既没有裤子,也没有背心,
　　总之,衣服已经少到不能再减。

831

但他害怕那阴界的不速之客
　　再来访问,所以并不立即安眠,
而只不安神地坐待:这种感觉
在没有见过鬼的人很难描写。

一一二

他听着,果然——咦！那是什么声响？
　　多半是,多半是——不,又不像——不对,
老天哪！那是,那正是——呸！一只猫,
　　那么轻悄悄地走,真见它的鬼！
很像一个幽灵的劈啪脚步声,
　　或偷情的小姐第一次去幽会,
轻踮着脚尖,悄悄地一步一惊,
生怕她的鞋发出贞静的声音。

一一三

又来了,那是风么？ 不像,不太像,
　　这一回确是那昨夜的黑僧侣。
可怕的脚步声打拍子像韵脚,
　　甚至比如今的诗韵更为整齐。
呵,又一次在那憧憧的夜影中,
　　正当人们沉沉入梦,万籁俱寂,
而夜幕嵌着疏星把人间罩住——
那僧人的来临使他的血凝固！

一一四

有一种声音,好似汗湿的手指
　　擦过玻璃,听来令人牙齿打战,

又像午夜的凄风飘来的阵雨,
　　淅淅沥沥,给人以隔世之感;
唐璜一面聆听,一面心惊耳鸣,
　　因为形而上的事可绝非等闲,
连最相信灵魂不朽的人物
也力避和灵魂面对面的会晤。

一一五

他是睁着眼吗? 不错,而且张着嘴,
　　惊惶的结果是:他变成了哑巴,
却又使语言的城门口大大敞开,
　　好像有长篇演说正在生火待发。
呀,那可怕的跫音响得越来越近,
　　凡人的耳膜怎受得了这种惊吓!
他只睁大眼,张着口,如前所云;
但接着打开的是什么? ——他的门。

一一六

它发出一种冷入骨髓的尖声,
　　有如地狱的门。那上的题词说:
"抛下一切希望吧,要进来的人!"①
　　阴森得不下于但丁的诗,或者
这一节。但语言终归软弱无力,
　　一个孤魂能立即使英雄失色——
因为肉体怎么能和精神并比?
不然,何以物质碰上它就颤栗?

---

① "抛下一切希望吧,要进来的人!"这是但丁《神曲·地狱篇》中所描写的地狱大门上的题词。

一一七

门打开了,却缓缓地,好像海鸥
　　伸展着翅膀,平稳地掠过海洋;
以后门又关上,还留着一条缝,
　　把一个黑影投在漏光的地上,
因为唐璜屋中燃着两支蜡烛,
　　从高烛台上把屋子照得通亮;
就在这门前,比黑暗还黑得多
一个披黑巾的黑衣僧默默站着。

一一八

唐璜发起抖来,和昨夜差不多,
　　但抖得过分,也太有失男子气;
他始而安慰自己说,他看错了,
　　但继而惭愧:这想法未免自欺。
这时,他体内的灵魂也醒过来,
　　为了制止他的肉体如此战栗,
便建议说:肉体和灵魂合在一起,
比一个孤独的游魂更强有力。

一一九

他由恐惧转为愤怒,而且一怒
　　就跃起,向前走去——幽灵却后退;
但唐璜决心弄一个水落石出,
　　他的血已热起来,便冒险追随,
也不管自己是否会被鬼所害;
　　那鬼停下来,仿佛对他示示威,

接着就走去。唐璜直跟到墙边,
被古墙拦住了,再也无法向前。

一二〇

他伸出一只手——天哪！他摸到的
　　不是灵魂,不是肉体,而是石墙;
那时月亮正洒下银色的光辉,
　　把长厅的花窗格投射在墙上。
他打个寒战;当然,连胆壮的人
　　对这种无形的恐怖也得惊惶。
多么奇怪呵！一个鬼魂的幻化
要比一群鬼现出原形更可怕。

一二一

但幽灵还在,那蓝眼睛在闪耀,
　　对于死者来说,闪得过于随意;
还有一样好东西坟墓没拿走,
　　就是这个鬼有着温柔的呼吸。

散开的一卷发显露出金黄色,
　　红唇下的一排牙齿洁白如玉:
因为这时,刚躲开乌云的月亮
透过幽暗,恰好照在它的脸上。

一二二

这使唐璜大惑不解;由于好奇
　　他又伸出一只手去——咦,更怪了!
他摸到一个结实、火热的胸脯,
　　仿佛那下面也有一颗心在跳。
但这时,他发见他做错了一步,
　　而这,凡是遇险的人都免不了;
因为就在慌乱之中,他抓到的
只是墙,而放走了要抓的东西。

一二三

看来这个鬼,如果它是鬼的话,
　　够迷人的,因为在那头巾底下
露出了一个酒涡,和玉洁的颈,
　　很像血肉之躯;但忽而那袈裟
和阴森的头巾都朝背后脱落,
　　完全显示出——呵呀!一个不高大
而又丰腴可人的体态:这阴魂
正是嬉戏的费兹甫尔克夫人!

第十七章[①]

一

这个世界充满了孤儿:首先是
　　那名正言顺、大家公认的一类;
虽说这是孤枝,但往往比森林中
　　密集的树木更长得出类拔萃;
其次的一种孤儿虽然被注定
　　父母双全,但他们在小小年岁
就得不到双亲的慈爱:这种人
称为心灵的孤儿我想不过分。

二

再者是人们所谓"惟一的孩子",
　　他们长大了仍只是孩子,因为
古语有云:独子必然娇生惯养;
　　如果不加引申,这句话倒很对。
只要他们的家教,不管慈或严,
　　超过了爱子女的适当的范围,
那么失教者,不论是失于情育

[①] 本章仅有的这十四节写于一八二三年五月。拜伦赴希腊时携带着它,在他去世后于其行囊中找到,并交予他的友人郝布霍斯保存。它初次发表于一九○三年厄恩斯特·古勒律治编订的《拜伦诗集》中。

或智育,事实上也是孤儿无疑。

三

但还是回到正统的定义上吧——
 通常一提到孤儿,立刻会想到
贫民学校,和面黄肌瘦的儿童,
 唉,小小年纪,却已被人海波涛
冲碎了一切希望,成了所谓"骡"①!
 或怜悯,或更粗糙的情绪的目标;
不过,若是考察一下,您会发见
那些首富之户的孤儿更可怜。

四

他们很快就会一切自作主张,
 因为家庭教师呵,监护人等等
若比起天性的指异岂不逊色?
 例如,一个由法律监护的儿童
就像——我要用最初想到的比喻——
 一只小鸭被关在老母鸡笼中;
特别是雌鸭:多怕她出了错差!
可是一看到河水,她还是跳下。

五

有一种人人用来极为便当的
 言简而意洁的堵人嘴的方法:

---

① 意大利人,至少某些地方的意大利人把私生子和弃儿称作"骡",我不知何以故,除非他们是想推论说,合法婚姻的子女都是驴。——拜伦注

每当有谁敢于发挥新的见解,
　　"好,如果你对,那么别人都错啦?"
假如我们把这个振振有辞的
　　而且百用不厌的先例反转一下:
"要是我不对,那么人人都对了?"
依我看,人人还没有变得那么好。

六

所以,不管是否得罪谁,我主张
　　对任何事都请人来自由争论;
因为时代总是后浪推着前浪,
　　而后一代总爱责备上一代人
冥顽不灵,说他们明明是枕着
　　针毡而无感,实在是麻木不仁!
过去的邪说成了现在的真理
或正统的东西——路德①就是一例。

七

圣礼已简化为两项;而女巫呢,
　　则绝迹了。不过把老妇人火焚,
不管马修·海尔斯②怎样讲人道,
　　直到晚近才被公认为不斯文。
(现在烧的不是老妇,而是淫——,
　　就是那引起家庭不和的祸根:
我们知道,这种人还得受火刑,

---

① 马丁·路德,见第七章四节注。
② 马修·海尔斯(1609—1670),英国法官。他在法学界以具有人道主义观点著称,但尽管如此,他还是按照当时的英国成规,把两个行巫术的女人判处了死刑。

不过我承认,现在烧得比较轻。)

八

伟大的伽利略①找到太阳的方位,
　　可是因此倒见不着它的光明;
他被囚禁起来,只为了防止他
　　揭示地球是怎样绕太阳运行。
他被折磨了一个够,人们这才
　　发觉不必敲碎他的头,——而如今
还是他对了,他的学理到处流传,
这对他的骨灰倒真是一种慰安。

九

皮赛格拉②,洛克③,苏格拉底④,以及
　　历代许多名字——这里难以尽述,
足以说明圣贤的经历很可悲,
　　谁在当时不被认为是个怪物!
但崇高的智慧超越过其时代,
　　必须耐心等待,甚至忍受凌辱;
智者都相信等自己化为灰尘,
后世会给他献上歌功的讣文。

---

① 伽利略(1564—1642),意大利天文学家和物理学家,他因传播哥白尼的地球绕太阳运行学说而被囚禁。
② 皮赛格拉,纪元前六世纪的希腊哲学家和数学家,他发现地球自转而有日夜。他创立了一个教派,但受到政治上的迫害。
③ 约翰·洛克(1632—1704),英国哲学家,因政治阴谋的牵连而被逐至荷兰。
④ 苏格拉底,见第七章五节注。

一○

假如连精神的巨人都难免于
　　这种遭遇,那么小人物就该对
生活的小小磨难多俯顺一些;
　　至少我想这样做——我当然也会,
只要我的肝火不太大。可是,唉!
　　正当我每一天下决心要成为
面面俱到的滑头,坚忍的至圣,
偏偏风来了,弄得我又怒火上冲!

一一

说我温和吧——我又从来不冷静,
　　说我谦虚吧——却总有一点主见,
说我性情无常吧——又总是固执,
　　虽能忍耐,又对忍耐没有好感;
我是愉快的,但有时想哭一通,
　　我淡泊,但偶尔也会怒气冲天;
这使我怀疑:在我的一身之内
大概有几个灵魂,不知谁是谁非。

一二

第十六章提到我们的主人公
　　正处于月光下的微妙的情况,
那对男子汉倒真是一个考验,
　　看他德性或体力有多么坚强;
这一回,是美德战胜了呢? 还是
　　终于对罪恶屈服? ——因为他生长

841

在火热的国土,真使我不好说,
除非哪位小姐以一吻贿赂我。

一三

就把它留作疑团吧(世事皆然)。
　次晨,餐厅中摆起茶,吐司,早点,
(这些人人吃,却不见写入诗中)
　还有那些在出身、地位和财产
都已被我的诗琴弹过的宾客,
　这时也来了,都和主人见过面。
最后姗姗来迟的是公爵夫人,
随后是唐璜,满脸还那么童贞。

一四

不知是见鬼好呢,还是不见好?
　这真是很难说。但唐璜的脸
苍白而无神,恐怕不止一个鬼
　和他搏斗过。连从那窗格中间
透进的光线他都有点嫌太亮;
　公爵夫人也有着苍白的容颜,
而且微颤,仿佛她是熬了整夜,
不然就是做梦做得太多一些。

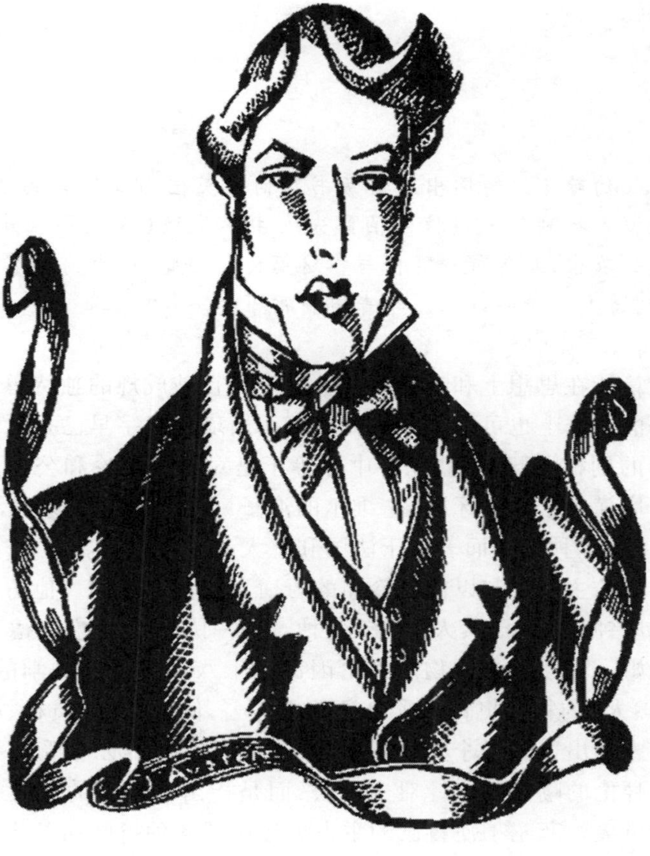
J AUSTEN

附录

关于唐璜

  约翰·汉特因出版反叛书籍而被英国当局控告到法院，拜伦友人特利莎·奎秋尔伯爵夫人由于唐璜（极其不雅处）所引起的攻击，劝告拜伦暂停写作这篇诗。因此，在大约停笔两年之后，诗人才于一八二二年春重新写下去。

  这篇诗在思想上和道德意识上都有其打破成规的独特勇气。在主人公的遴选上也可以看到这种勇气。唐璜这名字早已是玩弄女性的浪子的别称，把他树立在诗中即等于是对社会舆论和公认道德的挑战。唐璜由于西班牙剧《塞维尔的浪子》（十七世纪特尔索·德·莫林作）的多种改编而著名于法国和意大利的舞台上。

  拜伦的主人公和以前的冷酷的唐璜当然大异其趣。他仿佛是启蒙时代所钟爱的"自然人"的新变种。——伏尔泰的憨第德和菲尔丁的托姆·琼斯的混合物。拜伦因深受十八世纪理性文学的影响，把"自然人"的特性也付与了自己的主人公，使他单纯、质朴、心地善良。诗人指出这样一个"自然人"在现实的生活中必然受到如何的歪曲。拜伦的嘲笑并非针对主人公，而是指出自然人的理想是多么天真而可笑。菲尔丁使自己的主人公经历了各种折磨和考验而还保留住他的性情的纯真和情感的蓬勃。可是拜伦的唐璜却不止一次地被指出：他的心灵是韧性的，他善于应付一切环境的变迁，随遇而安，无不得心应手。拜伦曾半真半戏谑地谈到要使他的主人公在意大利成为"侍卫骑士"，在德国成为多愁善感的维特式的青年，在英国成为促成夫妻离婚的祸首，而逐渐成长为一个被纵容得厌腻这一切的人。由此可见，唐璜的善变，对社会的时尚和各种乖僻的境况都能迅速适应的本能是使他和十八世纪自然人大为不同的一个特征。

他本能地倾向于善和美,但是,他可以让这种本能随意被其他的本能所代替,只要这不过分妨碍他的良心。他为奥罗拉·罗比的纯真和善良所吸引,但是费兹甫尔克公爵夫人一旦诱惑他,他也可以顺水推舟地接受她的诱惑;这就是他的适应环境的一例。他由于一时冲动而拯救了小女孩雷拉,可是却不去防止她经手另一种危险——让"恶习铲除会"推荐的品契贝克太太去承担她的教育。为什么?因为上流社会风习如此,他总是按照风习办事的。

拜伦在本诗开头就提到,在他的时代已没有真正的英雄可言,因此,唐璜的英雄主义不可能植根于现实的土壤。拜伦怀疑启蒙哲学家所谓善必将胜利的论题,因此以半讥讽半忧郁的心情描写了世外桃源的爱情故事——在一个荒凉海岛上海黛和唐璜的爱情。而他们的美梦终于在粗暴的强盗群中惊醒。海黛的美梦的幻灭成为她的生命的结束,然而对于唐璜,这成为他的新生活的开端——就是学会了漠然无情的处世术、贪图成功和利禄的世俗生活的开始。在这条道路上,他的美貌和他原有的气质(勇敢、善良)都推动他顺利地前进,使他终于进入官场和上流社会,与一切伪善和勾心斗角的人相周旋起来。他的成功不是由于盘算和心机,而只是由于他顺其本能,并不拒绝生活中任何恰意的诱惑而得来的。

可是,启蒙学者曾经教导说,凡人只要顺应自己内心的天然冲动行事,必然是善的,道德的,因为人的天性就是善的,道德的。拜伦则一反这种理论,指出顺依天性而行只能把人变为环境的奴隶和他人欲望的工具。在现实的环境中,人的本能冲动形成为具体行动时远非永远是崇高的,这种看法不但反驳了对英雄的浪漫概念,而且也否定了拜伦在自己早期的东方叙事诗中所表述的英雄。例如,在加吾尔诗中,加吾尔对所俘的巴夏之妻雷拉的爱情被写成伟大而崇高,它不但毁了雷拉及巴夏,最后也毁了加吾尔自己。可是唐璜在后宫中和杜杜的偶遇而发生的刹那爱情又如何呢?它却是以一种清醒而诙谐的调子写出的。这表明拜伦已摆脱了对人性的诗化和美化;他对人的观察已不是孤立地使之脱离其环境,而是把他放在现实的世界中了。他逐步指出环境如何对唐璜起着巨大的影响,使唐璜逐渐澄清了种种幻觉。拜伦一面嘲笑这种幻觉的天真幼稚,一面悲叹它的消失的必然性。因此,诗中的特点之一是由主观出发的抒情和由客观现实出发的嘲笑有着奇异的混合。这种由客观现实出发对事物所作的评价是拜伦的革命浪漫主义的一个新的发展阶段。

　　拜伦虽对十八世纪启蒙哲学对自然人的赞美(自然人是幸福的)不抱有幻想,但他没有摆脱自然的道德观。他不再美化天然的冲动和感情,但也不批评它们。他认为只有伪善才应受批判。

译　者